douqing

许冬林中篇小说集

豆青

许冬林——著

中国言实出版社

图书在版编目(CIP)数据

豆青：许冬林中篇小说集 / 许冬林著. -- 北京：
中国言实出版社，2024.6. -- ISBN 978-7-5171-4826-5

Ⅰ. I247.5

中国国家版本馆CIP数据核字第2024C8A852号

豆青——许冬林中篇小说集

责任编辑：王君宁　史会美
责任校对：王建玲

出版发行：中国言实出版社
　　　　　地　址：北京市朝阳区北苑路180号加利大厦5号楼105室
　　　　　邮　编：100101
　　　　　编辑部：北京市海淀区花园北路35号院9号楼302室
　　　　　邮　编：100083
　　　　　电　话：010-64924853（总编室）　010-64924716（发行部）
　　　　　网　址：www.zgyscbs.cn　电子邮箱：zgyscbs@263.net

经　　销：新华书店
印　　刷：北京温林源印刷有限公司
版　　次：2024年8月第1版　　2024年8月第1次印刷
规　　格：880毫米×1230毫米　　1/32　　9.625印张
字　　数：182千字

定　　价：56.00元
书　　号：ISBN 978-7-5171-4826-5

小说与散文

——序《豆青》

　　许冬林到北师大创作研究生班读书之前就小有文名。不久前出版的散文集《外婆的石板洲》，在文学界引起了不小的反响。评论界认为，许冬林有表达乡村经验的天赋，其语言充分展示了文学幻想的力量，而且叙事能力也很强。我也读过这个散文集中的几篇，比如《渔网与姑娘》《暗处的河》《三寸金莲》等。这些散文篇目，编进小说集中也无妨，因为它已经超越了一般意义上的经验重现，其中有纯熟的叙事，还有很强的结构意识。我曾经鼓励她写小说。她说自己一直在写散文，也得到了同行和读者的肯定赞许，但写着写着，就感觉遇到了瓶颈，的确想尝试写小说。

青年作家出道之初，常常把小说写成散文，但写着写着就捉襟见肘，也就是许冬林所说的"遇到了瓶颈"，这都是意料之中的事情。散文写作，看似门槛很低，其实最难。这让我想起了书法练习，门槛似乎很低，谁都可以插一杠子，但倘若迷上它，又仿佛遇到了一个吞噬时间的"黑洞"，所有的时间都被吸进去，也难见成效。散文写作与之相似，上手不难，要写好却非常难。散文这种文体，与其说是"无中生有"，不如说是对"有"的再现，它无法完全依赖想象力和创造力，更倚重于涵养和学识，以及语言文字的老练和纯净。像季羡林、杨绛、金克木、张中行这些老先生，文章拉家常似的，说的都是些陈年旧事，但不知不觉就超越了个人生活局限，将经验转化为艺术。有论者论及杨绛的散文语言，说它就像中国文化这棵老树上生出的灵芝。老一代散文家都是这样的。这得助于他们身上所具备的文化"三昧真火"的长时间修炼，生活经验方显出艺术本色。年轻作家自然难以做到，不但没有将经验提升为艺术，反倒有可能把经验矮化为经历。

现代小说尽管也是广义的"叙事文体"，但跟散文的差别还是很大。从根本上讲，它属于"无中生有"的文体，更多地依赖于想象力和创造力。个人经验的丰富与否，让位于想象力和形式感。至于语言，则弹性较大，根据不同叙事目的，语言可精致可粗粝，个人喜好不得不做出让步。该精却粗或者该粗却精，艺术上都会大打折扣。因此，它与其说是一种"语言艺术"，不如说是一种建立在想象和创造基础上的"结构艺术"。所有的材料——词语、细节、情节、故事——都被装进艺术结构之中，也就是艺术理论家所说的"有意味的形式"之中。这里就少不得无中生有的能力，少不得奇思妙想的创造能力。这些能力，跟年龄和学养没有直接关系。所谓"诗有别才"，此之谓也。

　　许冬林的第一部小说集《豆青》，即将交由出版社出版。六篇中篇小说，尽管都是全新的"无中生有"的小说艺术创作，但跟她的散文集《外婆的石板洲》之间的基因连续性还在，故事叙述和语言风格之中，充满迷人的"雌性"——《豆青》中迷失在情感歧路上的"海棠"，《颜色三叠》中的"阿栀"，《台风过境》中的"丁香"，《并蒂花》中的"合欢"。她们有着共同的名字：女人。她们还有共同的"雅号"：花。她们也有共同的"卑称"：草。世界之美和对美的践踏，都被她写进了这些小说之中。感谢许冬林，在中国女性文学舞台巨大的天幕上，留下了她的姐妹们真实灵动的身影。

张　柠

2024 年农历三月三上巳节

写于北京西直门北大街寓所

目 录
CONTENTS

豆　青

一

　　海棠的长相似乎有点吃亏。怎么说呢？她若是岛屿，露出海平面的部分风光不奇，偏波涛之下的部分风光无限。

　　还好，还有阿奴这么个人懂她，让她不至于锦衣夜行。阿奴和海棠是同一个社团的，阿奴进来得早，成为骨干分子。他们那个社团说起来也好玩，人在台上时，个个都花拳绣腿的，什么同舟共济啦，什么荣辱与共啦，有姿势有腔调，一到台下人群中，嘁嘁喳喳的，动辄是愤世嫉俗的脸孔。长此以往的内外不调，又不得治，渐渐就玩世不恭似的都成为快活的一群。

　　一回在阿奴的单身公寓里，甜蜜的事情做过，阿奴翻身坐起来，向海棠的一身好风光望去，山川丘壑明朗清润，她的胴体在朦胧的灯下，有初雪的娇嫩和明媚。望到尽头，阿奴啧啧道："好一双诱人的腿脚！"说着，阿奴还捏起海棠的右脚细细端详。古人用初生的茅草，也即荑蕤，形容女子的手指纤长白嫩。阿奴大约以为这荑蕤也可以用来形容海棠的脚，它既不丰腴也不枯瘠，从脚后跟到脚趾尖，线条流畅柔美，像害羞的月牙镶嵌在云边；又如柔美的海岸线，军舰入港，随波荡漾。涂了豆青色指甲油的五根脚趾，亭亭立起，秀挺如漓江边的一座座青峰。"真是嫩姜一般，若有一碟镇江醋，我就蘸上几滴，一嚼，嘎嘣脆。"阿奴一边说着，一边将海棠的脚趾轻轻咬了一口。

　　"这样馋！什么都咬！"海棠笑着叫道，怕痒似的抽回自己的右脚，提起自顾欣赏一番，复又将脚搭在阿奴的膝盖上，脚趾尖不时勾动着，似乎每一根脚趾都化身成风情美人。

　　"在古代，脚是女人重要的性别标志，男人一旦见了女人的脚就得娶她。"海棠笑说。

　　"所以西门庆在桌子底下捏了潘金莲的脚。"阿奴说着，将海棠的脚放回毯子上。

　　阿奴在穿衣服。海棠自己提脚到半空中兀自又自赏一番。阿奴的衣服一穿好，整个人就像软塌塌的皮囊忽然填充了骨骼，一下高耸起来，一张脸严肃得像黑脸包公，将沙发上的衣服抓一把扔床上，催道："起来，起来，动身了！"

阿奴催，海棠也不慌。"多久没回你的小县城了？"海棠问，实际是问阿奴有多久没回家见老婆了。阿奴夫妻两地分居，妻子在南方一个人口不到二十万的小县城，据说每日下班后敲几圈麻将方才回窝，日子悠闲，云卷云舒，懒得坐车去市里管阿奴。

阿奴狡黠地道："可能下个月就彻底回小县城了，你舍得不？"

海棠噘嘴以示回答，恋恋不舍地放下自己的一双美丽的腿脚，懒洋洋地开始穿文胸。海棠的脸随她妈，大饼脸，中间低陷，不能流泪，一流泪，整张脸都成沼泽。可是脖子之下的部分随风流儒雅的爸，肤白，瘦得适宜。许多女人到了三十五岁之后禁不得剥，全靠收腹收腰的各类装备将瘫坐下来的肉扶起来密密码好，但三十八岁的海棠全不需要，海棠只对文胸之类的内衣感兴趣。好的灵魂必须住在用锦绣缝起的宫殿里方为相得益彰。

但是，她有多少种文胸睡衣，她的丈夫不知。当然也没兴趣知道。

此刻，海棠在家收拾行李，明天要出门。丈夫靠在沙发上，手里捏根牙签，不知道是剔过了还是还没动工。客厅的电视机里，吵吵嚷嚷的，海棠瞟一眼，貌似是一个警察在审一个犯罪嫌疑人。海棠心底忽然蹦出两个字"真相"。真相往往很残酷，所以海棠和丈夫都小心掩盖自己，仿佛还在端端正正地过着日子。

妈妈打电话来，又叫她去帮着找找爸爸，说是电话打了没人接。海棠强忍着不耐烦，说："没事的，丢不掉！"

海棠潜意识不愿靠母亲太近，仿佛一靠近，她的大饼脸就摊成了母亲泪水的下游。据说命运会遗传，可是海棠拗着一股心劲儿要改写——当发现丈夫在外有人时，她很快从家族遗传似的命运里出逃，风情万种地有了离家的阿奴。

海棠将三件文胸和三件睡裙整齐地放进箱子里，鹅黄、豆青、玫瑰紫，层层叠叠像春色一步步渐深。然后"哧"的一声合上拉链，这才打电话，开始呼叫她的风流老爸。一样是没人接。

"现在这一帮老家伙们，谈恋爱比年轻人还用功！"海棠嘴上嘟囔着，到底不放心，觉得还是去陪妈妈等老爸回家比较妥当，万一有事，翌日出差在外心里也不得太平。娘家就住在马路对面，这也是她母亲在海棠落脚这个城市后果断选定的一碗汤的距离，既为送汤方便，也为哭诉方便。哭了一辈子，父亲还是那个父亲。父亲也潜移默化给海棠完成了婚姻大学的预科班课程。

是秋天，小区里的桂花香得沸腾一般。唉，秋花比春花香的劲儿还大。妈妈不舍得多开灯，客厅黑洞洞的，海棠裹挟着一股花香和夜气进了门。妈妈给海棠开过门后，复又回到床上枯坐着，无色无味的表情像是一道剩菜。脱掉的衣服床上摊一件，椅子上搭一件。母亲无心收拾她自己的房间，只一门心思揣测老伴在外面的情形。

"不是要迎节日嘛，一定在忙着排演，你就那么急！"海棠埋怨母亲，其实是想安慰母亲。

"像只燕子似的，回来讨几口食，吃过就走了，整天跟一帮妇女搅在一起……"母亲絮絮叨叨地说。

"不还回来睡嘛，有什么不放心的！"海棠说着，就转到了父亲的卧室。

父亲和母亲已经多年不同床，彼此都嫌弃对方打呼噜，但是，他们各自的嫌弃又各有侧重。

海棠摁开了父亲卧室的灯，父亲的卧室，窗明几净，书桌一角整齐码放的十几张 A4 纸上，是墨色笔写的歌曲简谱。一张一米五宽的木纹色大床上，灰蓝色被子铺成了无风的湖面，平整中又透着不可冒犯、不愿被打扰的气息。海棠推了推衣橱的推拉门，几条白色演出长裤沿中缝叠齐，挂在衣架上，好像晾晒的一条条咸鱼。"白发——少年郎啊！"海棠不由得心里一叹。同是喜欢在外鬼混的男人，丈夫和父亲不一样，父亲像个少年一样精心打理着自己的地盘，而丈夫却像一条在家里任何一个位置都可以随时卧倒的狗，他没有领地意识，以至他鬼混回家，可以照样坦然睡到他们夫妻的床上。海棠也不轰他走。她自己也不回避，仿佛一回避，就暴露了她自己也有了阿奴这么个野货。

门响了，海棠知道是父亲回来了。

客厅里的灯已被父亲摁亮，父亲一边哼着《浏阳河》的调子，一边将身上背的二胡包卸下来。

海棠迎到父亲面前，伸手帮父亲卸包。"又送哪个女歌唱家回家了，到现在？"海棠不怀好意地轻声问。

"你妈又瞎说了！"

"没，我猜的——这么晚了，电话又打不通，妈不放心你！"后半句，海棠故意把声音放大，表现出责备的意思。

啪——母亲卧室的灯关了。

海棠说："你以后早点啊，我先回了，明天出差呢。"

到家时，丈夫已经睡下。海棠冲个澡之后，也躺到床上。

"明早不用给准备早饭了。"黑暗中，丈夫说梦话似的。

海棠推了一把，说："怎么了？是醒的吧？"

"明天我跟几个朋友一道去省城。"丈夫说。

"哦。"海棠也不问什么事。问也没用，男人若愿意说，早说了；若不愿意说，问出来的也是谎话。

"做个体检。"丈夫补一句，仿佛证明他逛省城理由充足。

二

五点四十，社团安排的大巴已经停在了文化广场边，一帮社团成员陆陆续续到来。女人们出门，向来比男人们麻烦，大包小包帽子墨镜，一副拖家带口的阵势。司机在帮着先到的女人们把行李箱归置到车底，男人们神仙似的散在薄薄的朝雾晨气里聊天，不时爆出笑声。阿奴还没到，海棠心里敲着四四拍的小鼓，仿佛他赶车的脚步已经远远落在她的心尖上。

海棠的行李箱已经归置好，她先上车挑了个位置。选定车厢中部，这样好，可前可后，到时等阿奴上车坐定后，比较方便将阿奴锁定在视线范围内。此番出门参观学习，他们社团有二十多人参与。人多，故事就多。社团里的老马坐在海棠后排，同行的还有老马的爱人，贴着老马坐下。平时社团活动，不常见老马爱人，故而海棠忍不住多瞟了一眼。老马的爱人五十一二岁的样子，有着这个年龄段的女人常见的那种憨厚实在的微胖，肤白，唇红，刘海微卷，脖子上戴着一根白金细链子，也算精致。

海棠再朝车外看时，阿奴已经到了，正拎着一个不大的黑色行李包，站在车子斜前方。他四十八岁，整整大海棠十岁，是男人最有味道的年龄，身姿依旧挺拔，举手投足洒脱自然又不失沉稳，像十年普洱泡到第三道，滋味和颜色都出来了。一看见她的阿奴，海棠便觉得心上一道被猪拱破的篱笆倏然又补缀完好，篱笆上花木扶疏，藤蔓痴情缠绕。

阿奴大约算是一个很迷人的情人，这迷人，不知道是不是来自阿奴的漫不经心。

阿奴对海棠，总是有那么点漫不经心，他好像从来不怕海棠会走神，要知道，海棠是有着迷人的海平面之下的部分啊。

做阿奴的情人，已经有三年零八个月了，海棠清楚算过。

但是，在这个南方中等地级城市，阿奴的单身公寓的钥匙，海棠始终没能拿到一把。他们约会，多半在阿奴的单身公寓，这样，海棠永远是随时待命的位置。海棠只淡淡流露过一点抱怨，只是若有若无的抱怨，必须还得假装自己并不在意。从原生家庭出来，她早已懂得，感情世界里，投入越多的人越是被动。

阿奴自然明白海棠的心思，他曾捏起海棠一只脚，放在手掌上，轻抚道："亲自为你开门，是刻刻在等，是专心，只等你一人。钥匙是死的，人心是活的。"

阿奴说得似乎在理。可是，这一回出门，海棠心里似乎早埋伏着一层不服气。她不想再被他找，她不想驯良，她要去冒犯。

窗外薄雾已经散去，大街上车流潮涌，一个年轻女孩的声音在车门口响起来："各位领导，各位老师，大家快快上车，出发时间已到。"一会儿车门口黑压压的人头升上来，阿奴跟在人群后面，海棠坐在靠过道的位置，半低了头，假装不看进来的人们，她身边靠窗的一个位置是空的，但是海棠没坐过去。

"哎呀，不好意思，我迟了迟了。"社团里有名的"老少女"气喘吁吁地攀进车子，边说边做出抱歉的夸张表情。

"是搽粉搽迟了吧？"车厢里有人逗"老少女"。"老少女"一头长卷发，染了黄色，藏住了那些诚实的白发。"老少女"也有五十一二岁吧，已经做了外婆，但是在着装上依然热爱粉色，热爱蕾丝，说话喜欢使用鼻音，有种深深的婉约。

"老少女"的高跟鞋不时踩踏着长裙，一路踉跄地走过来，在海棠身边像个逗号一样小小地停顿了一下，她当然想成为句号在海棠身边坐下，因为前前后后的女人们都结对坐好了。海棠瞟了一眼"老少女"，迅速收回目光，没挪屁股，然后淡淡看向车门方向，眼神似乎在笃定地迎接那个带队的年轻女孩。海棠不喜欢"老少女"，明明是更年期恐怕已经过完的老女人，还动不动穿着粉色系的少女装，眼梢的褶子拿熨斗来都烫不平了，还似乎对征服男人满怀壮志。

　　"老少女"在过道里迟疑了一下，然后看了看还处于落单中的阿奴。阿奴便往窗边挪。"老少女"道："我想坐窗边，可以看风景。"说着，"老少女"的粉色裙子便擦着阿奴的膝盖铺进了里座。

　　继"老少女"之后，车门处陆续又升上来几个过足了烟瘾的烟鬼子，领队的小姑娘在过道里边走边数人头。数到海棠身边，海棠把身子挪到窗边。小姑娘点头笑笑，继续往后数。

　　"全部到齐，出发！"小姑娘说着，就坐到了海棠身边。

　　"哎哟，我们这支队伍里，就数阿奴最有艳福了！前后左右被美女包围了！"车厢里，有男人逗道。

　　"都别把眼珠子往我这里砸，谁想坐，明说一声，我随时让贤……"阿奴回头望向过道尽头笑着回道。他笑时，眼梢叠起几道浅浅的褶子，真是清风吹皱一湖秋水，连皱纹也足够迷人，海棠飞快瞟了一眼。

　　车厢里的笑声似乎也变得五颜六色了。笑声过后，三三两两的聊天组合热闹起来。

领队小姑娘这时起了身，走到司机身后，司机递过来一支话筒。

"各位领导、各位老师，大家早上好，辛苦大家起早了。我是此次旅程的全程领队，大家后面叫我小野就可以了。小野非常荣幸能为各位领导和老师服务。今天的路程很长，预计要到下午四五点才能抵达，各位要补觉就补觉，如果不想补觉的话，我们就把车厢文化搞起来……"

有人笑问："小野美女，怎么搞？"

小野道："唱歌吧，如何？"

"唱什么歌？情歌吗？"车厢后排有人起哄似的问。

小野道："你说唱情歌，那就唱情歌吧。接下来，话筒从前往后传，每人一首小情歌，热爱祖国的，想念故乡的，赞美母亲父亲老婆孩子的，凡是情歌都可以。"

坐在第一排的秘书长，唱了首阎维文的《母亲》，"你入学的新书包有人给你拿，你雨中的花折伞有人给你打……"高亢浑厚的歌声回荡在车厢里，空气似乎也被荡涤得格外辽阔了，人人的嗓子深处开火车似的开来一车皮的歌儿。话筒顺利往后传递，歌声、笑声、掌声，跟着车轮颠簸起伏，一浪又一浪，将高速公路两旁的田野、村庄和丘陵狠狠往后方甩去。

话筒传到海棠，海棠道："我唱一首英文歌吧，*Yesterday Once More*（《往日重现》）。"快二十年前，海棠还在读大学，每日黄昏，学校的广播总是播放这首歌。那时的她，抱着几本书，走在香樟树荫下，听音符像羽毛一样落在树叶上，落在草尖上，落在同学匆忙骑自行车路过的影子里。她跟着广播哼唱，路过后来成为她丈夫的学长的宿舍楼下，满怀惆怅……

还没唱完，车厢里早已响起一片喝彩声。

老马道："听到了初恋的味道。嗯，当年一定有某位帅哥天天在海棠的窗外唱这首英文歌，把我们海棠的芳心给勾了去……"

众人笑。该小野唱了，小野道："我放最后。"于是话筒传到了阿奴手里，阿奴没唱，车厢里传来"老少女"略显嘶哑的少女腔："各位尊敬的领导，各位亲爱的朋友，还有我们漂亮的小野姑娘，下面由我和阿奴先生合唱一首歌曲《想把我唱给你听》，献给大家，献给美好的你们。"

老马大声叫道："好，终于来小情歌甜蜜对唱了。我建议，唱这首歌时，手拉手脸对脸唱，这样歌才能唱到心灵深处。我们来点掌声鼓励下这一对吧！"

车厢里立时掌声汹涌。

"老少女"侧身向着老马这边，挤眉弄眼地娇嗔道："嫂子，快管管你家老马嘛。再这样，我可唱不出口了。"老马爱人板着脸没应她。"老少女"讪讪地笑了一下，轻轻清了清嗓子，然后唱起来："想把我唱给你听，趁现在年少如花……"

海棠听到"年少如花"，不觉浅浅一笑，仿佛看见"老少女"脸上的脂粉纷纷扬扬飘落一脚尖。

阿奴接过话筒，继续唱道："谁能够代替你呢，趁年轻尽情地爱吧，最最亲爱的人啊，路途遥远我们在一起吧……"

海棠听到这一句，忽然觉得这歌是阿奴选的。是啊，此行路途遥远，别了他们栖身的城市，别了按部就班日日围绕的家庭和单位，像两只暂时放飞的风筝，借着风，在天空相会。路途遥远，终于有了一个完整的三四天时间，她可以如此近地和阿奴泡在一起……

话筒传到最后一排最后一人，一首情歌唱毕，众人已是意兴阑珊，掌声显然已经不如先前的热烈。车厢里不时有人打着呵欠，小野及时取回话筒，正准备宣布情歌环节结束，不想被阿奴惦记着了。

阿奴道："小野美女的歌声呢？不打算献出来吗？"

老马紧跟道："就是嘛，小野美女不唱给我们大家听，难道是想偷偷地私下唱给某一位听吗？那我们可不同意，小野是我们大家的小野，可不是谁专有的小野……"

小野笑起来，道："大家起得早，就都休息吧，何况……"

阿奴道："那小野美女干脆给大家唱首《摇篮曲》吧，哄大家入睡。"

海棠噗地笑起来。

小野为难地道："我还没结婚呢，哪里会唱什么《摇篮曲》？"

阿奴又道："玩笑玩笑，干脆我陪你唱，我俩合唱一首情歌得了。"

海棠低着头微微一笑，心想："我才不管你跟谁唱歌呢——晚上再慢慢收拾你。"

……

窗外的夕阳，从车子的斜后方透进车厢里，而前方，蓊郁的高树之上铺着一片尚算明净的蓝天。车子下了高速，进入市内，在等红绿灯。众人翘首看窗外，路边的草坪尽头，立着三两棵不知名的阔叶树，叶子像绿裙子似的在晚风里翻动，树叶里藏着的丰硕果实忽隐忽现，格外诱人。树背后的小型旅馆的霓虹灯已经亮起，硕大的四个字"今日有房"像浓艳的红唇在招揽着来去的人们的目光驻留。

不知是谁大叫了一声："今日有房，那四个字，看见没，有一个字字体很不一样，哈哈……"

这一说，众人便都细细瞧去。

"强调得太色情了！"

绿灯亮起，车子发动，左转，向着浓荫交叠的街道深处而去。

"别看了。看不到了。老马你别笑，你反正是今日有房的人……"

众人笑，小野也跟着笑。阿奴望望小野，道："都别笑了，人家小野美女还是未成年人……"

小野道："阿奴哥你真坏，我都大学毕业工作一年半了。"

海棠道："叫他阿奴叔，他就不坏了。"说完，海棠远远白了阿奴一眼，道："好端端这窗外清凌凌的水蓝莹莹的天，硬是让你们这帮中年大叔的嘴给污染得毛茸茸灰蒙蒙。"

三

酒店大堂里，小野在给众人分发房卡。"非常抱歉，因为酒店房间不够，开两家宾馆又怕大家晚上走动不方便，所以委屈各位了……"

有人哄笑道："哇哦，今日无房。"

小野纠正道："有房有房的，是两人一间房。"

于是众人临时结对拿房卡，基本都是根据车上的座位组合。阿奴和一路不大言语的秘书长组合，海棠依旧和小野同室，老马又被热情恭喜"今日有房"了一番。然后一群人提着拎着各自的行李，一路言笑着，乘电梯。电梯里，阿奴站在海棠的身后，海棠感觉耳后根痒酥酥的，猜到一定是阿奴在不动声色地故意用力呼气，撩她。海棠低头看了看地下，用皮鞋跟轻轻踩了踩阿奴的鞋尖，阿奴眨了眨眼，忍着没动。八楼到了，电梯里出去了一拨人，海棠一愣神，没赶上出去，电梯门已经合上了。

海棠自嘲道："坐了一天车，晕晕乎乎的了。"说着，又按了下"8"。电梯到十楼，阿奴和秘书长等几人出去了。电梯载着海棠一人，复又徐徐降落。海棠蓦地觉得心上空落落的。

半个小时后，众人在餐厅碰头，晚餐无酒，很快就结束，三三两两地又各自回房。小野不时要处理团队的事务，"老少女"在大厅搔首弄姿地与人拍合影，海棠不想参与，饭后便独自回房。

窗外夜色已经升上来，空气里飘着芒果之类的南方水果的清甜香味，海棠站了一会儿，便拉窗帘开始梳洗。

小野一时还没回来，无人可聊。海棠开了门，朝走廊看看，静悄悄，也无人影，想来是坐车一日太辛苦，众人都早早洗漱上床。海棠躺上床，便给阿奴发微信："睡了没？"阿奴半天没回。海棠等不得，追过去一个电话，未等海棠问，阿奴已低声道："在负一楼酒吧。"海棠挂了电话，换了衣服，照照镜子，只薄薄涂了一点口红，便下楼去。

负一楼的酒吧，灯光朦胧，人影寥寥，显得格外空旷。海棠径直走进去，直奔吧台斜对面的阿奴，阿奴背对吧台，坐在一个可转动的高凳上，两腿叉开，颇有骑马御风而奔的姿势。海棠刚要开口，忽地看见阿奴对面坐着的小野。海棠心上一紧，黑压压的，忽然兵临城下，大抵就是这种情形吧。

瘦瘦薄薄的小野，坐在灯光暗影里，仿佛一粒细沙。而阿奴夸张地张开垂落到地的双腿，把他的整个身子仿佛折成了一个60度的扇形。他仿佛成了一枚扇贝，用他爽朗的笑声和幽默的谈吐，将眼前这一粒细沙拼命往腹腔里吸纳。

阿奴看见海棠表情有点僵，将60度的扇形收缩成45度的扇形，指指小野对面的椅子，装作很热情地招呼道："快来快来，一起喝一杯吧。"

海棠只觉飞沙走石劈面砸来，一阵晕眩，她站住，定了定神，望着小野笑道："你们继续谈事，我……我去外面透点气。"海棠一边说着，一边利索地转身就走。

出一楼大厅，环绕酒店的是一片黛色的草坪。再穿过草坪中间的一段羊肠小路，眼前便是一片辽阔的湖面。清秋的夜风自湖上迎面吹来，海棠也不觉得冷，只觉得浑身上下有一种钝痛，心上仿佛密布被飞沙走石砸过留下的洞坑。

沿湖边是一条水泥路，水边垂柳依依，湖中莲叶也一片清幽，南方的草木仿佛永远都在年轻着，忘记了要去枯萎一下下。海棠努力平复了一下思绪，才看见路灯下散步的人往来不绝，不时有人跟海棠打招呼。原来同行者们都静悄悄来到了湖边散步，三三两两有之，双双对对有之。

海棠便也开始沿湖绕行，草丛里虫子的清唱深情悠扬，仿佛在唱一卷厚厚的情书。吹着这样凉软的风，听着这样的虫声，海棠忽有一种似曾相识之感。在哪里呢？慢慢想，忽然想起是十八年前，在大学读书时，那年暑假，参加系里的社会实践活动，去一个小镇了解民情，同去的还有她的丈夫，那时她的学长。不大的小镇，卧在江堤脚下。为了夜里听江声，她和学长特意找到位于堤畔的一家小旅馆。他们住在三楼，江风很大，夜里不开空调也凉津津的。她和学长做完恋人间那些缠绵甜蜜的事情，就相拥在窗边。黑暗中，夏虫的叫声伴着水汽和草木的清气从纱窗外透进来，那一刻，她觉得自己和学长已然白发苍苍，走完一生，真有地老天荒之感。

不知道怎么回事，当学长终于成为恋人，他们是慢慢靠近；当恋人变成丈夫，他们又仿佛开始慢慢疏离。即使成为夫妻，同在一个城市，同在一个屋檐下，也阻挡不了自己和丈夫像两列相向而行的列车，在交汇处摁一下喇叭，然后又渐行渐远，向着各自的露水初融的远方和草地。

他们一起听英文歌，一起在月夜握手、感动不语、悠然漫步的日子，已然坍塌成岁月里的废墟，仿佛隔世。他跟女下属暧昧，出差时制造一夜情，长长短短的男女关系或隐或现，野火烧不尽，春风吹又生。直到遇到阿奴，海棠才终于将这些烂事大度放下。

沿湖不觉转完一圈，再回酒店，楼梯口，海棠忍不住朝负一层瞥一眼，阿奴还在。海棠吸了口气，脚步声格外响亮地步下台阶。

"小野，我房卡忘带了，借你的一用……"海棠装作焦急地找小野，路过"扇贝"面前，眉都没抬。

小野忙起身道："我也回去了，我们一道。"

"你们接着聊呀，我只要房卡……"

"再聊，我脸上的笑肌就要痉挛了。阿奴哥实在能说会道，长见识长见识。"小野一边说着，一边揉着自己的脸。

阿奴也起了身，正做着扩胸的动作，俨然也聊辛苦了。"你们都回去吧，我也准备出去走两步就回去。"

电梯里，小野似乎是解释，道："是跟秘书长谈明天活动的细节，阿奴哥跟秘书长一个房间，所以一道来了。秘书长人话不多，谈完事就说要出去散步，于是我便听阿奴哥说话。没想到他那么能说……"

"一口一个阿奴哥，我问你，你爸多大，五十上下吧？听我的，明天直接喊他阿奴叔……"海棠笑着说。

"过一夜，长一辈。哈哈——"小野笑着摇头。

海棠和小野回房大约半刻钟的样子，阿奴敲门，原来小野走得急，丢了包在酒吧，阿奴送过来。海棠开的门，接过包，半怨半笑瞥一眼阿奴道："进来坐会儿吧，湖边没什么人了。"

阿奴努了努嘴，便进来，坐在海棠床对面的沙发上。小野忙去烧水泡茶。

海棠半倚在床上，脚放在地上似乎不舒服，提了提，放到了床上。用被子盖了腿，一远一近露出两只温顺的贴在一起的双脚。海棠看了看自己的脚，染着豆青色指甲油的十根脚指头，像六月的毛豆，粒粒情欲饱满。

小野在卫生间里洗杯子，水声哗哗，仿佛每一粒水珠都在手忙脚乱地蹦跳。海棠静静地看着自己的双脚，期盼阿奴伸手过来剥，一粒一粒，粒粒都是坚贞可靠的爱欲，希望他日啖三百粒。

但是，阿奴只静静坐着，不说话。他似乎忘记了，应该伸手去摸一把，或者抽出被子一角，心疼地将它盖上，并且用眼神告诉她："我懂的，别受凉。"

水声衬得他们之间愈加岑寂，仿佛遥隔千山万水。

怪了，一走近，仿佛越走越远了。海棠心下悲凉一叹。

小野烧了水，泡好茶，阿奴喝了。只喝了一口，就接到秘书长电话，缺人，喊他去打牌。阿奴走了，房间里似乎只剩下了空气。沿湖走过，身上多少落点灰，可是海棠已提不起兴致去洗。

四

翌日上午，大家蜻蜓点水一般看了一处名人故居，然后又出发。车子沿盘山公路转，窗外清秋山景也被绕得愁肠百结，中午抵达山脚下一座古老的小县城。小县城甜睡一般安静，卖普洱茶的店铺随处可见。在酒店落下行李，午饭后便出发去古茶园。今天的酒店，是一人一个房间，有人欢呼，有人窃喜。

古茶园里，百年茶树树高足有四五米，盘曲嶙峋的树干上挂着稀疏的叶子，很有一种仙风道骨之气。

"这树成精了！难怪做出来的茶香。"老马拍拍一棵老茶树，仰头感叹道。

"老少女"赶紧挤到茶树前，将手机递给阿奴，叫他帮忙拍照。"老马最有鉴赏眼光，叫我忍不住要跟这老茶树合个影，借一点仙风道骨之气……"

"你这一合影，回去定会活成一百八十岁的老寿星，做一个青枝翠叶永不枯败的老妖精。"老马揶揄道。

"老少女"也不恼，拍照一完成，她便笑回道："那我就听你的安排好了。"

阿奴给"老少女"拍完，还回手机，又用自己的手机拍了几棵形状奇特的老茶树，顺便也抓拍了一张海棠在茶树下的侧影。

在去往普洱茶茶厂的路上，海棠在微信里看到阿奴发过来的侧影照，甜蜜一笑后，又悄悄拿眼梢挑了几回阿奴。到底是阿奴，太了解她的大饼脸委实不适合正面照，只有侧脸微微呈现出一种发育还未完成的青涩稚气和羞涩内敛，好像她整个人是一棵正在提着气小心翼翼生长的灌木。

小野拿着话筒在车厢里宣布接下来的行程："在普洱茶茶厂参观一个小时左右，结束后就回宾馆。六点晚饭，七点半集体乘车去古镇逛夜市，领略边地风情。"

海棠微信上问阿奴："房间号？"

阿奴回："要不，到时我去找你。"

海棠回："待月西厢下，迎风户半开。拂墙花影动，疑是玉人来。"

阿奴明知故问："想我不？"

海棠回："脚指头想你。"

……

在普洱茶茶厂里，他们看大视频讲解普洱茶的历史渊源和制作流程，然后参观实物，有古老的制茶工具展示，也有冰岛、昔归、曼松、大雪山……各种普洱茶的样品陈列。

在品茶大厅里，身着色彩繁复的民族服饰的服务员托着茶壶走过来，给他们一一斟茶。"各位请看你们杯里的茶汤，它色泽金黄透亮。请再闻闻。"

众人便凑近去闻。

"是不是有一股十足的兰香气？"

众人默然点头，开始去品。

"这些茶名真好听，好像每一种茶里都藏有一段荡气回肠的爱情故事……"海棠喃喃道。

阿奴举杯跟海棠碰了下，转身又跟"老少女"、老马、老马爱人碰了下，笑道："为了世间那些荡气回肠的爱情，干杯！"

众皆莞尔，举杯饮茶，作用心品味状。

"这是从你们今天参观的古茶园的百年茶树上采摘制作、已经存放五年的普洱……"讲解员还在详细解说着。

"五年？"有人怀疑。

"是的，普洱茶是讲究年代感的。一般情况下，只要存放得当，把握好温度和湿度，普洱茶是年头越深越好。因为普洱茶的制作过程中有一个重要的发酵过程，分别是初级发酵、准发酵也叫二次发酵，以及后续发酵。初级发酵是在晒青毛茶过程中，通过特殊环境中的微生物菌群自然接种完成，它是在普洱茶进入准发酵前对茶叶的预处理。诸位今天若买个茶饼回家，放在家里暂时不喝，进行的正是后续发酵。漫长的发酵过程，就是普洱茶的品质再造的过程，所以才会呈现出诸位杯里的琥珀之色和兰花之香……"

"所以说，时间是个好东西。"老马总结道。

人群里有人嘟囔："我家里有饼普洱，放在书橱十年了，但我早已经不想喝了。怎么说呢，就是你知道这东西是好的，但是因为放太久了，已经提不起泡它的兴趣，但是又不舍得扔。所以就那么一直放在书橱里。"

"时间是个好东西。但是，并不是时间里的东西都是好的东西，许多东西放着放着，最后都不是东西了。"老马又总结道。

众人笑起来。

不知道是谁又即兴冒出一句："这就像家里的老婆，知道她含辛茹苦跟自己几十年了，可就是对她热不起来，可是又不舍得离。"

这一回，众人喷茶而笑。笑过，不约而同拿眼扫老马的爱人，扫过，又默然会意一笑。

同来的另外几个女社团成员也跟着笑，仿佛此地只有老马爱人一人担任着妻子的角色。仿佛她们一朝出得门来，便揭掉了"妻子"这层重痂，个个破茧成蝶，羽化成仙女，站在九霄之上，俯瞰凡尘，一眼看见老马的爱人。

老马爱人躲不过，遂高高举起手中之杯，抒情地说道："她有琥珀之身，有兰桂之魂，世间好女，当如此茶。"说罢，自己痛饮一口普洱。

老马带头鼓起掌来。众人便也跟着鼓掌。

掌声停歇，众人三三两两围着长台子看茶买茶，海棠也打算买，不知道母亲是要饼茶还是散茶，便打电话去问。电话里，母亲全是哭腔："我现在哪有心肠喝茶，听说你爸爸现在天天固定给一个女的伴奏，人家唱黄梅戏，他拉二胡，广场上的人都说他们是金童玉女。我真担心这老东西晚节不保，出了事，我这老脸往哪儿搁？"

海棠听了想笑，笑她母亲天真，还提什么晚节不保，她真是"不识庐山真面目，只缘身在此山中"。海棠的父亲，至少在她读小学时便抛了节操不要。她读五年级那一年，父亲的单位搞元旦演出，她和母亲去看。星星似的灯火闪烁的舞台上，高大挺拔、浓眉大眼的父亲穿着乳白风衣，举着话筒深情演唱《莫斯科郊外的晚上》。她的大饼脸的母亲只顾自豪又忘我地欣赏自家老公，全没注意到坐在海棠侧后方一个女子的泪光闪烁。那时，敏感的海棠就隐隐猜测，歌词里"我的心上人坐在我身旁，默默看着我不作声"的那个心上人，就是那个含着泪光默默欣赏的女子。从小到大读书上学，海棠只愿意父亲去接送，英俊帅气的父亲是她的骄傲，可是，也是她的疑问。

海棠想了想，还是决定各买一份，分别送给母亲和父亲。饼茶经过压实，硬如石头，仿佛母亲的磐石之志，正好送给母亲，并且准备附上老马爱人的抒情。散茶如同父亲的浪子之心，送给父亲这位白发少年。

五

晚饭后去逛边地古镇，L形的古街，光溜溜的石板，店铺大门皆敞开，店里店外灯火璀璨。说汉语、英语、东南亚国家的小语种语言的各样声音，掺杂在有着浓重南方方言腔调的普通话里，拌饺子馅一般，融合成风味独特的边地古镇风情。长街上人头攒动，卖工艺品，卖民族服饰，卖本地特色小吃，卖茶卖酒卖糕点，千年流传的民族风情被现代的商业模式包装后，散发出一种浓酽的气息，仿佛古代的人、未来的人、远方的人、本地的人，都赶到这里觌面相逢。

小野和秘书长走在队伍最前面，老马握着他爱人的手随后，接着是海棠，阿奴略后于海棠，"老少女"喜欢拍照，拉了一帮男社团成员围在她周围充当摄影师。长街尽头是个冷冷清清的书院，青砖黑瓦，里面灯火通明，但门内门外皆没什么人。似乎书院在这个灯火长街是一个很尴尬的存在，它的存在说明此地历来崇文重教，它的冷清又让人仿佛看见一位书生伶仃远去的背影。在书院大门口右拐，便是酒吧一条街，嘣嘣咚咚的音乐声远远地传来，仿佛一只魔手，直把人流往里面扯。可是，酒吧一条街实在拥挤，越走越拥挤，走到后来便退无可退，只能被人前人后的脚步裹挟着艰难前进。沸腾的歌声和放大的电子乐器的声音纠缠在一起，呼啸涌入拥挤的街道，古老的街道显得愈加逼仄。酒吧外，更多是好奇窥视的目光；酒吧里，是迷离沉醉的姿势。头顶上的灯光火球似的滚动，一束束彩色的光不时从玻璃橱窗凌厉地射出来，好像是在追赶长街上的猎物。而舞台上的妙龄女子恰似一条条嬉戏的鳗鱼，各自摇曳着刺了深色文身的身体——那动作和眼神仿佛在说，快快快，快快潜泳进来，这里是海平面之下，有彩色的珊瑚，有梦幻的水母……

　　风景留人醉，原本只是走一走的游客们，这时多变成了停一停。人流凝滞，而后面的游客又在不断涌入，人山人海简直要爆炸。老马紧紧握着爱人的手，可是眼睛却只盯着酒吧看。阿奴和海棠也肩膀叠肩膀地叠在一起，密密实实的肩膀之下，他们的手也紧紧抓在一起，唯恐后面的人流将他们冲散。

　　阿奴看看海棠的侧脸，微微笑着，似乎很享受此刻被挤在人群之中来去不得。是呀，他们不急着去往前方，也不懊悔涉入密不透风的人流，他们志在此刻。

　　海棠觉得自己的身体宛若被拥挤的人流给抬升起来了，竟有飘飘然的忘我之感。她不看酒吧，也不看前后的人流，她抬头看天空。街灯之上，是被不高的屋顶切出来的一长条靛蓝色的夜空，上面滚落着一粒粒正在眨眼坏笑的星星。

　　她不知道，此刻，这些星星距离她和阿奴到底有多少光年的距离。在这些无法计数的星星当中，也许有那么一两颗星星的光芒是自纣王和苏妲己的那个年代开始射出，然后穿过浩瀚宇宙，落在此刻她的眼中。她一恍惚，紧了紧手指，确信自己的手被阿奴握在手心。阿奴是她的纣王吗？她是阿奴的妲己吗？他们沐浴着星星的光芒，大约已经握了三千年。海棠心里一阵感动，眼睛竟有些潮湿，执子之手，死生契阔，大约就像她和阿奴此刻一样，被施魔法一般定在了喧嚣的乐声和人声中。

　　"这两天，总离我那么远！"海棠忽然侧过脸，嘟着嘴望着阿奴说。

阿奴瞟一眼，很快就转过脸，正视前方密密匝匝的人头，淡淡地道："假装一下正经不好吗，身边都是熟人……"

海棠故意用肩撞了一下阿奴的肩，以示不苟同他的观点。此番出门，她只想彻彻底底地和阿奴浪一回，她不想隐隐约约，不想犹抱琵琶。

正这样想着，身后的人墙忽然海啸似的扑过来，只觉太阳穴嗡的一声，海棠一头撞上前面人的屁股，阿奴也不见了。"阿奴，阿奴……"可是她的喊声刚出嘴边，就被飞溅的人声、歌声给淹没。海棠往前寻老马他们，只见都是黑黑的人头，浮动在街灯的光影里，哪里能分清。海棠拼命挤到墙边，再沿墙根拼命往前钻探，寻到一处石凳站上去，在人群里一个个捞，捞阿奴。终是不见。忽然想起打电话，声音太大，阿奴好半天才接。阿奴说了自己的位置，他叫海棠赶紧继续往前，到街口会合。

在街口，海棠碰到了小野和秘书长。小野在群里发消息，嘱咐未到街口的人小心，以防出现踩踏事件。群里没人回，想来队伍都还困守酒吧街。约莫等了一刻钟，等到了面露惊惶的老马的爱人。过一会儿，又出来了"老少女"和帮她拍照的几个男的，最后又会合上几个叽叽喳喳的女的。小野数数人头，还差老马、阿奴和另外五个男的。小野于是又在群里催问，这回有回音了：那七个人全被挤进了酒吧。他们是乐天派，想着既然人群走不动，硬挤不如索性坐下来，喝几杯。

老马爱人一听小野说丈夫在喝酒，立马避过身去，很大声地窃窃私语，斥责丈夫不文明，让一车人等在街口。老马那边也大声邀请大家回去喝酒。秘书长道："好不容易挤出来，现在就算变成针，也是插不回去了。干脆我们先回吧，这拥挤的风情我们也算领略了。"小野看看灯火闹市，想想这汹涌人潮不到半夜是不会退去的，于是听秘书长安排，在群里发条信息，告知他们已随秘书长先行回酒店，在酒吧喝酒的人，回头自行打车回。

"都是一帮男的，没事。"秘书长对小野说。小野于是电话通知司机来接。

海棠回到酒店后，一连给阿奴发去十几条微信。她告诉阿奴自己的房间号，阿奴也回了他的房间号，并回说过一会儿就撤了回酒店。海棠一笑，准备洗漱。她从行李箱翻出半透明的青色蕾丝睡衣，还有一件豆青色文胸。要不要穿文胸，她斟酌了好一会儿。文胸和她的指甲油，还有她的睡衣，都是同色系的，豆青色。她想象阿奴的手指，在她沐浴过后的身体上一件一件地剥着，像剥一个初夏的豆荚。她茂盛吗？她饱满吗？她要阿奴叹息着告诉她。

她觉得自己需要一个长时段的淋浴，她必须站在莲蓬头下，用38摄氏度水温的热水徐徐浇灌自己，她需要再生长一下。

趁阿奴还没回来，趁阿奴还没敲她的门，她还来得及铺展这些完美的程序。

海棠站在莲蓬头下，水汽迷蒙笼罩，她透过爬满细密水珠的镜子，看见自己此刻是云雾缭绕的蓬莱仙山，她的葱茏，她的山花烂漫，只待阿奴一人放眼来细细凝望。

　　不知道洗了多长时间，只知道自己彻彻底底地被水汽蒸透了，蒸得透明，她慵懒出浴，穿上豆青色睡衣，躺到床上。

　　手机上没有阿奴的来电和信息，想来阿奴还未回。海棠举起右脚，自顾欣赏她的涂着豆青色指甲油的脚趾，然后是有着柔美线条的脚弓，然后是如同出缸豆芽的长腿。看过，又原路看回去，从长腿的肤色看到脚弓的线条，又落在豆青色的脚趾。

　　她给阿奴追了条信息，阿奴说大约还有一小时就回了。海棠起身，穿着豆青色的睡衣站在落地的穿衣镜前，感觉自己此刻是草木葳蕤的热带雨林。"阿奴你快快快回！"海棠心里默念千万遍，她要带着她蓬勃的爱欲，牵着她的阿奴在热带雨林里狂奔，让他在她的雨林里迷失不知归途。

　　海棠站在镜子前，等得心焦，等得口渴，等得觉得自己在一点点地失水萎谢。她脱了睡衣，又站到了莲蓬头下浇灌自己，38摄氏度的水温，从脸，到脖颈，到胸腹，到脚趾……她又蓬勃地生长了，每一粒肌肤的细胞里，都是波光荡漾。她如此青嫩多汁，需要一件豆青色的文胸和睡衣作盏儿碟儿，将身体小心翼翼地颤颤盛好。

　　海棠又躺回到床上，等走廊深处的脚步，等一个休止符，和休止符后面优雅的四二拍的敲门声。

她又发过去一个微信："含苞欲放地等你。"

……

海棠在凌晨两点多醒来，身边没有阿奴。她点开手机来看，她追过去的那么多信息，他一条都没回。她打电话，也没人接。

难道她睡着时阿奴来敲门，她没听到？

海棠起身，再次站到莲蓬头下，淋。她一身豆青色，再罩一件风衣，跳芭蕾舞一般提着脚尖，风一般穿过长长的走廊，去摁阿奴房间的门铃。也许阿奴喝了不少，不想打扰她，所以径直回了自己房间。

山城的凌晨，空气已有凉意，比空气更凉的是海棠的手指。她颤抖着摁了半日，终不见阿奴来开门。

她回到自己的房间，半梦半醒，挨到天亮。其间纷纭的碎梦不断，她梦见阿奴和老马，还有她自己的爸爸，还有许多半生半熟的面孔，他们在一处泥地里嬉戏，个个身上泥浆飞溅。她仔细一看，不觉一惊，竟然个个都是少年的面孔，原来他们脱衣服时，连同灰白的头发、眼梢的皱纹、低沉的声音全都脱下来了，和衣服一起堆在田埂上。他们玩得可真欢！海棠恍惚着在田埂上走，一脚踩着老马的肚腩。老马的肚腩太大，脱下来单独另放一处，却令她脚下一滑。一惊，海棠醒了。

她听见走廊上吸尘器工作的刺刺声，隔壁是洗衣房，有人在说话。仿佛黑夜太脏，所以清晨一到，人人都在搞卫生。

六

早餐大厅里，海棠自然遇到了不少同社团的人。"早上好！""早上好！"大家都客气地招呼。

可是，海棠忽然看见坐在老马对面的老马爱人在一边吃早餐，一边偷偷地拭着泪，餐盘边早已经垒起小山似的用过的纸巾，想来哭了好一会儿了。海棠再看看老马，老马正低头呼呼地吸着面条，也不安慰他爱人。

海棠看看周围的人，有人埋头吃饭，有人狡黠地笑。

"老两口吵架了？"海棠问小野，小野摇头，表示不知道。海棠捧着餐盘往窗边走，遇到正在偷笑的几个同行者，努努嘴，以示疑问，那几个越发止不住地笑。

"人家哭，你们倒好，还笑！"海棠埋怨道。

"海棠恐怕还不知道吧……昨晚那几位，深度领略古镇风情了。是深度领略，海棠你明白吧。不像我们，只是浮光掠影，挤了个寂寞。"一个同行者道。

"寂寞？你嫌寂寞，你今天别走，今晚也去深度领略一番。"

"看见老马没，哈哈哈，脖子都被抓破了……"

"谁抓的，当然是哭着的那位了。早上老马一回房间，两个人就干起来了，砰嗵砰嗵的。我赶紧过去敲门，在外不能打啊，回家慢慢理论也不迟……"

海棠一边吃早饭，一边听他们一边坏笑一边议论，心里大抵捋清事情的头尾：在酒吧喝酒喝到半夜，然后相继滚进了女人怀里，销魂到天亮才回来。因为是七个人参加的群体活动，老马姿态很高，没深刻认识到错误，反正又不是只他一个人喝花酒。集体寻欢，人人无罪；若是单枪匹马地和某一个女人谈恋爱，那才是罪不可赦。

海棠悄悄瞥一眼老马的爱人，看着她红肿的眼睛，眼馋似的，只觉得自己也想要落泪。

车子八点出发，女人们早已经拖出拉杆箱，整整齐齐地站在车子边等司机给她们归置行李，倒是男人们这一回兵荒马乱地从大堂里往外跑，临上车又发现手机充电器落在房间里，于是又下车直往电梯跑。阿奴上车倒没太迟，但是海棠看他脸色，猜他大约早饭也没赶上吃。

车子发动，告别这个色彩丰富的边地小城。马路边的草坪中间，一团一团红的蓝的黄的花儿正盛开在朝阳里，有老人在花丛后面舞剑打太极，人间处处岁月静好。而不远处，酒店门口的霓虹灯早已熄灭，掩映在凤凰木背后的略显陈旧的七八层楼房仿佛也已疲惫，昏沉沉地杵在清脆的鸟鸣里。

车子才开十几分钟，男人们的呼噜声已经响起，清晨的空气瞬间被这些呼噜填塞得苍老浑浊。"老少女"没话找话，似乎很体恤男人们似的，道："哎哟，这世上，到底是男人们最辛苦哦！"海棠疑心"老少女"是在故意挖苦老马爱人，或者，是在挑衅隐藏的自己。这一路上，最看不顺眼"老少女"

矫情的人，除了海棠，便是老马爱人。海棠对"老少女"的鄙夷藏在心里，毕竟不能表现出来，怕人说她吃醋。但是，老马爱人就藏不住了，本来是同龄的两个女人在一支队伍里，才貌必须表现得不相上下，才能相安无事，偏"老少女"总是一副少女做派，倒显得老马爱人很老似的。所以老马爱人一直对"老少女"没有好脸色。

海棠能真切听见老马爱人的啜泣，一抽一抽的，很均匀的频率，几乎是合着脉搏的节奏。那啜泣声又好像震颤在海棠心上，形成一声一声深长的回音。还有那咸涩的泪水气息，从后脖处暗暗漾过来，在海棠的耳朵边一层层弥散。海棠感觉像是身在冬夜，冷风吹开破旧的乡野木门，吱呀一声，门开了。吱呀一声，门又被吸着关上了。然后，吱呀一声，门又被吹开……寒冷像整齐方正的部队，一阵一阵，踩踏在海棠心上。

听着这样的啜泣，海棠知道老马爱人的悲伤已经翻过了暴风骤雨的顶峰，此刻以沉稳而内敛的步履，向着终点艰难靠近。

老马照例打着呼噜。

"嫂子别难过了，出来玩就是为高兴的。再说了，老马不也毫发未损完完整整地回来了嘛，啥都没丢……"一个男人劝道。

海棠听见老马爱人猛地吸了下鼻子，问道："我问你，昨儿晚上你们谁起的头？当心我回家——告诉你们的老婆……"

老马爱人带着哭腔的一番责问，仿佛一根火柴，点燃了众人按压在心头的笑声，车厢里又热闹起来。那笑声的意思是：告诉人家老婆有什么用？你这个老婆千里百里跟在老公后面看着都没看牢实。至多人家老婆也像你老马爱人一样，哭上个一天两天，骂上个一天两天，三天一过，日子还不是照旧过。

这样的笑声落在海棠耳朵里，显然是刺耳的。海棠折折身，伸过手去，握了握老马爱人的左手。这一摸，她摸到了五根冰凉的还在轻轻颤抖的手指，就像从冰碴子里抠出来的湿渌渌的枯枝。

"你冷，嫂子，我来找衣服……"海棠说着便起身。

老马爱人眼泪忽地又涌出一大截，可是不说话，只是摇头，以至那泪珠儿也溅了几大滴到海棠手指上。海棠忽然想起她的衣服早随行李箱放在车子底下了，于是解了自己脖子上的丝巾，团了团，盖在老马爱人的手上。

过了一会儿，老马爱人艰难止住啜泣，贴过上身来，哑着嗓子低声对海棠道："妹子，我就是心里委屈，心里像照不进光来似的。"海棠不住地点头。

安慰过老马爱人，海棠到底熬不住，给阿奴发了条微信，原是有千言万语，可是临到发时，却只发了个"？"，阿奴很快回："昨晚酒喝多了，荒唐荒唐。"海棠又发了个"？"，阿奴又回："我明白。你不懂。"海棠再发了个"！"，阿奴再回："对不起。先不说，我养会儿神。"

海棠还想发，忽然手机丁零一声，来了条短信。是丈夫发来的三个字："早上好！"

　　这样不亲不疏的三个字，让海棠纳闷了。难道丈夫发错了？想想，如果丈夫是要发给领导或客户，肯定会有称谓；如果是发给红颜知己，措辞一定比这丰富。

　　想了一会儿，海棠确定丈夫就是发给自己的。可是，他为什么忽然要这样问候她呢？海棠没回。

　　许多年前，他们刚结婚，在小城的一栋只有六十八平方米的爱巢里，每天清晨醒来，他们会微笑相拥，脸颊贴着脸颊，互道一声"早上好"。那是热气腾腾刚出炉的"早上好"，还残留着梦的味道，呈给对方。

　　那时，觉得"早上好"多么文艺。好遥远的事了，差点已经想不起。

七

　　这一天基本都困在车上，晚上七点半左右，他们到达那个有名的有着母系社会余风的少数民族聚居的湖边酒店。下车，取行李，登记住宿，晚餐。这是在外的最后一个晚上了，翌日上午的一个行程结束后，下午他们就要回程了。一念至此，众人心底皆有些不舍，于是约定晚餐后再热闹一番。当然，这一回特意强调要集体参加，不可擅自离队搞小组织行动。

　　二十多人的队伍，搞活动，最大公约数往往是唱歌。

　　点了个大号包厢，客气礼让一番后，各人都点了自己的拿手歌。照例是秘书长开头，从歌声嘹亮的《北国之春》开始。"老少女"这回点了首老歌《滚滚红尘》，那是一首 20 世纪 90 年代陈淑桦和罗大佑合唱的经典。"老少女"将阿奴从沙发上扯出去，阿奴笑笑，接过"老少女"递过来的话筒。"起初不经意的你，和少年不经世的我，红尘中的情缘，只因那生命匆匆不语的胶着。""老少女"身对屏幕，却眼望阿奴，唱得深情款款。阿奴也不拂"老少女"美意，轻轻将话筒递到嘴边，像是捏着"老少女"的手指递到嘴边，送上绅士的一吻。"想是人世间的错，或前世流传的因果，终生的所有也，不惜换取刹那阴阳的交流"，阿奴的歌声有一点沧桑，又有一点沧桑之后的暖甜。

老马大约也深受感染，道："这样的歌，应该明天在走婚桥上再唱上一遍，方算是不负了如此秋光胜景。"

"老少女"笑道："知道吗？这是我们的歌，20 世纪 90 年代过来的人，我们的歌。一开口，就控制不住要动情的。"

接着，老马也拉他爱人出列，合唱一首老情歌。

然后是海棠。海棠唱了一首英文歌，奥黛丽·赫本的 *Moon River*（《月亮河》），海棠幽幽地唱，那声音有种黑白照片的怀旧气质。老马牵着爱人的手，企鹅似的，轻轻摇摆着身子，跟着音乐跳起了双人舞。"老少女"随即也拉了阿奴出来跳。"老少女"将额头贴在阿奴的胸前，兰花指慵懒地搭在阿奴的肩上，目光迷离，仿佛在回忆，仿佛在憧憬，又仿佛在享受此刻两个人身体的贴近，享受两个人掌心连接的体温细细对流。

海棠悠悠地唱，歌声里，她仿佛去见一个人。那是青春年少的人，在大学校园的樱花树下，她和学长共用一副耳机，相依在树下，一边听英文歌，一边哼唱。她的两只手，都窝在他的掌心里。

他们暗自许诺：跟随同一道彩虹的末端，一生一世，在那弧线上彼此等候……

回去的路上，"老少女"借着微醉，自始至终拉着阿奴的手不放。海棠猜想，"老少女"今夜必将跟到阿奴的房间方才罢休。她五十多岁了，似乎不必再等什么，她大约以为狠命抓住此下的每一刻，不虚度，便是赚头。

第四日上午，众人步行在传说中的神秘湖泊边。天蓝，蓝得像没结过婚的蓝；云白，白得像没出嫁时的白。碧水之间的绿岛，宛如毛茸茸的初生婴孩。众皆心旷神怡，纷纷感叹：

"好一片清洁干净的地方！"

"因为离天空更近。"

"真想把我的五脏六腑掏出来在水里洗洗……"

一位身材娇小皮肤略黑的当地女导游，举着一把太阳伞走在最前面，娓娓而谈："这里是中国唯一仍存在的母系氏族社会，至今还保留着男不娶、女不嫁的走婚制度，这里的旅游资源构成主要是典型的高原湖泊自然风光和以独特的母系氏族文化为特征形成的人文景观……在这个母系家庭中，母亲主宰一切，女性在家庭中拥有崇高的地位，所以这里也被称为女儿国。"

众人"哦哦"应着，有人以为神奇，有人心生向往。

跟着导游的小喇叭，他们参观了此处少数民族的特色民居，在木屋里，跟当地小孩聊天，问人家爸爸在哪儿，小孩脆生生地答一句"不知道"，众人又是一番哄笑。

在湖边，海棠悄悄脱了鞋袜，在浅水处行走。虽是秋天，但白天风日晴和，竟也觉不出湖水的沁凉。阳光直透到水底，一粒粒涂了豆青色指甲油的脚趾在水波里一览无余，像猫眼，在深夜静静等待，伺机捕捉猎物。

终是徒然。猫也累了。猫睡在阳光里，瞳孔慢慢收小，它现在是宁愿饿着，也不想再理谁。

海棠坐在水边，眺望远处一簇簇的民居。心里纳闷，那些走婚的男女，是比他们这些外来者更幸福，还是更忧伤？那些房子里的女人，是否有焦灼的等待？她们是否和她一样，在夜晚一身豆青色，情欲蓬勃？

离开湖边后，他们又去参观当地的民俗博物馆，衣食住行，婚丧嫁娶，人世间千百年生命繁衍历史更迭的各样风景，最后不过凝结在几件小物件上，委实令人感慨。

行程即将进入尾声，大视频再次精彩呈现这个神秘民族的文化习俗风土人情，然后头顶灯光一亮，大屏幕上的视频播放结束，只呈现蓝天碧水的桌面风景，叫人忍不住静静浮想，然后慢慢回到现实。

"为期四天的少数民族文化考察参观之旅到此即将结束，

想必各位在几日的行走中已经产生了许多丰富的感受，今天在这里，我们组织一个小型文化沙龙，请各位畅所欲言……"领队小野背对大屏幕，用颇具鼓动性的话语开场。大多数人还是只愿意做做观众，尤其是临场应变能力不强、嘴巴笨拙的人，就更不愿献丑了。秘书长首先开场，然后有阿奴，有"老少女"。最后隆重出场的是老马。老马似乎早就料定有发言这一出，虽然并不冷，一件薄薄的棉质围巾却早已搭在脖子上，整个人颇有一种民国学者的文艺范。小野一边主持，一边拍照，还特意给老马录了视频。

"小民族，大历史，尤其是今天的考察参观，我的这种感受更为强烈。行走在古朴宁静的村落里，所见皆是良田、美池、翠竹、芭蕉，祖母、母亲和孩子，个个怡然自乐，这不就是一处未被现代文明的烟火沾染的世外桃源吗？我想，这里如诗如画的山水和人文，正向我们指明了人类社会的终极归途，那就是，我们从母系社会出发，经过漫长的父系社会的纷扰，在社会发展呈螺旋式上升的规律下，必将重返一个更加高级的母系社会……"老马侃侃而谈，一条围巾衬得他的气质愈显儒雅。

底下有人笑了，好奇问道："到那时候，我们男人干什么呢？"

老马也不答，继续侃侃而谈："当下女性普遍受到良好的教育——从女性争得受教育权利的那一刻开始，上帝就已经打算闭上眼睛了。接下来是争取经济权，而经济基础决定上层建筑，所以最后她们轻易获得了话语权，然后梦想扩张，版图扩张。从社会最小的细胞——家庭，到工作单位，到整个社会，都将是女性话语权全覆盖的局面。这一天的到来，我估算最迟不过一千年，甚至更短，但几十年内是不大可能。在今天这片被称为女儿国的土地上，我要致上我的欢迎辞，我真诚地欢迎一千年后，一个新的女性主导世界的母系时代来临。那时候，我们男人干什么呢？喝酒，晒太阳，从事不触动女性权利的低等服务业，或者流浪……当然，那时候，地位崇高、心胸辽阔的女人们如果愿意，我们嘛，自然是很乐意配合，配合去做些繁殖后代的小事。"

老马不说了，只端坐着，微笑地看着台下的众人，仿佛意犹未尽。众人哄笑，报以雷鸣的掌声。

海棠拍拍老马爱人，低语道："没想到你家老马有如此长远的目光，如此深刻的见解，原来那大肚腩装的不是一般的货。"

老马爱人且嗔且喜地瞥一眼老马，然后看一眼海棠，复又望着老马，低声道："坐在台上，头头是道；走到台下，嬉嬉闹闹；放到黑夜，节操不要。"

哄笑声中，沙龙结束，老马走到他爱人身边，将自己脖上的围巾取下，胡乱塞进爱人的包里。他爱人复又取出围巾，抖了抖，整齐叠好，方才郑重地放进包里。回味老马刚才的发言，老马爱人倏然觉得自己心胸辽阔了。他用一千年后的美好愿景向她投诚表忠，面对庞大的女性掌控话语权的世界，老马的一夜身体漂移，又何足挂齿？不然，又能怎样呢？

八

买纪念品，拍旅游照，还有各种大小合影，以至大家的午饭吃得很迟。然后退房，上车，回程的大巴车上静寂得如同激战三日之后的战场。小睡醒来，窗外已是黄昏。车子一路向北，高速公路两侧，日间青色的连山，此刻成了掺了墨的黛色，把大地压得沉沉的。山尖上，被晚霞映照的云朵渗出一缕缕斑驳阴郁的紫色来，仿佛云朵被长风鞭笞过，伤痕犹在。

回到家，已是深夜。客厅灯还亮着，丈夫躺在沙发上似乎睡着了，电视机开着。她推着行李箱到茶几边，丈夫眍眼静静地看着她，那眼神海棠着实看不懂，不像小别重逢的喜，也不是怒。细琢磨，似乎是在寻什么，找着了定定地看，有些将信将疑的痴呆。

"锅里还热着饭，我给你留的。"丈夫说着，便起身去盛。

海棠坐在茶几边吃，心上依旧有些恍惚。瞟一眼电视，电视里，便衣的警察还在审那个穿白T恤的犯罪嫌疑人。海棠一愣："怎么还在审？"

丈夫喃喃道："上次审，没招，所以还在审。真是凑巧了，两次审人都让你碰上。"

"我还当我们家的时间是停止不动的，就像《解忧杂货店》里的一样……吓我一跳。"海棠道，"这电视剧也太假了，犯罪嫌疑人被关押审问了那么些日子，白T恤还是那么笔挺纯白，头发还是一根不乱。"

丈夫道："现在还有什么不假？谁不是在表演？人人是影帝，有病的装作没病，没病的装作有病。"

"那么，你是在装有病，还是装没病？"海棠随便一问。

"我时日无多，本色出演，表里如一。"丈夫说着。

海棠愈加恍惚，便盯着丈夫的脸看，几日不见，丈夫的脸像是用盐和酱油腌过一遍，收了一小半水分，也沉淀了一层黑。

"说得明白点吧，不要吓我！"海棠低声叫道。

丈夫没说话，递过手机来，海棠一看，是省城一家医院的电子版体检报告。

海棠飞速扫一遍，然后目光落在"有恶性肿瘤可能，建议尽快做进一步检查"这一行上，霎时只觉耳边轰轰，太阳穴发紧。

"只说是可能，还不一定呢！"海棠高声叫道，似乎声音大一点，病魔就会被她驱跑。

丈夫苦笑着摇头道："我这个年龄，这种病发展得快，人走得也快……这两日，我一个人在家把我这十几二十年前思后想一番，才发现，酒友牌友什么友都能放下；工作呢，我一放，马上就有人来接，也没什么放不下；父母总会老，还有一个姐姐和哥哥，我也不急；唯独对你和儿子，还真是舍不下。很遗憾，我先前做过一些荒唐离谱的事，可现在也擦不掉了，对于今后弥补也恐怕无能为力。"

海棠的眼泪忽然涌出来，哑着嗓子道："你别瞎说，你起码也得像我爸，风流到老也好。"海棠放了碗，扑到丈夫腿边，瘫跪在地，不断地捶着丈夫的大腿。她不知自己是忽然涌起万千不舍，还是隐隐怨恨丈夫将要给她制造一个比她母亲还要悲惨的命运——成为一个三十八岁的寡妇。原以为命运只是会遗传，没想到还可能是青出于蓝而胜于蓝。母亲夜夜等待，好歹还能等回一个迟归的人，而她将可能会无人可等。

"不不不！"像有一万个"不"在海棠心头呼啸，她不要认领这样的命运。她一把抓起丈夫的手，扯着久久不放，道："我们到上海，到北京，到国外也可以。你必须活着，让我天天看到你。"

"海棠你别激动，我们明天一起旅游吧，最后的时光我不想在病床虚度。"丈夫说着，弯腰过来一把抱住海棠放进自己怀里。海棠伏在丈夫胸口上不知哭了多久，忽然想起来什么似的，从丈夫身上滑下，转身去开行李箱。海棠打开普洱茶饼，递给丈夫，说："送给你。据说普洱存上十年，再泡，有琥珀之色，有兰桂之香，味美至极。我们一起等，我等你泡给我喝。你一定要泡给我喝。"

丈夫接过普洱茶饼，敲敲，然后起身，将普洱茶饼往书房送。海棠看见丈夫边走边拭泪的背影，心里懊悔万千。她忽然以为，这一切是上天对她与阿奴厮混的恶毒惩罚。

这一夜，海棠在手机上百度各种医院的信息，丈夫躺在她身边，一夜絮絮不止。丈夫说他早已迷途知返，"当一个男人天天在家看起电视剧，说明他早已回归家庭"。只是，海棠的心还野在阿奴身上，哪里会留意到。"等你回家。就像小时候，我出去疯玩，回家时门已上锁，虽然着急，我也只能坐门口等，相信太阳落山之时，母亲一定会回来开门，为一家人做饭。"丈夫抱着海棠的后背说。海棠弓着背侧卧，她的大饼脸已成沼泽。想起老马描述的高级母系社会，她并不渴望，她并不想做女王。她其实只想弓身在一个男人的怀里，弓得像一道彩虹，黑夜和黎明是彩虹的两端，他们在彩虹的光和暖里一起唱唱英文歌，唱到白露为霜，唱到白发苍苍。

　　海棠想起母亲，也许母亲这么多年的等待，只是内心放不下一道彩虹。她大约有时悲观，有时也重拾信念，等待白发少年归来，两具苍老的身体并排靠近，靠成久别重逢的两道彩虹。

　　……

　　去往北京的高铁上，海棠和丈夫相依而坐。丈夫戴着耳机在手机上看电视剧，还是那部缉毒剧。

　　"我得赶紧看，不然怕这辈子看不完这部剧了。"丈夫笑着说。

　　海棠悄悄伸过手去，握着丈夫的另一只手，复又将他的手放在自己的脸上。

　　"那个便衣警察呢？"海棠问。

　　"已经牺牲了。"丈夫答。

　　"这么快！那个犯罪嫌疑人呢？"海棠又问。

　　"被警察打动，已经弃暗投明了，接替警察做卧底工作。"

丈夫答。

"剧情这样反转，没想到。"海棠说。

"其实是重建信仰，一切皆有可能。"丈夫回道。

海棠正要继续和丈夫逗，忽然母亲的电话打过来。母亲哭诉说，父亲在广场上给一个唱黄梅戏的女的下跪求婚。"我还没死呢，他就已经向人家求婚，生怕那女的被另外一个吹笛子的老头抢了。"

海棠语气坚定地回道："不是很大的事，会滚回家的。"

阿奴微信留言告知海棠，他要回老家了，这回是工作正式调动，回到那个人口不足二十万的小县城。老婆麻将打得离谱，得回去好好看着，再不看看，小县城一套八十万的房子就要被她输掉了。海棠已有许多时日没和阿奴联系，她猜是"老少女"追得狠，阿奴甩不脱，只好逃之夭夭。

海棠删了阿奴。

高铁载着他们，仿佛穿越时空隧道，一眨眼，又是一座城市，又是一种风貌的田野。过了一条大河，进入北地，北方深秋的田野是一片金黄的大豆。

海棠握着丈夫的手，丈夫的手掌温度刚好。她觉得此行，不只是见医生，也像是见岁月里那个曾经的学长，她的现在的爱人。窗外，豆青老去，岁月收获着苍老的庄稼，也收获着他们。

也许，要像那个犯罪嫌疑人一样，要重建一种信仰。

家　宴

一

"阿钟，今年过年，我想在家里请请他们……"

国庆长假时，曾老在饭桌上跟儿子曾钟说，他说得慢条斯理，抖抖索索。

正月里办家宴，是江北的风俗。所谓家宴，就是亲戚之间相互设宴请客，菜和酒雷同到如出一家，可是依旧热闹，划拳的，玩老虎虫子棒子的口令游戏之类，一闹就是小半天——可是，这是三十年前的情景了。

现在，曾老跟曾钟说起办家宴的事，曾钟搛菜的筷子在半空里泊住了，没有说话。

曾钟明白老父亲的心思，无非日子好过了，要把老老少少枝枝蔓蔓的亲戚聚齐在家门前，团团圆圆，福寿齐天。

"我让你别说，你不听……"事后，曾奶奶抱怨曾老。

晚上，曾钟一家三口在外面吃饭，跟体己的亲戚朋友在一起，留下老两口寂寞对黄昏。

饭后，曾老剥下了儿子给自己买的核桃芝麻糊的包装纸盒，放到门外边，然后寻了件夹克姿势僵硬地套在身上。人老了，年轻时一米八的个头缩成了一米六上下。个头缩，志气似乎也在跟着缩，说话常常硬气不起来，曾老暗地里为此忧伤过。

"我出去晃晃。"曾老算是跟老伴招呼过了。

曾奶奶头低着洗碗，似乎是嗯了一声，忽然警觉起来，扭头看向门口。"去哪儿……又去三姑家？"她看见了曾老手里捏着的几个纸盒。

三姑是曾老的三妹。曾老装作没看到曾奶奶不高兴的脸，转身出了不锈钢柱子搭建的宏伟院门。曾老住的这个小区是这个江北小镇上的富人区，从富人区走出来的人，在小区之外的人看来，身上都笼罩着一层光环。曾老便顶着光环，拎着纸盒，款款出了小区。

步行三十分钟上下，就到了三姑家。三姑是个环卫工，刚扫垃圾回来，在屋西边的披厦里捆纸盒，晚饭是三姑父煮的。三姑家三个孩子，大的是女儿，二十八岁，还没对象；二的是男孩，大学毕业在省城上班，家里人习惯喊他小名二子；小的还是男孩，在读书。曾老同情他三妹苦，逢年过节的，总会悄悄塞些钱给她。菜上桌后，三个放假回家的孩子默然吃饭，伏在桌边，很是低调。"大舅——"三姑父招呼曾老去坐，声音出来一半，还有一半省略在喉咙口，太熟悉的亲戚，词汇上是能省则省。

曾老没入座，径直往三姑跟前走，将从家中拎来的纸盒递给还在阴暗的披厦里干活的三姑。"你也去吃晚饭吧！"曾老望着躬身干活的三姑说，语气里有催促，显然是心疼自己妹妹。

三姑从吱吱嘎嘎的声音里挤出一声嗯，然后弓腰出了披厦，她上身穿一件褪色的蓝色工作服，外面还罩着一件环卫工人的黄马甲，胳膊上套着花纹模糊的套袖，右胳膊的套袖就快垂到手腕处，估计是上面的松紧带老化松掉了。

"元旦之后，工资就要涨了，我们几个女的天天跟他们吵……"吃饭的时候，三姑跟曾老说，言语间有喜气，似乎也想安慰自己的哥哥。她的窘迫就在她哥哥的眼皮底下，躲不掉也藏不住，但她还是怕自己哥哥过于心疼。

"扫垃圾，还顺带着捡纸壳子，一个月还挣不到两千！"三姑父显然想压一压三姑涨上来的志气。

"那你呢？厂里怎么样？"曾老不无忧心地低声问三姑父。

三姑父头一低，眼皮垂到碗沿。

曾老猜到厂里也不好，寻常没事时，他就到小区门口的超市前跟人闲聊，各家工厂的经营状况他多少有些耳闻。这个江北小镇，鼎盛时有大大小小几百家民营工厂，这几年，产能过剩，制造业渐冷，加之银行信贷收紧，导致不少企业供血不足，小工厂关门，大工厂裁员……

"县城买的那房子真想退了，每个月房贷要两千多，养不起！"三姑父抬起半张脸，眼神不接曾老的眼神，兀自絮叨。

二

曾钟在省城有两套房子，都是一次性全额付款买的。中秋之后，省城房价飞涨，政务区闭着眼睛凶恶地涨到两万多一平方米，曾钟趁机抛掉一套，剩下一套自己住。卖掉了省城里的一套房子，二百多万的现金握在手里更恐惧，怕货币贬值啊，晚上睡觉前的二百万，到翌日晨起时，可能已经是农历十六的月亮瘦身成了十七的月亮了。

晚上，远房堂哥曾如海在江洲商务酒店小宴宾朋，来的至少都是家产以百万千万论的亲朋好友们，有带家属的，也有没带家属的。曾钟带了老婆孩子，人多势众，好像坐在桌上要稳一些。

饭前打掼蛋，曾如海、曾钟，还有曾如海的同学，以及曾如海的一些生意伙伴。掼蛋打到中途，曾钟表哥张飞虎携着妻小到场，曾钟忙起身将手里的扑克让给张飞虎来打。张飞虎是曾钟舅家的儿子，但他跟曾如海似乎更亲些。

曾钟妻子便和张飞虎妻子傍一块儿聊。张飞虎妻子穿了一件驼色羊绒大衣，款式简洁，有一种不动声色的雍容，曾钟妻子伸出两根手指头探了一趟，便知质地非同一般羊绒。"什么牌子？法国的吧？"曾钟妻子轻声问。

张飞虎妻子莞尔一笑。曾钟妻子便没往下问了，她曾跟曾钟路过专卖店，但也只是淡淡飘过，五位数的挂价，令她不敢向前。张飞虎妻子看着曾钟妻子的衣着，很礼貌地作着欣赏状，没问牌子和价格。

穿着红色唐装的俏丽服务员轻轻走到曾如海面前问："先生，可以起菜了吗？"曾如海点头。张飞虎道："再等等如天老表吧，都是家里人，不急。"曾如海头也不抬道："起菜吧，边吃边等——老大现在是艺术家了，吃饭没个准点，来了才算来了。"服务员领旨而去，曾钟便娴熟地将曾如海拎来的四瓶茅台先开了两瓶，放在转盘上。

如天是曾如海的大哥，近几年来，迷上书画，将恢宏大业交付给公司请来的大内总管，某退居二线的官员来管。他自己，到京城拜名师，到书画斋定制羊毫狼毫，到安徽泾县红星宣纸厂买最贵的宣纸回家囤积。某日，他重金请一书画名家到他书房挥毫泼墨，那画家一边画画一边惋惜不已，因见那近万元的几叠宣纸胡乱暴晒于窗边，不被疼惜地收起。再好的宣纸，在曾如天那里，都命贱起来，因为有的是宣纸。

就像曾如海，再漂亮的女人，在他那里，都命薄起来。

曾如海不在外面胡乱搞，对于女人，真要是喜欢，就娶回家，给她房子和钱财，让她生孩子。

张飞虎道："人不多，让嫂子带孩子来，刚好跟你表弟媳在一起念念女人经。"有人笑道："你想要几嫂子来？"张飞虎便笑起来。

曾如海平时跟小四子住在一起，前面三个女人，都安顿得很好，有钱有房有车，各人生的孩子都先后被送出国读书，所以前面三个女人也都大度雅量不找他吵。这样，曾如海的事便在圈内被传为佳话。

没打到A，掼蛋就结束了，谁也不留恋。桌子上，菜齐了七八成，大家相继落座，曾钟侍者一般上前给各位斟酒。

"阿钟，今晚就交给你掌舵！"曾如海以不容置疑的语气吩咐道。

曾钟本不想喝酒，就笑着慢声道："我开车来的，就不喝了吧？"

"好像就你有车似的。"曾如海不屑地蹦出一句来。

曾钟笑笑，脸有些涨红，他那辆车四十万不到，在他们面前是从来不敢说车的。

"那就上场了……"曾钟说完，拿出披荆斩棘的勇气来。

"弟媳妇可以开车嘛，不行我马上打电话给你叫代驾。"看看曾钟的红脸，曾如海语气复又软下半截来。

曾钟妻子满面绽开笑容来，虽然心里心疼丈夫喝酒，但还是要伪装出豪放的架势来。因为如果不会玩，以后就没人带你玩。

曾钟举着杯子，开始在桌子边来来回回穿梭，帮曾如海搞活气氛。每次一仰脖子，他感觉砰的一声，有万丈火焰从丹田腾起，经过喉咙，直冲向脑门顶。他就快要被烧焦煳了，原来这才是赴汤蹈火，他又一次理解了这个成语的意思。

张飞虎的一条舌头上下扑腾，冷三句，热三句，深三句，浅三句，谁的话题他都能插进去谈论一番。曾如海的同学话不多，端然垂听，面部表情有一种贵族式的凝重。他们说到京城落马权贵，分析权贵落马的导火索和根本原因；说到某上市公司，分析它的实力。那语气，樯橹灰飞烟灭，貌似只在他们弹指之间。

偶尔，曾钟会坐下来，听一会儿他们笑谈风云。但是，每次都只能听个上半场或下半场，酒杯要端起来，要转起来，不能停。

进行到中途，曾如海的大哥曾如天被女服务员引进来，大家嬉笑地看着他，摆出欣赏艺术家的表情。曾如天穿着中式麻质对襟上衣，右手上绕着几圈小叶紫檀佛珠手串，手臂起落之间，手串在灯光下泛着中世纪的幽冷神秘的光。

忽然，就在曾如天和桌上的宾朋寒暄之间，曾钟接到了他母亲曾奶奶打来的电话。

当天晚上，曾老走后，曾奶奶匆匆洗好锅碗便也下楼，去理发店染头发。头发染好后回家，还不见曾老回家，她便打电话给曾老。曾老一看是老婆子打来的电话，故意不接。于是，曾奶奶便拨电话给儿子，让儿子催他回家。曾奶奶知道曾老时不时贴补他妹妹，老夫妻俩为此疙疙瘩瘩地小吵度日一过多年。

曾钟便打电话给他父亲，父亲在外面总是乖乖接儿子的电话。

"嗯，马上……嗯，动身了……晓得晓得，我还没那么瞎……"

曾老跟儿子说话时，那言语间是一种隐退江湖的老臣又得新君恩宠的荣耀，不易察觉的荣耀。

"阿钟打来的，不放心我。"曾老不等人问，自表缘由。

三姑家的晚饭已经结束，孩子们相继撤离，暗黄的灯下，一点残羹剩菜卧在碗底，寥落伶仃的模样。

说到打算退房子。曾老问："一个月两千几百块钱的房贷你们也还不上？"他不敢相信。

县城的那套房子是给二子买的。二子大学毕业后，在省城上班，单位是无名的苟延残喘的小单位，只可当作暂时过渡，不可托付青春理想。按说应该在省城买的，只是这几年，省城房价一日日在他们盼跌的祈祷里蹿升到月球高度，至此在省城买房便成了神话，他们是没有仙丹上不了天的后羿。他们退而求其次，又不失有理想地，转身在县城买了一套房子，五十万，首付十五万，曾老偷偷摸摸贴进去六万，没打算要他们还。

"二子挣的钱呢？"曾老问。曾老果然落伍了，不知道现在的年轻人挣的钱都不够自己花。

三姑父恶狠狠地朝儿子的房间方向剜了一眼："他呀，一个月工资倒有三千多，租房要一千五，还有吃饭、穿衣，偶尔还请朋友下下馆子，你想想够不够他花？"

"还是要想法子存钱，全靠家里怎么行！"曾老遥望着二子的房间，不禁叹息道。

"存钱？他没钱还借钱学开车，我不知道那驾照拿了有什么用！能不能当饭吃！"三姑父愤然起来。

"以后开车是人人必备的一项基本技能，不会开车就好比不会走路！"二子在房间里扯着嗓子回他父亲。

"讲这些有什么用！"三姑一边埋怨三姑父，一边将耷拉在手腕上的一截套袖往上扯了扯，然后起身收拾碗筷。

江洲商务酒店的那间小厅黄山厅里，酒已经喝到日薄西山的程度了，曾钟觉得自己的身体在熊熊大火之后，就像要爆炸。他捧着肚子，步履迟缓地继续给大家侍弄茶水，儿子看着他浑圆的肚子，忍不住不时上来嬉笑着摸几下。

曾如海的那位同学一直寡言着，这时悠然发话："省城房价飞涨，政府必然会视时机站出来出台政策限购，届时炒房团必然会转移到几乎与省城齐肩却还没限购的 W 城，现在 W 城房价过低，你们若不嫌弃，可以在 W 城买房。"

曾钟一听，心里像有微风软软拂过，眼前接天莲叶无穷碧。曾钟妻子深情看了曾钟一眼，似有千言万语。

卒章显志，席散时，曾如海和他同学粘上了，同学给他捎来一个投资信息，做对外贸易。曾如海自是心波荡漾，他想接，他信仰冒险。

三

"儿子已经够给你面子了，年年你要接几桌客，他都帮你接，你非要肥肉精肉放一口锅里炖干什么呢？"曾奶奶未雨绸缪，在元旦之前就做曾老的工作。

元旦到了，曾钟照例携妻小回老家，与父母小聚。上次国庆节时，曾老跟他说在家里办家宴的事，他没回应，因为过年还早，决定做得太早往往无效。

现在元旦，估计父亲又会跟自己提这件事，曾钟想，得提前在心里埋个雷子，到时父亲的主意一说出来，他就放雷子稳准狠地炸掉。

晚上门一关，老子是老子，儿子是儿子，长幼有序。曾老手一挥："喊他下来！"曾奶奶剜了曾老一眼，还是摇摆着屁股企鹅一样地爬楼去，一会儿，母子两个下了楼梯。

刚在沙发上坐定，曾钟的手机就一路欢唱着被儿子送下来，是 W 城一个朋友打来的电话。

"你小子神通啊，买到哪里哪里涨，你知道你那房子现在升值多少了吗？""多少啊？""三十万！这才一个多月！告诉我，下次你去哪里买房？我就跟着你走了！"曾钟颤抖地握着手机，和 W 城的那位朋友你一言我一语。

几乎同时，曾老的手机也响起来："怎么？还倒贴了三万？违约金？"曾老对着自己的手机叫嚷起来。三姑在电话里实在控制不住，哭着跟曾老说："那是我三年的工资啊！"原来，三姑家在县城买的房子因为还贷压力终于在元旦前几天退掉了，按照合同规定，房产商要收违约金三万多块。

　　曾老捏着电话，想安慰他的三妹说，那三万块就算我头上了，回头我补给你，碍于一对母子在身边，不便明说。其实，他的钱也都是儿子给他的，儿子会时不时问问他的存款。

　　父子两个几乎又同时结束了各自的电话，默然坐到沙发上。曾钟还沉浸在小激动中，觉得自己身体里血液奔流成黄河远上白云间的样子，毕竟这么短的时间就三十万到手，W城的朋友打电话告诉他房价飞涨，供不应求，如果这时出手，三十万轻飘飘到手，但他决定再捂一下。

　　曾老垂眉坐在沙发一角，内心里是滚滚长江东逝水，有一种无法把握的无力感，他这样全力以赴地想拉自己的亲妹妹一把，奈何不由人。

　　曾奶奶站在茶几对面，在父子俩的表情里来回辗转，捕捉信息："什么事，说了这半天？"

　　"房子，嘿嘿，涨了……""三妹来电话，房子还赔了钱……""涨了多少？""赔了三万多……""为什么不卖？不应该退啊！""涨了三十万……""他们哪来那么多钱还清贷款再卖？"

　　"也好，在镇上买个房子压力不大，我借给三姑的那几万块我也不急着要，说说办家宴的事。"曾钟神情自若，说完，往父亲身边移了一截，有心求同存异。

"今天不说了。"曾老低吼一声，一挥手，示意儿子上楼去。

三万块对于三姑家不是一个小数字，翌日早上，曾老弄孙的怡情都萎谢掉了，一个人去愁云笼罩的三姑家探望。

三姑扫垃圾还没回来，三姑父在厨房里，他没上班。厂子里，放假的日子跟以前上班的日子差不多长，不少工人已经被彻底裁员回家。

"房子怎么说退就退呢？"曾老语气复杂，他想埋怨三姑父，可是到底不能理直气壮地埋怨，因为他心虚。心虚，是因为，如果他能说服儿子，帮三姑把那五十万房款全部付掉，三姑就不会因为退房违约被人家硬是剥皮抽筋地抽走了三万多块钱。但是，门一打开，阳光当头一照，他就清醒过来，自己都是靠儿子养的人了，何况他们父子俩明的暗的当初替三姑付掉了近一半的首付，已经是有些情义了，他怎么能得寸进尺呢。

三姑父见了曾老，当然有些不悦。越穷越怒，无处发火，便说起风凉话来。

"你们有钱人，这是站着说话不腰疼，我们能跟你比吗！我们再不退，就要全家上街讨饭吃了。讨饭我不怕丑啊，就怕丑了一辈子要面子的大舅啊……"

曾老听了，整个人梗在门口，不知该是转身就走还是该进去等三姑回来。

"承蒙大舅这么多年不嫌弃我穷，年年过年还把我们全家喊到馆子里，虽然跟大酒店不能比，但是鱼呀肉呀都是有的，我们吃一回，能保几天不吃……"三姑父继续挖苦道。

曾老身子晃了晃，似乎是没站稳。他知道，亲戚里风言风语的，说他老曾家三只眼睛看人，过年虽是沿了旧俗办家宴，但是，有钱的亲戚上五星级的商务大酒店，没钱的亲戚就上镇上的用地沟油炒菜的小馆子。

"今年打算在家里请亲戚们，一起来……"曾老虚弱地解释道。

三姑回来了，见了她哥，无限委屈又上心头，眼圈瞬间红了，一低头便进了堂屋。曾老随他妹妹也进了堂屋，不待吩咐便自己找了条板凳坐下。堂屋上方的长条几上，老式挂钟当地响了一声，曾老心一惊。八点半，老式钟还是从前的表情，深红的外壳，准点报时。曾老的目光从老式挂钟移到了旁边的菩萨身上，白衣的观音菩萨像前，是一个红色的香炉。曾老不由得起了身，走近观音菩萨像前，心里埋怨菩萨坐看人穷，没能忠于职守佑护妹妹。凝神一看，白衣的观音菩萨身上，油污灰尘布满，没想到菩萨到了三姑家也潦倒落魄起来。

厨房里不用说，到处都是油乎乎的。排气扇用久了，没什么作用，也不换，所有的大钱小钱都被挤牙膏一样挤到房子上，现在，房子终于退了。

曾老当着三姑父的面，从怀里摸出三沓钱，递给三姑。

"三万块，我补给你，心里别难过了，难过，钱又不会回来。"曾老低声安慰三姑道。

"没想到他们真按纸上写的来干事，还真扣！"三姑父语气有了缓和，说到被扣违约金，依然半梦半醒。

三姑推辞不要。曾老道："算我借你的，总中了吧？赶紧先在咱镇上买套吧，没有梧桐树，怎么招凤凰？二子也不小了。"说完，曾老望望条几上油污满身的白衣观音，叹了一声，转身出门。

三姑父接了三姑递过来的三沓钱，鼻子皱了皱，一点点霉味和灰尘味。曾老不习惯在银行存钱，因为记不住密码，所以，儿子给他钱，他便不花也不存，放在家里所有他认为曾奶奶想不到或够不着的地方。

曾钟被曾如海叫去了，中午又在外面吃。这次在江边的一个船上餐厅，上次吃饭的张飞虎到了，还带着一个搞房地产的朋友一道来的。这一桌八个人，各有来路，自带光芒，像坐镇八方的星宿。

这一回，曾如海亲自执酒壶把子，曾钟便闲些。

有人道："今天如天大老表怎么没来？又出门参加画展去了？"

曾钟笑笑，没作声。

原来，曾如天原先圈下一片地，准备扩大工厂规模的，这几年，制造业不景气，房地产市场却很繁荣，于是，曾如天重归江湖，将原先的那片平坦广袤的土地开壕沟挖地基，建得广厦千万间。

"工业用地转成商业用地……"有人慢悠悠说了半句，等人接。

"当然要走些手续了……这不，这阵子画也顾不上画了。"张飞虎笑道。

众人心照不宣，便不再问。

曾如海殷勤劝酒，曾钟有些坐立不安，几次起来要替曾如海执酒壶把子。

张飞虎问旁边一人有没有兴趣参股信贷公司，人家回道："我没钱，你该问你二老表。"说着，指指正在与人豪饮的曾如海。

"为什么找我啊？"曾如海接过话头。

"老表，我们合伙开个信贷公司怎么样？你底盘重，车子开起来稳。"张飞虎笑着回道。

"近来周转有点小紧张，没闲钱啊！"曾如海拾起篾质船形小盘里的湿巾擦了一把脸上的汗。"阿钟，你去把空调温度调一下。"

酒宴进行到太阳偏西方散，众人出船的时候，但见万顷江水敞着胸膛抖动着光影。张飞虎在席散前接了个电话，就先出来了，站在船舷边与人通话，一脸严峻。

"你不要以为叔叔是开银行的，我跟你讲，供你读完大学我已经仁至义尽。今后对你，我只锦上添花，不会雪中送炭。"张飞虎依旧手扶船栏面朝大江打着电话，不知道包间里的人已经出来。

曾钟路过张飞虎身后，不禁心上一揪，他马上听明白是张飞虎的侄子打电话给张飞虎要借钱。张飞虎的侄子，也就是曾钟舅舅的大孙子，喊曾钟表叔。曾钟低头，装作没听到，默然走过，奔到总台去结账。"三千八百多块？这么多？我们自己带了酒来的。"曾钟对于菜价有些意外，服务员将菜单转给曾钟看，曾钟看到光是一盆长江鲥鱼就有一千三百八十块，便不再言语。匆忙中现金没带够，于是刷卡。曾如海老远喊道："阿钟，今天这个我来，你别……"曾钟笑说："已经结了。"曾如海便又向着打电话的张飞虎道："表弟，回了！"

几个人离船上岸后，等代驾，然后在车子边挥手道别。曾如海等众人都走后方才动身，曾钟见曾如海没走，便陪伴在侧。

曾如海的代驾还没来，但是他先进了车子，招呼曾钟也进去坐，曾钟便知有事。

"我那个办厂子的大舅子问我借钱，说是二分息。我一直说钱在工程上，还没回来。"

曾钟望着曾如海的脸，很认真地听着，知道后面有重大部署。

"阿钟，你手上有多少？"

曾钟在心里略一盘算，二百万不到的样子，便道："二百万左右。"

"好的，你出二百万，不够也行，剩下的我兜着，我们合伙凑成一千万，放给我大舅子。二分息，两个月结息一次，合同你签，就说一千万都是你的。千万千万，不能说有我的钱，如果问起来，就说我们平时不来往。"

"这我懂。"

曾钟说完，心里激荡不已，一路上在心里细细盘算，自己到底能不能凑出二百万。上次在省城卖的那套房子虽然得了二百万，但是后来在 W 城又买进一套花去一百万，这样只剩了一百万。把手中的股票和黄金脱手大概能抽出七十万的样子，还缺三十万。老婆手中的私房钱大概也有二十万。

回到家，曾钟上楼，老婆不在家，带着孩子回娘家去了，曾钟便拨了电话过去，有些催归的意思。过了午睡的时间，曾钟躺了一会儿，睡不着觉，心里还是有些激动。走到阳台边，俯视院子，母亲在翻晒萝卜干，父亲垂首站在旁边，仿佛忠诚的老仆。

晚饭前，曾钟老婆回来了，听曾钟一说之后，她神秘一笑。

"私房钱有多少？"曾钟急切地问，"带你分利息的。"

"我哪有什么私房钱！看在你这么多年对我妈还算孝敬的份上，我明天回娘家，把我妈养老的那几个钱拿来。说好了啊，只有二十万，多一分都没有了。"

"二十万就二十万，不够我再想办法。"

曾钟丈母娘家离得不远，晚饭后，曾钟老婆谎称回娘家借钱便出去转悠了，留下曾钟和儿子在楼上。儿子看电视，曾钟下了楼，敲敲曾老的肩膀，示意有话说，曾老便出了卧室。

"你手中有多少钱？"

"我能有多少钱！不就这几年你给我那么多钱，还是那么多钱……"

曾老不敢说出准确数字，心里发虚。因为这么多年，有一小半被他贴补到三姑那儿去了，还剩那么一些，估计还是那命运。

"至少十五万，总有吧？"曾钟试探着问，他知道父亲经常要贴补三姑家，所以打了折扣后猜问道。

曾老挠了挠头发稀疏的头顶，抬头作思考状："不知道，我也没数，都放在家里。"

其实曾老手头只有七万块了，装在方便袋里，存放在几个废旧的坛子里。

"拿出来吧，借我周转两个月，过年前一定还给你。"曾钟望着父亲说。

曾老心慌起来，目光飘移躲闪，然后起身，苍老的身影在客厅里厨房里卧室里飘荡，好像失群的孤雁，没有方向。翻了半天，翻出几沓钱，有的用橡皮筋捆的，有的用布袋子捆的，有的装在旧袜子里，有的装在褪色的红纸包里。

曾钟一一剥出来点数，一万一叠，码放在茶几上。七叠钱，像失散的兄弟重聚，依旧失魂落魄喜忧参半。

"就这么多？"曾钟有些疑惑地问。

"可能吧，我也不记得了。"

"你好好想想……或者，有没有借给什么人？"曾钟的语气里有了一点严肃的意味。

"你是怀疑我借给你三姑？"曾老忽生一种被人揭穿底细的愤然。

"你是说，你就是借给三姑了？"曾钟手指敲打着钱，明摆着不悦。

"我就是借给她了，又怎么样？"曾老端起茶几上的茶杯猛一摔。

"你这老人家是怎么了？整天吃里爬外还不让人说！三姑家我不是已经借给过她了吗？你还借！还借！"

"那是我的钱！我想怎么借就怎么借！"曾老说着，吐沫都溅出来了，一副垂死抵抗的姿态。

"你的钱！你饭碗里还能吃出来钱！"曾钟语气不屑，忘记了长幼有序。

曾老彻底暴怒，像一头尾巴点了爆竹的老黄牛，在田野上疯狂起来。他抓起茶几上的钱，奋力往曾钟砸去，"你的钱都还你！还你！给老子滚！老子今后饿死你都别管！"

曾奶奶晚上去女儿家了，此刻正回来，进了小区，老远就听到家里噼噼啪啪的好像在吵架，心里一慌，摇晃着身子奋力往家的方向赶。

"我的祖宗唉，这又是怎么了？"曾奶奶一边喘息着说，一边将曾钟往楼梯处推。

曾钟望望怀里的钱和散落在地的钱，没吱声，且战且退顺应着他母亲。

"老东西，儿子一回来你就跟他吵！"曾奶奶转身对着曾老，集中火力。

"我没找他吵，是这个东西找我……"

"你整天就念叨着过年在家里请客，也不想想，人家门楼子高，在家里请客排场，我们什么门楼子！"曾奶奶一边打扫战场，一边训斥战俘。

"我是要排场的人吗？我是怕人骂！你们一个个……"曾老说完，砰一声关了房门，倒到床上，蒙头哽咽，后来竟然号啕大哭起来。

四

曾钟妻子回家的时候，战场已经被曾奶奶小心打扫过，全家似乎安然等待入睡。

曾钟妻子上楼之后，她的儿子叽叽喳喳地跟她说曾钟和曾老吵架的事情，被曾钟一巴掌扇屁股上，狼狈缩进被窝。

"有多少？"曾钟问妻子，他希望有点小意外幸福地发生。

"二十万！不是说过了嘛！你还想要多少！"曾钟妻子道，"明天上午去银行取了就给你。"

"嗯，越快越好。"曾钟说完，就踱到卫生间里，拨了一个电话。拨给他的姐姐，姐姐加盟了一个品牌服装店，赚得虽不是很多，但这么多年下来，多少还是积攒了些。曾钟没多要，只开口向姐姐借了五万，许诺给姐姐二分息，姐姐说不要他的利息，只要用过后还她就可以了。

曾钟出了卫生间，将晚上从曾老那里捧来的一叠乱纷纷的票子数过捆好，七捆，他将两捆放在抽屉里，另外五捆放进包里。

　　"这二十万，明天给你后，你是不是应该打个收条给我妈，万一咱们将来离婚了，这账你不认，那我们家可吃大亏了！"曾钟妻子坐在床边，看曾钟数钱，半开玩笑地表示不放心。

　　"真是小人长戚戚！老二把八百万放我这里，他都放心，你那区区二十万，呵——"

　　"对了，如海胆子也真是大，他也真是放心你，八百万，万一你揣了不认账怎么办？"曾钟妻子笑说。

　　"你老公我没啥本事，就靠了这高规格的做人，才混了口饭吃。人穷，若再不厚道，没人相信你，那你就彻底玩完啦！"曾钟上升了高度总结道。

　　"如海放钱给他大舅子，我还是没明白，他为什么不自己直接放呢？为什么非得走你这儿绕一趟？"

　　"还不是不放心！越是亲戚越不放心，万一厂子发展不好，银行排队堵大门口，亲戚的账不就黄了……"

　　"我明白了，所以拉上你，唱双簧！"曾钟妻子笑道，"对了，晚上你跟爸怎么了？"

　　"没怎么！就是声音大了点……"

　　曾钟妻子便不再问，她低头翻出手机，点出计算器，在那里算二百万的利息一个月是多少，摊到她娘家是多少。

翌日早上，曾钟早早起来，洗漱完毕，掏出抽屉里的两万块轻轻下了楼。手机短信提示铃声响起，姐姐通过网银转来的五万块已经到账。

曾奶奶刚起床，曾钟见了他妈，目光在母亲的眉目之间飘移，潜意识是想从母亲的神态中得出老父亲对他的爱有几分怨有几分。

"哑巴了。彻底哑巴了。"曾奶奶拉过儿子，小声道，"一夜没说话，尽是在床上翻身。"

曾钟抿了抿嘴唇，没说话，低头轻轻推开曾老的房门。房间里灯没开，窗外淡蓝的晨光照在隆起的被子上，很有一种旧光阴的寒酸与亲切。

"爸，借了你五万，年一过就还你；剩下这两万，还给你，你自己先用着吧。"曾钟站在父亲背后，将两捆钱往曾老的枕头边塞了塞。

曾老动了动，心里知道是儿子，但没转过脸，也没说话。曾钟退出房间，轻轻带上门。曾奶奶立在门外，依旧拉了儿子一把，拉到厨房里。"你阿姐借钱给你了？"曾奶奶明知故问。

"嗯，放心，给她算利息的。"

"她是你姐姐，没有利息她也不怪你，就是不太放心，是替你不放心。现在放钱放飘掉的也不少，所以她打电话给我，叫我提醒你……"

曾钟边走边安慰他母亲："老二在里面，占大头，厂里形势一紧，他就告诉我，我们马上就往回撤。这事你千万不要跟任何人说。"

曾钟没在家等早饭吃，跟他母亲边说边出了门，然后上车，出了小区。曾奶奶立在路边，看着儿子的车离去，方才起步，缓缓走着去菜市场。

节日的清晨，马路上人还不多，酒店门前的地上铺满烟花爆竹的残屑，现在人们结婚、乔迁、过生日，都喜欢赶在节日里。似乎每个人都忙飞了，亲戚朋友之间平时遥隔星球，难得照面，只有节假日，才有时间和机会暂时会合一下，很快又回到各自的运行轨道。

三姑正在马路上扫一摊鞭炮碎屑，她枯黄的头发在渐冷的风里摇曳如荒滩芦苇。曾奶奶路过三姑时，脚步停了停，两个人碎碎地说了会儿。

曾钟跟如海会合后，在车子里听他交代了签合同的若干注意事项，然后两个人出来，去一家早餐店吃了早餐。下午，在如海大舅子的董事长办公室里，双方签了借贷合同，曾如海自始至终没露面。

晚餐是董事长招待的，在江洲酒店，曾钟略略喝了一点酒，车子不敢开，打电话给妻子，叫她去开。妻子道："赶紧回来吧，家里吵成一锅粥了。"

本来，曾老得了儿子还回来的两万块钱，心情开始放晴，中午饭吃得也太平。到了晚上，晴空霹雳来自三姑送来的三万块钱。

曾钟火急火燎地赶回家。曾老坐在地上，嘴角堆满沫，想必已经嚷了好一会儿。曾老见了曾钟，揭去头上的帽子，往地上狠狠一扣。然后手指八方道："从今往后，我们家没有亲戚，我们家大门朝天开！"

曾奶奶围着曾老转，像在浑水里摸鱼一般，没有方向地，胡乱将曾老身子往上拎，她大约怕他受凉。曾钟奔过来，赶紧将老人家往沙发上拖。

三姑已经回去，茶几上三叠钱像三个酷吏凛然坐在那里。坐到沙发上的曾老望一望那三叠钱，眼神里再次涌起无限冤屈与愤怒。

"就你妈，竟然还跑去跟三姑说家里因为钱吵嘴，你这不是明摆着要债吗？人家刚刚才退了房子，人家还不起房贷才不得已……你们真是心肠好毒啊……你也不是好东西！过年就不请客了，管他穷的富的，都不请！谁请我就砸桌子！"

"我是……我是……"曾奶奶又累又气，气喘吁吁，说不出话来。

"妈说她早上上菜市场，路上遇到三姑，无意间说起，可能三姑多心了，晚上就还来了三万块钱……爸爸，我相信妈妈绝对没有要讨债的心思。"

曾奶奶听儿媳妇一番话，如遇知音，涕泗横流，便委屈地不再理曾老，哭哭啼啼上床去睡了。曾老一个人絮絮叨叨一番之后，也黯然回房。

第二天，曾老失踪了。起初以为曾老走亲戚了，到天黑，不见人也不见电话，曾奶奶这才着了惊。所有有联系电话的亲戚，他们都一一打电话问过，都答说没有见曾老。

"要不要报警？"

曾钟说："等等看，爸不是糊涂人，而且……其实还有一层原因，就是不想事态闹大，怕人笑话。"

在南京段长江中间一个名叫八卦洲的沙洲上，曾老见到了他分别三十多年的堂兄弟。堂兄弟是移民到八卦洲的，年轻时，他们还略有走动，到老了，都成了看门狗，哪儿都去不了。

晚上，曾老和他兄弟睡在沙洲上的旧楼房里，听着轮船一声声长鸣如在枕边，说着各自三十多年的生活，辗转难眠，到后半夜方才睡着。

翌日晨起，堂弟媳已经从菜市场回来，手里拎着一只脱了毛的肥硕洋公鸡，以及一两把蔬菜。曾老知道，那样的洋鸡，曾奶奶从来不买，说是吃激素长大的，价格极其便宜。曾老见了堂弟媳，脸上铺满感激。

早饭后，堂兄弟领着曾老在附近转，他们住的这一片，如今已经没什么人。年轻人都过江进了南京市区，买房或者租房，反正在那里谋生。偶尔有市区一些退休的老同志过江，来沙洲上度周末，晒太阳，钓鱼，租一小片土地种菜吃。曾老跟着他兄弟走走停停便转到了晌午，复回到兄弟家门前。

堂弟媳的家务进入中场休息阶段，她端出一碗玉米，"啯啯——啯啯——"在唤鸡来吃。不一会儿，群鸡赶集一般涌到了堂弟媳脚边。公鸡和母鸡，有二三十只，一个个，羽毛闪亮，一看就知道是肉质精美的放养的家鸡。

曾老笑着看这一群鸡在争相啄食，心里却暗了一下。也许自己不该来，不该这么山长水远地寻一回离别多年的兄弟，因为，人家已然没把他当兄弟，连一只家养的公鸡都舍不得杀。

又过了一夜，曾老打道回府。

曾老的这个兄弟，曾钟听曾老说起过多次。曾老多次提出要去八卦洲寻他这个兄弟，曾钟总要拦一下："这么多年不见，亲不起来了，何必又拾起来攀扯？"每次曾钟一说这些话，曾老就发火，然后闷闷不乐，一个人坐得远远的。到后来，曾钟不再发表意见，由他去。这一回，曾老失踪，曾钟几番打听，循着监控一查，就知道他父亲在县城汽车站坐了去南京的大巴。

三姑还来的三万块，被曾奶奶又送回去了。

五

曾老无奈回到这个滨江小镇，心里有些失落，也有些不甘，想长长地离家出走一番，可是没有落脚处，世界不要他了。出租车将他送到小镇的长街时，曾老没下车，干咳一下后，指指前方道："翻过大堤，一直开，再给你加十五块！"司机没说话，继续朝前开，往江边去。

江边的沙洲上，住着曾老的二妹，如今曾老也早随孩子们的叫法，称呼二妹为二姑了。

曾老到了江边，停了停，初冬的江风吹过来，已是寒凉，曾老缩了缩脖子。江边的柳树林，一派枯黄，叶子早已开始掉落。

曾老躬身将裤脚上的灰尘打了打，又捋了捋被风吹乱的头发，便到了二姑家门前。相比贫穷的三姑家，曾老与二姑家走动要少些，可能因为二姑的日子过得富足，似乎轮不上曾老多加关注。此时二姑正在门前的芦席上晒雪里蕻，阳光很好，到处都是，均匀地铺，一点没有厚此薄彼、嫌贫爱富的意思。

"现在腌菜是不是早了？霜还没下吧？"曾老咳嗽了一声，在二姑身后喃喃道。

二姑头一回，腰都来不及直起来，便奔过来接过曾老并不沉重的包裹："大哥……大哥……你这几天躲哪儿去了？急死人啊！"

"什么躲？我躲什么！我还怕谁不成！我是到南京去了，去看咱们老曾家的兄弟……"曾老说得很威风。

"你是到南京八卦洲去了……我来搞晚饭，他二姑父马上也要下班了。"

二姑说着便忙起了晚饭，还是二姑父回来后提醒，才想起打电话给曾钟替曾老报声平安。

"没事的，哪要打什么电话！我走了这几天，是一个电话都没打给他们……"曾老依然高姿态地说。

"大哥你是老糊涂了，你这样一声不响的，也不怕家里人着急！"二姑坐在小板凳上择菜，边择边数落曾老。

曾老不说话，眼神闪过一抹胜利又得意的神采，于是正了正身子，有些正襟危坐的样子。

"那边他们过得怎么样？"二姑父问。

"还不错，靠近南京市，孩子们基本都在市里上班，只剩几个跟我们差不多的老家伙待在八卦洲上种点菜，养养鸡，养养鱼。"

"要不要打个电话，把孩子三姨和三姨父也喊来，一起吃个晚饭？"二姑望着二姑父说。

"三姨父前几天不是脚被砸了吗？都躺几天了……"二姑父说着，便转身上街买卤菜。

菜上桌时，天色暗淡了，江边的轮船嘟嘟的声音沙哑苍凉邈远地传来，袅绕不散。曾老和他的二妹婿，以及二妹婿的两个邻居围坐在小方桌上，悠闲地喝着薄酒。

"我孩子大舅，刚从南京八卦洲看他老曾家的兄弟回来。"二姑父介绍着，复又撇过头来，起身敬曾老酒。

"几十年没见的兄弟，这一回见上了，估计也是亲热得不得了。"二姑父说完，夹了一块板鸭嚼起来。陪酒的两个邻居附和道："那还用说，亲不亲自家人，电视上放，有的中国人到外国都几代了，还回来寻祖问根呢，何况是穿开裆裤一起长大的兄弟。"

曾老笑笑，努力遮掩心里的尴尬与失落。被二姑父催着，曾老也夹了一块板鸭放进碗里，复又想起在八卦洲的本家兄弟家吃的一盘痴肥的洋鸡。当时，望着桌子底下走动啄食的土公鸡，曾老明白兄弟家已然不可久留，饭后便和兄弟告辞，登船离去，进了南京市。为了拖延时间，他在南京还住了两日旅馆，逛了夫子庙，登了中山陵，终于兴尽晚回舟，回到滨江小镇来。

喝酒间隙，一个邻居问："你孩子三姨父今天怎么没来？"乡下人家就这样，一户人家有哪些走动的亲戚，一个村子的邻居都知道。一户人家来了亲戚，左邻右舍都会来陪着，久而之，竟像自己家的亲戚，也跟着主人家大舅姨父地亲热地叫起来。

"在工地干小工，不小心被砸了脚。"二姑父回道。

"我记得，先前他是在厂里上班的，听说工资还蛮高的。"邻居又道。

"厂要倒了。过小年前，我孩子三姨父自己去找过厂长，问明年给他开多少工资，你们猜厂长怎么说？"二姑父撂出一句话来，然后呷了一口酒。

"怎么说的？"两个邻居异口同声地问道。

厂长说："你的工资你自己定，你自己说多少？"

两个陪酒的邻居面色茫然，曾老低头喝酒不说话。

"厂长让孩子三姨父自己说，三姨父就不敢说了。怕说多了，厂长将他辞；又怕说少了，自己吃亏。"二姑父继续说。

"最后呢？"邻居追问着。

"最后也不知道是没说，还是说多了，三姨父就不上班了。三个孩子，到处要钱用，他就到了工地干小工。小工的工钱，现在也不如往日啦……咱们镇上的房子多了，听说都卖不掉。"二姑父一边说一边摇头。

席间，曾钟打来电话，问二姑什么时候席散，他准备开车来接曾老回家。曾老指着二姑的手机说："跟他说，别那么早来，九点，晚上九点。"二姑便在电话里如实相告。

说完，曾老的神采有些明媚，又或者是因为喝了一点酒的缘故，饭前半明半晦的脸色此刻饱满红润，仿佛久雨乍晴，向日葵开满沟沟壑壑。晚上八点还不到，曾老忽然起身，说是要自己回家，二姑便赶紧拨电话通知曾钟来接。

曾老一摆手："别打了！现在这一路都是路灯，回家亮得很，放心！"

众人硬是拉不住他，只得相陪着曾老，将他送了一程又一程。其实也不远，走路四十分钟不到。路上遇到曾钟开车迎来，曾老一摆手，示意曾钟先回，自己有几个老哥们儿陪着没事。

二姑父的两个邻居也是一路走一路说，晚上风不小，话一出口好像就被吹走了，所以他们声音都很大。买房子，陪孙子在城里读书，挣钱，借钱，躲债……个个都是一肚子的人间戏剧。

到了家门口，曾老砌筑好面部的巍然表情，准备叩门。在外面，儿子开了车去接他，不管他有没有坐，总是有面子的事；在儿子这里，他在外面拖延了好几天，已经显示了他的威严不可冒犯，否则后果很严重；在这个晚上，纵然儿子开了车去接自己，但自己没坐，就不必担这份情意，就可以继续跟儿子对抗。

门一开，面色凝重的曾老提包进来，曾奶奶迎上去接过包。

屋子里，曾钟大约正在和曾奶奶聊着事情，被进门的曾老打断了，曾奶奶边叹气边提着包往回走，曾钟面有忧戚。曾老瞥了一眼这母子的表情，没看到太多的兴奋和他终于回家的释然，心里有些不悦。去卫生间时，轻轻关了门，依稀听到这一对母子在沙发边絮絮地说着，于是曾老劝自己，大约他们有什么烦心事吧，这样一想，他又有点心生愧意。

出了卫生间，曾老像一个学有所成又分外谦虚的大学生，他边走边说："去南京八卦洲了！"

"我知道。"曾钟强忍对父亲的不满，淡淡地说。

曾老抬眼扫了儿子一眼。

"我到车站找人调监控查出来了。"曾钟继续说。

曾老心里有些狡黠的得意，原来儿子这样隆重地找过他，可是又有点愧疚。他走到沙发边，在儿子身边坐下。

"我们商量一下过年接客的事吧，"曾钟郑重地说，"就依你，在家里请，你那边的亲戚你通知，我这边的亲戚朋友我通知……"

"飞虎也真是的，那么有钱，侄子借钱开个店，他还要入股，否则就不借……"曾奶奶将曾老的包送进卧室里，收拾了一番，人才出来，她的话题还停留在刚刚和曾钟说到的她娘家的侄子张飞虎和侄孙的事情上。

六

到了腊月，曾钟的时间基本都在小镇度过，省城的家，全交给妻子了。好在，寒假一到，妻子便会领着儿子也回到小镇来。

既然是打算在家里请客，穷亲戚，富亲戚，姑表、姨表、堂兄弟、子侄、孙辈，挤挤至少是两大桌。幸亏当初买房子，曾钟执意要买大套，否则真成问题。曾奶奶进到腊月便开始准备，杯盏碗碟起码要三十多套，电饭煲也要换大号的，拖鞋和一次性鞋套也要多备。曾奶奶上街一一去买，免不了絮絮叨叨，曾老憨厚得像一粒开了口子的松子，咧嘴笑，由她去说。

曾钟也没闲着，看看家中沙发，嫌小了，也旧了，忙跑家具城里寻。沙发，可拆卸的大圆桌，还有椅子，塑料凳子等，家具城用一辆小货车给送了来。家具摆放停当，想想，又将客厅前后的落地窗帘给换了。

腊月中旬，曾老仿佛东风吹拂大江南北，已经迫不及待将在家请客的豪言壮语放出去："这个年初九，在我家里摆酒……是初九啊，嗯，是中午……我是招呼早早就打了……"曾老一个电话接一个电话。

听着曾老打电话，曾钟莫名有些烦躁，总觉得不安。他还没有通知曾如海他们，通常他请客，时间都不能完全由自己做主，得根据人家的日程安排，随时都有可能变卦。

腊月二十五，孩子已经放假归来，一家三口在睡懒觉，曾钟手机铃声响了一下，是短信。手机放在床头柜上充电，离妻子近，妻子便拾起来递给曾钟，顺便翻看了一下："哟，三万块到账！谁打给你的啊？"

曾钟揉揉眼睛，仔细一看，手机又响起来，曾如海打来的："阿钟，过年前快帮我跑一趟新疆，催催款！来回机票费用已经打到你卡里了，不够的话，回来再补！"

"够了够了。"曾钟回道，嗓子还沙哑着，赶紧咳嗽了一下，清清嗓子，"我马上就订票。"

背靠大树好乘凉，这些年，原本一文不名的曾钟靠着随叫随到的忠诚可靠，从曾如海的一帮堂兄弟中脱颖而出，成了曾如海的马前卒，帮他打理着大大小小的业务，从而跻身成为勉勉强强随时会坠落的小中产。

"下午你把合同带上，把房租收回来，凑凑，还五万给阿姐。"

临起床，曾钟交代妻子。他们十年前在镇上买了两间商铺，这些年都在出租，因是黄金地段，一间租金两万几千一年。在他心里，这是他为自己买的养老保险，如果将来，沧海桑田，他至少还有这么个小镇，这么两间铺面，可以安度余生。

从新疆回来，已经是大年初一凌晨，曾钟风尘仆仆，一身疲倦。他是以咬定青山不放松的黄山松精神，硬是在对方公司待到快关门时，诚心感动上苍，对方转了五百三十万到曾如海的账上。当他终于坐上飞机时，忍不住长吁一口气，俯视窗外，万家灯火，遥想妻儿父母在灯下共享除夕宴，也觉得安慰。

回家一觉睡到初一午后，儿子流连床边，不时伸手在他头上挠，问他要红包。父母和岳父母的红包，都是大年初一晚上给的，妻子的红包是微信转账的。忽然想起来，初九在家中请客，他还没电话邀请，曾如海、曾如天、张飞虎兄弟，还有几个和曾如海走得近的远房亲戚和朋友，他都一一邀请。

大年初一晚上就去过了岳父家，所以初二一早起来，曾钟便去给曾如海的父母拜年，烟酒刚拎进车子后备箱，如海却已早先一步来到了曾钟家。曾钟重新锁了车子，陪如海进屋，曾老端坐院子前的廊檐下晒太阳。

"老叔，身体一向硬朗啊！"如海上前来，握住了曾老的手，另一只手从口袋里抽出一个红包，塞给曾老。

"啊，你这孩子，不要，不要……"曾老推辞着不接。

曾钟心里明白，如海算是补发了一份福利给自己，毕竟为他讨账，自己都错过了和家人的除夕宴。往年如海来，只有烟酒，没有红包的，毕竟，本家的近的远的亲戚也不少。

如海拍了拍曾老的肩膀，似乎是安慰老人家。曾老忽然道："阿钟跟你说过了吧，初九我们家请客，我们老弟兄、你们小弟兄，过年难得聚聚的，都一起亲热亲热……"

"老叔，我晓得，晓得，你们太费心了！"

"我们老曾家，就你们那一房兄弟最有出息，还指望你多拉拉大家……初九，我们所有亲戚都来，到底像一家人的样子。"曾老说着说着激动起来，脸色涨红，嘴唇也有些哆嗦。

"真是说不出口啊，老叔，我对不住您了，正想跟您说，我初九出差，约好了老板……"如海万分抱歉的样子，合掌作揖，跟曾老说。

曾钟心里一暗。

"啊哟……"曾老轻轻叹息道，"我们人难得这么齐一回，你吃过饭再动身，中不中？"

如海且战且退，一边作揖，一边说着"对不住，我看看吧。"

如海走后，二姑和三姑的孩子也静静地来了，给他们的大舅拜年，曾老重提旧话，关于初九摆酒办家宴的事，几个外甥唯唯诺诺地点头。

曾钟拜过了如海父母，便开车去两个姑妈家，然后是张飞虎的父母。烟酒之类终于送出，大功告成，回家弛然而卧。

晚上曾钟正陪父母吃晚饭，忽然张飞虎打来电话，说初九他来不了，要陪一个客户去黄山看雪。到了初三，又有人打来电话，表示不能到场。

"怎么尽是你这边联系的亲戚不能来，是不是你不晓得请客？你看看我打招呼的这边亲戚，板上钉钉，一个没动。"曾老怀疑起曾钟说话不妥当。

曾钟坐在沙发上低头深思起来，才意识到自己这样胡乱把各路亲戚拉到一起吃饭，有些不妥。

"怎么办？已经走掉了大半桌的人，我估计，到初九，只剩一桌了。"曾钟低语道。

"那这样，不还是跟往年一样！人家还是要说我们家请客，穷的就放家里，富的就放酒店里——估计你后面请他们是在大酒店里。"

"都是瞎折腾！"曾钟自言自语。

"他们就那么忙？我就不信！我现在就打电话给张飞虎，看他还认不认我这个老姑父了！吃一餐饭能要多长时间？去年腊月二十八，我和你妈妈特意去买了一条大鲴鱼，花掉了四百多块，还冰在冰箱里，三十都没舍得吃。"曾老絮絮不止。

"老爷子呀，你还真以为人家来是为了吃饭吗？"曾钟感叹道。

"不吃饭，不为亲戚团聚，那为什么？"曾老向着儿子翻一眼，不悦道。

曾钟换了个姿势坐着，面朝院子，不看他父亲，似乎有点不耐烦："叫我怎么说你才懂？"

"你说说看，看我能不能懂，我好歹也念过几年书……"曾老不服气道。

曾钟转过身来，望着父亲的眼睛，一字一句道："吃饭有两种，一种是把吃饭当成吃饭，看中的是吃什么，大鱼大肉，山珍海味；一种是把吃饭当成平台，看中的是一起吃饭的是什么人，什么身份背景，有没有合作的可能，有没有获得新信息的可能，借这个平台，大家可以实现信息资源上的互通有无，合作共赢……老二如海那么忙的人，平时不随便吃饭的，你让他和三姑父他们挤一桌吃饭……嘿！"

还有一层原因，曾钟没说。那就是怕，富人也怕。就像上次在船上听到张飞虎跟他侄子通电话时，曾钟也心有忧惧。张飞虎的哥哥，一介农民，曾经跟在张飞虎身后打点杂，因为头脑死板，只好回家继续当农民。这么多年，他俩孩子读书都是张飞虎在支撑，现在孩子在大城市开店，需要本钱，张飞虎即使那么无情地说出"我只锦上添花，不会雪中送炭"，但是，曾钟明白，最后多多少少，还是免不了要出手帮助的。包括曾钟自己，面对表哥家的孩子，如果打电话来，开了口借钱，他曾钟也是少不得要出一笔的，并且要抱着不打算要人家还的心理。

"富人怕沾穷人呵！我都知道，你当我不知道啊，我其实都知道。活了这七十多年，这个理你还真当我没看明白啊，可是，我就是……"曾老长叹一声"当年，你上高中，赶上那年我生病，没钱报名，去你姨奶奶家借钱，晚上我开口喊门，你姨奶奶躲在屋里不出声，装作没人在家。后来有一回春天，她去买蜂蜜，路过我们家门口，我喊她进来坐坐，她哪里敢进来，生怕沾了我们。她买完蜂蜜后，回去绕道从河对岸走的……可是，你如今到底是好起来了。"

曾钟听着，咬咬嘴唇，有些感动，他不知道父亲为自己曾经受过那样的委屈。

"现在，你三姑家，还有你舅舅家的大老表……嗐！"曾老沙哑地长叹一声。

"话说回来，你也要替老二如海他们想想，来吃顿饭，身边一窝子这些亲戚，一旦走近了，不开口就算了，一旦开口，无底洞。救急不救穷，三姑家，也不是一笔钱两笔钱就能解决问题的，再说了，靠别人给点，还能指望给多少？摆家宴的事，我再想想吧。"

七

初九就快逼近，曾奶奶问曾钟，厨房里的菜是不是该动手了，若动手的话，她自己一个人肯定忙不过来，得喊三姑二姑来帮忙。曾钟举着手机焦急地打电话。

"我家老头子都在骂我呢，这样你看行吗？我在江洲酒店订个厅，你挤挤时间，一定要到场啊，我就指望你给我撑场子了……"

曾钟电话里恳求曾如海初九到江洲聚，只要曾如海答应下来，其他的富豪级别的亲戚就都会抽出时间来赴宴，自然，看中的不是一餐饭，而是曾如海兄弟。话说到这份上，如海自然不好再拒绝，何况年前曾钟还替他催回一笔账。

电话那头，如海改口道："上次听说在你家里吃饭，我心想，老叔和老婶年纪也一大把，还忙给我们吃，真是……所以……好吧，那我初九去就是了。对了，上次去新疆，你倒贴不少吧？回头我补给你。"

这里曾钟急忙收线，再转头打电话到江洲酒店总台预订餐厅。正是春节期间，江洲酒店的许多包间早在去年年底前就被预订一空。电话通了，曾钟说是初九中午，两桌，分两个厅。"对不起，先生，已经没有房间了。""你帮我再想想办法，我都跟客人说了在你们江洲酒店的，总不能再……我是你们酒店老客户。""先生，在我这里，真的是没有了，要不，您再想想其他办法。"

曾钟明白其意。四星级的江洲酒店年年春节客满，一般，酒店总台那里说没有包间了，但其实经理那里最后总会留下几个包间，以防来了尊贵客人无处安顿。曾钟找到新来的大堂经理的号码，拨过去，报上曾如海的名字，然后报上自己的名字，但是，大堂经理说："确实是没有包间了，我只能想法给你匀出一个包间。"

"一个包间怎么行？我是两桌客人！"

曾奶奶站在曾钟对面，一眼不眨地看着曾钟打电话。"都到酒店里去吃？"她疑惑地问道。

曾钟伸出食指，在嘴巴前晃晃，示意母亲别插话。曾老从外面散步回来，曾奶奶拉着曾老的袖子，小声道："都到酒店吃，这过年的，估计菜都贵得很哟。"曾老很意外。

"那晚上呢？晚上可以给我两个包间吗？"

"也没有，过年，太紧张了。你看这样可以吗？你中午一个厅，长江厅，最大的那个厅，晚上那个厅还给你，怎么样？"

"这……这……那好吧。"

曾钟收了线，语气凝重地跟曾老说："你赶紧通知三姑他们，就是你之前打招呼的那些亲戚，初九晚上，在江洲酒店。就别在家里烧了。"

曾老吃惊，也有些高兴，三姑他们至今还没上四星级的江洲酒店吃过饭，这回，他们一定觉得有面子。

曾老连夜打电话，一家家地通知，还嘱咐人家把小孩子都带上。电话打到三姑家，再三强调全家五口都要到场。通话结束，三姑父和几个孩子边看电视边说道："你大舅今年还真干。它是四星级的，你们都没去过吧？我同学家孩子结婚，我在那一楼大厅吃过喜酒，楼上包间没进去过。初九，一家人都拾掇拾掇，搞点形象出来。"三姑父最后发言，提了要求。

曾奶奶在叹息着多买的碗碟之类，以后用得少，放在厨房里还占空间。曾钟道："还是想法把多买的菜处理掉吧。"曾老听完，蛰伏厨房，这里翻翻，那里拣拣。曾奶奶见了，白了一眼，面露不悦。曾钟看了，心领神会，便不言语。

初九中午，曾钟在江洲酒店请曾如海兄弟，还有张飞虎，如海同学、朋友、合伙人等一干人马。

"曾钟，我上次说得没错吧？听说你在 W 城及时下手，赚了一笔。"如海同学俨然诸葛先生，慢悠悠说来，仿佛一字一句之间，尽是清风明月。

曾钟内心澎湃，没想到自己赚了他们眼里那区区一点儿小钱，竟也被大家记得，惶恐激动之中忙起身敬酒。

"赚了有三十多万吧？"曾如海扭头拍了一下曾钟的肩膀，复又面向全桌人道："我家这小弟，你们别小看，也是有钱人啊，连我都欠他钱！"

众人哈哈笑起来。曾钟额头有汗出来，红着脸道："二哥，在这么多大老板面前，你这样拿我开心！来，我敬二哥一杯！"

曾如海举杯之前，笑道："干得不错，我马上就转账给你。"

曾如海说的转账，曾钟心里自然明白。过年前，去新疆催的那笔款子，原本是讨要三日不见起色，于是曾钟电话征得曾如海的同意，在给对方公司负责拨款的副总八万块钱回扣之后，才在三十晚上要到了五百三十万工程款。那八万块，是曾钟临时垫付的。

张飞虎频频向曾如海发起热情的进攻，后来，干脆拉着曾如海到阳台边，指手画脚的，表情和手势皆丰富，絮絮说着，半天不进屋。有人故意拉开半扇玻璃门，揶揄道："有财大家要一起发，别想着独吞啊！"屋子里，众人又是笑。张飞虎有些小气，大家都心知肚明，曾钟原来拜的码头是嫡亲表哥张飞虎，只是张飞虎不收，这才转身上了远房兄弟曾如海的船。

曾钟继续斟酒，示意大家不要管阳台外的两个人，但是他自己，却动不动走神。曾如海新年之后准备与人合伙在上海开个对外贸易公司，做的是日本某个产品在华东地区的总代理，引荐人是如海那个同学。也是巧合，那个产品在华东原来是有代理商的，去年犯下种种问题，原来的公司为了谨慎起见，便退出代理那款产品。用本地方言来说，是上街头不要，下街头想要就怕要不到。代理费要先押五百万美金到日本总公司，曾如海一人吞不下，也是为了分担风险，赶紧约了几个朋友，准备合伙拿下华东地区的代理权。面对这样的投资机遇，曾钟心有余力不足，只能在心里暗暗望洋兴叹。

　　桌子上，曾钟又一圈转完了，翘首玻璃外，曾如海傍着张飞虎转身准备进屋。张飞虎依旧滔滔不绝，曾如海笑着不住点头。

　　酒散后，不少人去二楼的KTV唱歌，曾如海、张飞虎几个人留在房间打掼蛋，曾钟陪伴在侧，给四个人递茶倒水，遇到某人中途到阳台外接电话，曾钟便替他抓几把牌。

　　掼蛋打到接近下午四点，曾如海和张飞虎要赶赴下个酒宴，便起身下楼，一行就到了楼下大门口。

　　曾老备好烟酒，在家里等曾钟安排车子接他去江洲酒店，看着将近四点，曾钟还没回来，心里有些着急，电视频道换来换去的。曾奶奶见了，便拨电话："阿钟，还有多长时间？你老子在家坐不住了！"

　　"急什么呀，才三点多……嗯，四点还差……好的，我正下楼，马上，车子马上到。"

　　和曾老一样在家里坐不住的还有三姑父，三姑父跟在一个女儿和两个儿子后面，已经来到了江洲酒店门前的广场。

　　"往常都是路过，远远地看一眼，今天我来好好转转。""爸爸，你就少转吧，别被保安当成贼了。""阿钟，喝酒了不能开车，赶紧打电话给我找代驾。""好的，别急，车子快到了。""昨晚大舅说的是长江厅，我们进去问问就行，这里的服务员可不是一般的热情。""阿钟，找到代驾了没有？不行的话，我自己来找。"

　　"那不是你表哥吗？"三姑父忽然瞥到了广场停车位旁边的曾钟。

　　"是表哥！"

　　"哇，那个是你表哥的老板曾如海，快过去打声招呼！"三姑父向三个孩子发完号令，便跛着脚也奔往曾如海。

　　"阿钟……哈，这是如海表哥吧？"三姑父随孩子的叫法称呼起如海来，他的笑脸，好像荒凉的沙漠上仙人掌开出灿烂花朵来。

　　曾如海笑笑，知道是亲戚，也客气地喊了声三姑父，又朝三姑父身后的三个孩子挥了一下手，算是招呼。

　　"你也是来和我们一起吃晚饭的吧？"三姑父仰望曾如海，脖子伸得像长颈鹿，亲切地问道。

　　"啊，不……我晚上在别处。"曾如海客气回道。

　　"哎哟，那真是……推掉吧，和我们一起吃饭。"三姑父试着挽留道。

曾钟站在旁边，内心对他的三姑父佩服不已：他竟然有这样强大的心理在这里装作热情地和一个亿万富豪对话。他也知道，曾如海敷衍了几句之后，已经不想说话。

"我们在等代驾，你们先上去吧，长江厅。"曾钟软声道，"我爸妈马上也要到了。"

"代驾？哪里要找，这眼前就有现成的啊！"三姑父喜出望外地说道，"你表弟二子早拿了驾照——二子，快去给你二表哥开车！"

二子有些迟疑，似乎是胆怯，他在驾校练习的车，跟眼前曾如海的百万豪车是地下天上的差别。

"上啊！"三姑父一转身，大吼一声，扯着二子的夹克衫往前一搡，二子被扔到了豪车前，两股战战，单薄的身子骨似乎在夹克衫里摇摆，可是面儿上强作镇定。

"钥匙呢？"二子低声道，努力克制着不让声音抖起来。

"你上车！我这个不要钥匙的。"曾如海笑道。

三姑父看着二子坐进了驾驶座，眼里不禁放射出万道光芒。曾钟看着二子手忙脚乱的，心里很替他着急。

曾老和曾奶奶也来了，三姑父想转身迎接曾老，又不放心二子这边，急得踱来踱去。

曾如海道："行吗？不行的话，还让代驾来开，马上就要到了。"

曾钟看着二子和曾如海说话时露出的颓丧神色，心里猜出了大概，忙奔到二子的车窗边："这个车子，灯光在这里，你看看；空调在这里，这个，你看，可以调大小；始终记住脚刹的位置，别慌；安全带你还没系；音乐播放，这个……"

二子不住地点头，终于，车子发动，倒退一截之后，转弯，行驶，离开广场。三姑父笑看二子开车离去，合不拢嘴，一路目送直到看不见。

曾钟站在三姑父身后，也深深地呼了一口气，他忽然觉得自己的内心仿佛被某种使命感笼罩着，又庄严又沉重。

晚上，在江洲酒店的长江厅里，又一桌家宴在热气腾腾地进行着。服务员穿着端庄俏丽的红色唐装在旁边等候客人的随时吩咐，但是，没人叫她提供服务。大家看着这么漂亮的服务员，不知道该怎么称呼她。大姐？小妹？小姑娘？怕人家笑话自己土，所以忍着不招呼她。

二姑父问："怎么没见二子？"

"给他如海表哥开车去了！"三姑父大声回道，脸上闪耀着万千得意。

宴席快接近尾声时，曾奶奶掏出十几个红包来发，席间小孩人人一份，没来的小孩，红包由大人带回。

"二子给他如海表哥开车去了，他的红包，大舅母你给我。"三姑父笑着说。

带来的酒和饮料都喝光了，大家坐着空聊了一番。二子还没回来，三姑父酒足饭饱，蒙眬闭眼，在心里祈祷，唯愿二子迟迟，迟迟，迟迟地，回来。

有人提议，给二子拣点菜回去。三姑起身端盘子。"这个后上的菜，还没怎么动，还有这个……"众人七嘴八舌。三姑父全不管，他只闭眼端坐，一念祈祷。

酒宴散，众人伛偻提携，前呼后应，提醒着酒醉的三姑父下楼小心台阶。张飞虎的哥哥在后面，扶着三姑父下楼。三姑夫一面探脚下去，一面扭头说："我家二子，给他如海表哥开车……"

八

曾钟从二子姐姐的口里得到了二子的手机号码，存下，并在手机通讯录里第一回端正备注上二子的大名——潘勇，同时还加了潘勇的微信。

忙完琐屑杂务，爬上床，已经是夜里十一点多。曾钟辗转难眠，发了一条微信：在楚河汉界的世界里，有时候，起点太低，首先就要努力让自己成为一名合格的棋子，有被调遣的价值，然后才有与人合作共赢的价值。

他希望他的表弟潘勇能被看到，也相信他能被看到。

曾老今夜的呼噜分外之响，从楼下雷霆一般传来，大约是喝多了酒的缘故。曾钟不放心，披衣下楼。

楼上，曾钟正充电的手机丁零响了一声，是曾如海发来的短信：阿钟，做好起诉的准备，我们的一千万可能有点悬。

曾钟回房后，疲倦躺下，不知道手机半夜还来了短信。想到来年还要替父亲办家宴，叹了一口气，翻了个身。

窗外，一弯上弦月，鲜妍明洁，纯银铆成的，静静停泊在院墙边的桂枝上。

颜色三叠

第一叠

A：

从霓虹密集的长江路突围出来，老黄刚驱车驰上南北一号高架，雨就劈面杀过来。硕大的雨珠在前挡风玻璃上摊成河流与瀑布，老黄也不觉害怕，心里只有豪迈。

在酒店大堂道别时，陪酒的公司女经理朱砂飘了一个迷离的眼神给他，希望他把她带走。老黄的目光如河水滑过芳草沙洲，轻轻就掠过去了。

这一两年，老黄已经不愿意睡觉时身边还贴个女人，像湿腻的软体动物。有时疲惫时，一合眼，眼前尽是女人的大腿，淮河放排一般，有的细长，有的粗短，有的白皙，有的黯黄，有的汗毛黑长，有的疤痕犹在……

真是食伤了，对于女人，他现在是且躲且退。"隐退江湖，不可以吗？"每次躲过，他都在心里默念这么一句，为自己竖起理论武器。

车子上了京台高速，夜已深，世界静寂如荒原。他在雨中驰行，像勇敢的拓荒者。音箱里流淌一首英文歌曲《布列瑟农》，朱砂的电话于火车的咔嚓咔嚓声中穿过来："哪天回来？我买你喜欢的菜……"

"不用。人家一大拨摄影家采荟（风），陪到什么时候我也不知道……"老黄淡淡的语气，勉力掩饰不耐烦，他的皖西口音里向来掺杂一点河南东部口音尾子，习惯声母 h 和 f 不分彼此地乱用。

老黄在皖西有个文旅公司，说是文旅公司，其实身份也尴尬。十年前，老黄与朋友合资，在皖西圈下一片莽莽苍苍的绵延大山，开发旅游，带动地方经济。旅游投资收益慢，但商人是要赚钱的，就还要有附带条款。合同一签三十年，峡谷、瀑布、竹海，这些适合神仙出没的风景带，老黄愚公移山一般建宾馆，引山泉，复修古庙……成捆砸钱。其实不赚钱，赚钱的是那些附带条款里颜值平平的山丘。他一边伐木，一边种植树苗，做到可持续砍伐。房地产市场红火的这些年，作为装潢市场的上游，他卖木材，委实一度赚沉了腰包。

到达山腰宾馆时，月亮已经西斜了。农历初五六的月亮，估计已是半夜。山月总是那么瘦，像块没完全化掉的冰碴子。车门一开，清凉的虫声，如珠如雨，将他湿漉漉地包围，老黄感觉身上的汗毛闪了一下。

"妈拉个巴子的！一来就叫！"老黄无来由地心烦。这个鸡肋般的文旅公司把他给套住了，还要砸钱，做宣传，造声势，吸引游客来，不然的话，前期投入全泡汤。合资人早就想撤股，转战收益快的金融领域，但老黄暂时将他稳住了。

月色朦胧中，老黄看见宾馆门前停了两辆私家车，心里倏然荡了一下："哟，还住人了！"连他自己都觉得意外。

宾馆一楼大厅只开了盏暗沉的照明灯，玻璃门外依然有无数蛾子飞舞扑撞，台阶上蛾尸密布，不知道是撞死的，还是挤死的，就为了那么一点光。老黄轻轻拉了门，侧身进去。

包一扔，老黄未洗漱，便在床上躺开一个"大"字，长长舒口气。心里还想打个电话给采风团的组织者姜老师，想想是夜深了，便作罢。老黄掏出手机，西半球此刻正是中午，不管大洋彼岸的太太有没有留言，他都要习惯性打开，随时为他们补充粮草。

太太倒没留言。是采风团姜老师微信留言，告诉他摄影采风一行大致的出发和抵达时间。末了，姜老师还补充一句，临时添了一位作家阿柜老师，为他们采风团增加点"颜色"，同时还将协助他做后期的文字策划和宣传。老黄回了四个字：非常感谢！

翌日早晨，老黄被一窗鸟鸣叫醒。山中空气富含负氧离子，老黄睡得沉，醒来心中无由得溢满欢喜，一碗白粥一个鸡蛋，然后便蹲坐在山路到宾馆的入口处一块大圆扁石头上，前看像弥勒打坐，后看像鸟在孵蛋。

B:

五月，阿栀别了琐碎开着香樟花的皖南小城，一头扎进枝大叶大的省城合肥。算是闺密兼文友陌陌勾引的，其实一半也是因为她自己心里起了波澜，小城框不住一颗奔突的心。

进了省城第一事，是进合肥大剧院看了场芭蕾舞演出，俄罗斯的芭蕾舞团，演白雪公主和七个小矮人。王子扶着白雪公主的一根细腰，白雪公主踮着脚尖，单足立地，一双细长手臂和右脚远远伸展，好似玉兰花开。阿栀眼含泪光，莫名感动。

陌陌没陪她看演出。打个电话，出来的句子都是碎的，倒是许了三天后陪她去听讲座。"与文字有约"文化讲座，后来在陌陌的微信朋友圈，阿栀看到预告。看完演出，已是小半夜，地广人稀的政务新区在夜色里清冷得像下过霜。王子与公主回到城堡里，阿栀回到霜意隐约的现实里。

阿栀写过一些豆腐干大的文章，自费出过一本书，是诗歌散文小说的合集，在小城文人圈里，被奉为美女作家。陌陌在视频里念咒："赶紧来吧来吧，来大城市的熔炉里敲打敲打，别光窝在小城写你的'致敬体'……"

陌陌说的"致敬体"，是指阿栀的一些模仿名家之作。阿栀在文学上，一直是群居的驯良角色，不拓荒，不深入无人区，严重缺乏想象力和原创性。她是人云亦云的复制粘贴党，曾模仿朱自清的《背影》，写散文《脚印》，文末附"谨以此文向已故朱自清先生致敬！"她模仿白先勇的《游园惊梦》，写小说《月朦胧鸟朦胧》，文末附"谨以此篇向白先勇先生致敬！"如果不来合肥，她将开始模仿迟子建的《额尔古纳河右岸》，写一部长篇，就叫《新安江左岸》，同样，写成之后，末尾要附"向迟子建女士致敬"。

阿栀在陌陌的召唤下，开始她的大城纪事。首先对付一大袋子打印稿——陌陌给她介绍的一份企业内刊的校对工作，不需要坐班，活都是陌陌帮领回来干。陌陌安顿好了阿栀后，就杳然不见踪影。阿栀就这样在天昏地暗的文字校对中，漫然等待陌陌像春风一样吹拂到她身边。

贪图价贱，租的是顶楼。城中村的顶楼，可以远眺不远处市中心载浮载沉的各色灯火，但住进去之后，阿栀就体味到了荒凉之感。原来城市像一帧电脑显示屏上的照片，可以旋转，一转，她便从正上方甩到了僻远的旮旯角。

无聊中，又打电话给陌陌。陌陌说："你做功课没有？"

阿栀茫然："什么功课？"

"明天就听讲座了，你起码要对专家做个了解吧，准备几个问题，讲座后面一般都有互动的。"陌陌指点江山，语气里隐隐透出威严。阿栀便哦哦哦地挂了电话，上网查，信息像渔网，越牵越多，竟将她耗到了后半夜，才理出一些高大上的问题。

翌日睡到晌午，开门推窗，晨嚣已歇，阳光荒荒覆照楼丛。貌似寂静，又像有无数种声音，春草一般，在毛茸茸地生长，无可名状的焦虑与恐慌在阿栀心上悄悄蔓延。阿栀站在阳台边搓了搓脸颊，感觉到自己的血液在奔涌，溯流而上，她心里也像长了志气。

下午听讲座，在图书馆三楼会议室，陌陌在微信上告诉她路线，让她自己坐车去。阿栀等了这些天，心里闪过一丝不悦，一赶车就忘了不悦。陌陌等在图书馆门口，老远便招手，阿栀颠着高跟鞋，气喘吁吁："我在车上心里急死了……"

陌陌很热情，一边伸手去掖了掖阿栀的刘海，将她坐公交时被风吹乱的刘海往后掖到耳朵边，一边说道："还怕你找不到呢……"

原来陌陌是关心阿栀的。阿栀心里放心了，她笑着抹了抹额头，刘海里浮起一层细汗，初夏的风迎面吹过，风是甜的。

陌陌一头卷发，蓬松得像每一根头发都在妖娆地跳舞。陌陌每扭头看一眼阿栀，阿栀总觉得是一座金光灿烂的舞台在朝向她。女人到了大城市，连头发都要虚张声势地壮观起来。阿栀心里想，陌陌让大城市给改造得气势宏伟了。

阿栀是齐耳短发。来合肥前，不知道是要再削短一点，还是继续留长，索性保留原样再做打算，让合肥这座城决定她头发的命运。

AB：

正是秋天，山山黄叶飞，不知名的小鸟在林间飞来飞去，也像在采风。

嘟——一声汽笛在山间回荡，林子里扑啦一声，群鸟惊飞逃向云天。采风团的车子缓缓向山腰而来，老黄站起来。

车子上来了，老黄紧走几步，回身跟车到宾馆门前停车场。带队的姜老师下车，与老黄紧紧握手，转身意欲一一介绍随行者。老黄未等介绍，笑起来："都这么长枪大炮的，一看就是正规军，辛苦大家起早了……"

"起得最早的是阿栀老师……"姜老师说着，就往人丛里寻阿栀。阿栀坐在面包车最后排，要等前排人和机器全下了，她才能下。

"阿栀，阿栀"，众人不约而同转身喊。阿栀慌忙爬出来，奔到姜老师面前，头发散了都来不及理。

"这位就是阿栀老师吧？"老黄礼貌地问道，漫不经心的语气，似乎不为求答案。

阿栀红了脸，说道："不要叫我阿栀老师吧，担不起的。"

阿栀说的是心里话，自那场"与文字有约"的文化讲座之后，她仿佛蓦然发现自己是个草包，但凡有点分量的称号她都不敢要，总像是窃来的。

"那就叫你阿栀姑娘吧——皖南人吧？"老黄说道，依旧是不为所求的语气。

阿栀连连点头，眼神里有佩服，为老黄的眼力；也为自己作为皖南人所特有的俊俏娇小的气质被立即发现而自得。

"三十二三岁？"老黄走过去半步，回头又补了一句，他像是在炫耀自己的眼力。阿栀客气笑笑，算是默认，心里隐隐不悦。"看你眼神就知道——这个队伍里只你一个美女，就叫你阿栀姑娘吧，老师老师，有个'老'字多不好……"

众人扑哧笑起来。老黄道："可别笑，你们各位大师，我是要喊老师的——姜老师，我没喊错吧？"

"怎么都可以——这样吧，我们抓紧时间，边走边聊。"姜老师一边点将似的介绍随行人员，一边已经扛起了自己的拍摄器材。

果然姜还是老的辣，姜老师执意邀请阿栀参与他们的摄影采风是对的。皖南的娇小的阿栀，穿着红裙穿梭在花丛树丛中，随意的一俯仰一回眸都是景。老黄站在姜老师身后，看着显示屏上已成一帧照片的阿栀和秋色苍山，不由喃喃道："我看了多少回这大山，都没有你这相机里的大山美，原来啊，有美人参与的大山叫江山多娇，没有美人参与的就叫荒山野岭，真的是不一样不一样……江山也得美人助。"

众人附和着笑起来，不由得把相机都对准了阿栀。阿栀脸上有些燥热，笑起来也不自然了。

拍林莽之间透射的霞光，拍山谷间低缓流淌的泉水，拍石阶上偶然栖落的绿蝴蝶……人行景中，景随人变。回宾馆时，大家一路言笑晏晏，阿栀似乎被感染着，觉得心涨涨的，像秋葡萄的果皮里灌满了甜浆。午餐时，众人怂恿，阿栀多喝了几杯红酒，眼泪竟然抑制不住地流下来了，弄得众人很是惶恐。老黄坐在主位上，眼神在阿栀的身影上定了定。

阿栀心里感激姜老师。姜老师在"与文字有约"上"救"过她。那是她来合肥后听的第一场文化讲座，听从陌陌的安排，准备了问题跟专家互动。初夏，会议室里已经略略有些燥热，专家遥遥坐在台上，不怕热，脖子上依旧搭一条文化人四季标配的围巾。

会场工作人员将话筒送到举手的阿栀面前，阿栀接过，用三根手指轻轻拍了，有声音，阿栀便放心提出疑问："作为一个自由撰稿人，创作时需要有担当吗？"

遥远的专家拨了拨他面前的话筒支架，冷淡地问回来："你说的是什么担当？"

阿栀一时语塞。她只想到要准备问题问专家，没想到专家会礼尚往来地回问。全场哑然。几千双眸子齐齐把目光射向单薄娇小的阿栀，阿栀觉得自己摇摇欲坠起来。

专家问"你说的是什么担当"时，阿栀听见了人群里的窃笑声，她红着脸慌乱地收回目光到自己胸前，却听见陌陌在她身边也笑了。

陌陌也笑阿栀。

阿栀孤独绝望如跌入万丈深渊，觉得自己就要死去了。

她真希望自己那一刻是死掉的，这样，就不会感知到被羞辱。

姜老师那时正坐在阿栀前面，他忽然一转身，抽去阿栀手中的话筒，站起来道："她说的是社会担当。"

阿栀忙点点头，然后坐下来，气若游丝一般虚脱。

专家在台上虚虚实实，侃侃而谈，谈文艺与社会担当。阿栀端坐，貌似在听专家解疑论道，实则心里洪水滔滔，也许自那一刻起，她已经隐隐痛恨起文学。扯他七大姑八大姨的，狗屁！

讲座结束，人潮涌向主席台，纷纷要专家签名，与专家合影。阿栀远远在后面，已经望不见专家，她也不想再望见专家。姜老师也没去追专家，他转身笑对阿栀道："你的皖南口音还是能听出来的，我也是皖南的，黟县的，你呢？"

"歙县。"阿栀劫后余生，虚弱得不愿多说一个字。

"我是搞摄影的，"姜老师说着，便从上身马甲里掏出一张名片递给阿栀，"我们是老乡，大家相互照应。"

跟姜老师在会场道别后，阿栀转身找陌陌，陌陌早已不见。陌陌站在遥远的主席台下排队，等候与专家合影。阿栀一个人荡出了会场……文学是个劫。阿栀历劫了，只有萍水相逢的同乡姜老师伸手搭救，阿栀一直感激在心。

……

阿栀在山中，薄薄醉了，睡到黄昏才下楼。

楼下的大厅里，笑语喧哗，大家都睡起来了，在那里围着老黄喝茶聊天。

老黄的电话响了，像是在与人谈他的房地产公司资金周转的事，语气慢慢焦躁起来。众人听出老黄不便展开话题的谨慎，都很知趣，慢慢就站起来散了。

姜老师也散去了，阿栀紧跟几步，追上了姜老师。姜老师是老江湖，早摸清宾馆西边不远处有一古庙，此刻黄昏，夕阳在山，姜老师站在庙门前当当叩起来，一会儿，庙门开了。姜老师双手合十，算是行了礼。"想到师父这里讨杯茶喝……"姜老师一本正经讨茶的样子，引得阿栀想笑，却也忍着。

那僧人做了个请的手势。姜老师便进了古庙，阿栀也跟进来了，偷偷环视一圈，除了这一个僧人，再不见人影走动。阿栀心下纳闷：是和尚们都放工下山了，还是这古庙本来就只有这一个僧人？也不好深问，便随着姜老师坐到了古朴的茶桌边。

僧人沏了茶，倒入盏中。姜老师捏起小盏，呷了一口，微闭了眼，沉吟回味了一番，又呷了一口，没话找话。"想听师父谈谈佛理呢，近来心多烦忧……"姜老师又喝了一口茶，盏里只剩了一半。

"人生的烦忧，多是因为欲望，因为无休止地想要得到"，僧人说着，将姜老师剩下的半盏茶泼了，然后重新徐徐斟到七八成满，"就好比这茶，我若不泼去刚才剩下的半盏，就斟不了现在的大半盏。这就是了，有舍才有得，不舍便不得。"

"受教了！受教了！"姜老师双手合十，连声道谢。

阿栀坐在茶桌边，默默咬着盏沿。

喝完了茶，阿栀随姜老师回宾馆。姜老师一进大厅，不无得意道："隔壁庙里师父请我喝茶了！"他故意把"请"字咬得狠狠的，还拖出了一小截尾音来。

众人不信，问阿栀。阿栀笑着说："是喝了茶。就在西边。"众人相拥着出了宾馆大厅，往古庙而去，旋即又悻悻回来："庙门关了！"姜老师便更加得意。

晚饭后，老黄引着一帮摄影家们在山路上散步，月色朦胧，远远近近的苍山墨团似的，围绕在他们身前身后。

"阿栀姑娘，来，你走我旁边，别掉山下了！"老黄终于正眼看着阿栀，虽因月色朦胧看不真切，却是真心真意地邀请阿栀。

山风习习，微凉微凉的，风里有秋叶散发的香气，有露水的潮湿气息。阿栀心里琢磨着僧人的泼茶的话，默默问自己，那该泼的半盏茶是什么。

"明天去的山，是有颜色的山，枫叶和乌桕都逢（红）了，还有各种山上的野果子，防（黄）的防（黄）了，逢（红）的逢（红）了，飞（黑）的飞（黑）了……"老黄一认真起来，他的皖西普通话里声母 h 和 f 往往都反着来。

众人笑起来，笑老黄的发音，阿栀不忍心再笑，便打岔说起来："黄总你说得像做诗一般。"话说出来，阿栀就后悔了，她应该对诗歌啊散文啊那些所谓的文学，怀恨在心闭口不提才对，可是，被习惯绑架了，又提起什么劳什子诗歌来。

"我哪里就做了诗呢？阿栀姑娘给我们大家解说解说。"老黄在夜色之下，像夜饮归来的苏东坡，很有些诗情大发的意思。

"我给你分分行：这是有颜色的山／枫叶和乌桕都红了／还有山上的野果子／黄的黄了／红的红了／黑的黑了……"阿栀在朦胧月色下，轻轻朗诵起老黄的句子。

众人鼓起掌来："果然是儒商，出口成章啊。"老黄哈哈笑起来："经阿栀姑娘这么一朗诵，好像有点意思了。"

第二天，大家早早起来，站在宾馆门前的平台上，对着大山吐故纳新地深呼吸。阿栀今日换了一身行头，绿衣白裙，晨风吹拂，裙袂飘飘。老黄站在宾馆玻璃门后，看阿栀，阿栀没有腿。是的，没有腿，只有长裙子。露腿的是可食色的女人，不露腿的阿栀是一棵奶奶种的纯朴的青菜。

露水未干，采风一行就扛了机器随老黄去南边的大山。果然是层林尽染，枫叶红了，乌桕红了。有人提议："阿栀，阿栀，现在来朗诵黄总的诗！"

阿栀瞟了一眼黄总，羞涩笑笑。

又有人提议："要不，和黄总一起来朗诵，就像情歌对唱那样，你一句，我一句。"

众人哗然大笑。

姜老师道："赶紧拍吧，现在这光线正好，太阳是红的，远处山上青色的晨岚还没散，红叶们在朝霞与雾气之间，藏一点，露一点，拍出来的效果那叫一个棒！"

众人便忙架起机器来拍。阿栀也拍，用手机拍；也被拍，成为画面的一部分。拍完，下了一山又上一山，路上乌桕有的像新移栽的。有人问："黄总，这些枫树和乌桕都是野生的吗？"

老黄回道："都是野生的，我们不造景，我们追求纯天然。"

众人又笑。姜老师道："世间许多事情，最后往往都是弄假成真。长在野外的，不就是野生的嘛。"

阿栀停下脚步，指向山坡上的一丛灌木道："那是什么黄果子？能吃吗？"

"那个果子，阿栀姑娘你应该认识呀，可不就是你的名字嘛！"老黄指着黄色果子说道。

阿栀茫然，望着老黄。太阳已经高了，气温升上来，老黄灰白的鬓边，细小汗珠在阳光下闪闪发光。"那就是山栀子啊，栀子花开过之后，结的果子。"老黄解释道。

"哦，我想起来了，好像见过。但是，我们家的栀子花，开时基本上都被摘了，所以我从来没见过结果。"阿栀轻声道，"没想到结出来的果子这样伶俐可爱。"

"还可以染色呢。"老黄道。

"染色？"阿栀望着老黄，更疑惑了。

"我小时候，经常跟奶奶进山，采摘这些果子叶子，回家给家织布染色。"老黄娓娓道来。

"那栀子可以染什么颜色？"阿栀问。

"阿栀姑娘采几个回去染染就知道啦，"老黄说着，转身指了指身后几棵野柿树，"那柿叶也可以染色，乌桕叶也可以染色，还有白菊花，还有春暮天的槐花花蕾……"

阿栀已经钻进灌木丛里，在摘山栀子，一边摘，一边用裙子兜着，那样子看起来极具古风之美。有人笑着拍下了，阿栀浑然不觉人家在拍她。阿栀兜了一裙子的山栀子往回走，荆棘绊着她的裙子，老黄忙上前帮忙理裙子，众人笑。阿栀边走边感叹："没想到你懂得竟然这样多，难怪出口成章！"

下山，再回宾馆，彼此分享手机拍的照片。有人传阅老黄帮阿栀整理裙子的照片，一番赞美和嬉笑。姜老师坐在木长椅上，闭目安然抽烟，抽过，淡淡跟阿栀说道："他们没个正经，别理他们！"阿栀抿嘴笑笑。

姜老师其实不只是说随行的摄影家没个正经，他知道，更没正经的是老黄。他和老黄虽为朋友，但仅限于他想获得老黄的赞助经费来开展民间团体的采风活动，往深了去，虽然他自己一派走马江湖的风尘样，内心却不认同老黄的阅女无数。风尘和风尘还是不一样的，一个为艺术，一个为身体。

晚饭时，姜老师拉阿栀到窗边来说话。"阿栀，你是作家，你的文字功夫肯定比我们这些光跑摄影的人要好。"姜老师还没说完，阿栀连连谦虚摇头，说自己不是作家。"这样，我们回去后，把照片传你，你在每幅照片后略略配点文字，在我们办的摄影网站上发一组出来，帮黄总做点宣传。这个软广告的分寸，你自己拿捏好。"姜老师继续说，"拿人钱财，对吧，就得那个那个……"阿栀点头表示理解。

第二叠

A：

人都走了。老黄打算在山里再转一两天，用商人的眼睛去发现。前几年，他没把心思放在这片景区，赔就赔点吧，反正深山里有的是大树可以伐了卖钱来填补呢，后来跟人合伙在二线三线四线的城市里开发楼盘，赚钱滚雪球似的，心里几乎把这个景区给忘了。

秋天到的时候，老黄坐车经过芜湖路，看着车外梧桐叶落纷飞，忽然想起自己在皖西的那片林山，或许可以拿出来盘一盘的，盘活了，起码下半场无虞。于是，就找机会跟姜老师透露了那么个意思，先热热身。

老黄像徐霞客似的，一边走访攀登，一边在本子上写写画画。哪里可以建度假村，哪里可以设计成生态园，哪里需要修路，山脚下要不要再建一座庙宇，和尚要不要再招几个……总之，你是俗人，可以在这里吃野味喝大酒；你是不俗之人，可以在这里烧香拜佛坐看云起日落。

跑到天黑回宾馆，老黄靠在一楼大厅的沙发上，手机在裤子口袋里挤得慌，老黄掏出手机放在手边的茶几上。嗡嗡声盘旋在耳边，一会儿，一只蚊子落在手机上。老黄伸手准备摁死蚊子，忽然想起来，这都寒露节气了，竟然还有蚊子，就收了杀生之念。

真是一只孤单的蚊子啊！老黄心想，它的朋友伴侣大约都远走避寒去了吧，只有它还在这里盘旋。

老黄想到自己也是一只秋天的蚊子，就噘着嘴巴，轻轻吹口气，把蚊子吹走了。然后点开手机，找到远在大洋彼岸的太太，发了一条信息："回来，可以吗？"

此刻，西半球正是早晨，太太已经起床。太太大约觉得蹊跷，很快回："怎么了？"

怎么了？老黄怔了一下，有种无从说起的茫然。老黄犹豫了好久，回道："皖西的大山，你还记得吗？秋天了，景色不错，你回来看看！"

太太很快回："无语。"

老黄心里酸酸涩涩，有被冷落的感觉。

老黄的太太，起先是在省城合肥给儿子陪读，后来老黄事业越做越大，钱越挣越多，太太就出了国，继续给儿子陪读。儿子在美国读完中学，太太没回来；儿子读完大学，太太还没回来。现在，儿子开始工作了，按说太太该功成身退，回来陪老黄共度晚年。

老黄不甘心，又回了信息过去："今年资金状况不太好，明年恐怕更糟。"

老黄的意思是，你再不回来，我就断你粮草。

老黄快一周没回市内公司总部，朱砂不放心，熬不住，自驾了一辆小车，来到山腰宾馆。敲门时，老黄在床上还没起来。

"我是朱砂呀，快点快点！"朱砂在门外催着。

老黄弓着腰，头也不抬，就开了门。朱砂的两条大长腿，不遮不掩，放排一般闯进老黄低垂的视线。老黄受惊一般，闭了眼，又躺回床上。

"你来这儿干什么？"老黄语气寡淡。

"明知故问！不放心你啊！"朱砂娇嗔道。

"有什么不放心的！"老黄不耐烦地回道。

"你这人一直坏，"朱砂说着，已经坐到了老黄的脚边，手指拨弄着老黄干枯起皮的一双脚，"不跟紧点，只怕把你累坏了。"朱砂语带讽刺，自己一个人在笑。老黄这一年懒懒不大碰她，她早疑心迭起。

"你这几天多登登公司邮箱，摄影家们的照片会陆陆续续发来，你收了存好，也许将来有用。"老黄机智地转移了话题，谈起了工作。

朱砂不耐烦了，拍了一把老黄的屁股，自己就起了身，转出去了。老黄知道朱砂在大厅等他，心里习惯性着急，就起床洗漱，随朱砂回了城。

太太是在一周后出现在老黄办公桌对面的。没有拥抱，没有接吻，没有执手相看泪眼，没有久别重逢的狂喜。太太微微一笑，将小包往老黄办公桌对面的会客茶几上一放，说道："我回来了。"

老黄怔住了，张口结舌不知说什么，脑子空白了半支烟的时间，终于明白：太太从大洋彼岸的资本主义国家回来了，夫妻团聚了。

老黄起身，热情起来，说："坐，坐吧。"

太太也客气得很，回道："谢谢！"

老黄便从办公桌后面折出来，陪太太坐在会客沙发上。坐下了，老黄又想起要给太太泡茶，准备泡了，老黄又转身到门口，高声道："朱经理，进来泡杯茶！"

太太在沙发上客气地追过来一句："不用不用了，一会儿，一会儿还……"

"一会儿还什么呢？不就是回家吗？"太太说着说着，就软了嘴。

朱砂进来了。老黄道："我太太回来了，几年未见了，你还认得吧？"

朱砂忙赔笑道："认得认得，董事长夫人光芒万丈，见过一次，再也忘不掉了——董事长夫人一路辛苦。"

朱砂一边说着，就往墙边走，去橱里取茶具。她边走边悄悄扣了小西服外套的两粒纽扣，将她满怀的硕果往西服里收了收。

"董事长夫人是怎么回来的呀？"朱砂一边泡茶，一边寒暄。

太太用羊毛一样温暖的女中音回道："从机场坐大巴……"

太太没说完，朱砂就惊诧道："董事长夫人怎么可以这样辛苦，早知道，我开车去接您啊——下次夫人再去机场，一定得差我去送，这是我分内的工作。"

朱砂说着，也想探知夫人什么时候走。老黄向着朱砂道："好了，你去忙你的吧。"

泡杯茶，自然用不上朱砂，因为太太是家里人。老黄叫朱砂来泡茶，意思是，太太本尊真的是回来了，晚上是要跟他同床共枕的，朱砂不能胡来，包括短信、电话、微信视频、莫名寻求帮助。

太太微笑着说："好的，那我走时就叫你送我，我把我号码给你。"

老黄愣住了，眼看着朱砂和太太在互存手机号码，觉得荒诞。朱砂存过号码，说声"我出去了，你们，你们说着吧，有事随时吩咐我"。朱砂掩了门，不觉在门外伸了一下舌头，唯恐有闪失。刚刚她准备说"你们两口子叙叙旧"的，脑子一转，觉得不妥，就改成模糊的"你们说着吧"。

老黄陪太太在办公室里寒暄了一番，就觉得话题空洞，一时找不到亲近的内容。用时间换空间吧，老黄在心里叹，起身引太太在整个公司转转。"这是前年新建的大楼，幸亏地拿得早，换成去年拿，就舍不得建了，这两年，地价涨得凶……"老黄说着，脸上笼起了隐约的焦虑。

太太说："我知道。"

"地拿得贵，造出来的房子还要限价卖……"老黄把太太当成亲密的商业伙伴，可以一吐经商苦水的。

晚饭在公司吃的，公司有食堂，大厨是从星级酒店挖来的。老黄请了几位公司的高层，为太太接风。喝酒时，老黄和太太双起双落，终于像个有家的男人了。

"董事长夫人这回就留下来了吧？""你什么眼光！董事长夫人是打前哨的，将来我们公司是要进军国际市场的……"席间，高层们没话找话，建言献策，议论纷纷。

太太回来了，老黄下班后就有了方向感。他下班后开车回家，在灯火载浮载沉的合肥城里蹒跚前行，心里却不那么焦急。点开《成都》来听，磁性的男声在车里萦绕："让我掉下眼泪的，不止昨夜的酒。让我依依不舍的，不止你的温柔。余路还要走多久，你攥着我的手……"歌是朱砂给他下的，以前从没听出这歌里的温柔，此番再听，别有体会。"余路还要走多久，你攥着我的手"，老黄跟着轻轻哼唱起来。近来，老黄经常在下班后陪太太逛合肥城，万达广场，银泰中心，滨湖新城……太太是挽着他的胳膊的，他呢，把手揣进裤兜。

如果有太太这么一个老熟人在家里为他准备晚餐，路上堵点又有什么关系呢。"你会挽着我的衣袖，我会把手揣进裤兜。走到玉林路的尽头，坐在小酒馆的门口……"老黄一边徐徐跟上前面的车，一边想着，今晚吃过后，陪太太去哪里逛。

太太在老黄的带领参观下，对合肥的新变化不时表现出惊讶，这时老黄心里就会得意。上周末，陪太太去科学岛逛时，老黄说："所以说，我留下来是对的！'哈佛八剑客'都回来了……"老黄说时，顺手揽了揽太太肩膀，似乎很欣赏太太回来与他结盟，语气里透着英明的、不容置疑的笃定。

"到哪儿了？"太太打来电话问。

"快了。今晚什么菜？"老黄说着，想想，自己忍不住一笑，自己竟然像小时候，动不动就问有什么菜。这也许就是幸福的感觉，老黄想。

"还用问嘛，不都是你爱吃的嘛，水煮鱼、菌菇汤、臭豆腐……"太太的声音，被合肥的灯火夜色和歌声包裹晕染着，比羊毛绒还要柔软，简直是一只低伏在阳光下的猫，又温柔又有生气。往后余生，他将贴着这样一只阳光下的猫，把自己慢慢过成一个焦黑的老头。这样想着，老黄心里甜实，反倒愿意回家的路慢一点儿长一点儿，这样他将一直处于甜蜜的回家状态中。

B：

从皖西大山回来后，阿栀接收照片，挑选照片，然后开始配文字。

阿栀忽然发现，自己不会配文字。她面对着键盘，一个字都敲不出来。

阿栀拖动鼠标，一张一张滑动，皖西的山水草木，秋色大地，她创造不出一句话来赞美。倒是老黄的那句诗歌可以配一配的。"这是有颜色的山 / 枫叶和乌桕都红了 / 还有山上的野果子 / 黄的黄了 / 红的红了 / 黑的黑了……"多么诱人的广告！

阿栀读着老黄的句子，感叹这样的句子她写不出。现在读过了，她以后就能写出了，她可以调整调整顺序，红换成绿，黑换成白。是的，她想象力不够，这是要命的。她以前写文章，用的是别人用过的词语，是别人用熟了的话语方式。她的语言一直是大路货，她严重缺乏想象力，她连老老实实的叙述都不及老黄一句顺口溜来得韵味悠然。

这是老天欠缺于她的。

阿栀在一帧帧照片面前，仿佛第一回认识自己，只觉得手心发凉。

从皖南来合肥，她只带了两本书，一本是《唐诗三百首》，一本是《新华字典》。《新华字典》是为校对工作而准备的；《唐诗三百首》是为写文章时引用，唐人死了一千多年，她不需要在文末附上"致敬"了。此刻，枯坐电脑边的阿栀，字典不想翻，就信手翻了翻《唐诗三百首》。

这一翻，阿栀惊悚起来，原来她不需要创作字句的，古人早已经把所有风景的配图话语给写好了。"远上寒山石径斜，白云生处有人家""空山松子落，幽人应未眠""苍苍竹林寺，杳杳钟声晚""空山新雨后，天气晚来秋"……阿栀翻着翻着，手都要颤抖起来，她又有人来搭救了。杜牧，韦应物，刘长卿，王维……那么多成群结队的才子从唐诗里一路吟咏而来，来搭救才华缺斤少两的皖南阿栀。阿栀颤抖着身子，几乎是弹回到电脑边，在那些由各种颜色衔接和渗透的图片下面，铿然敲下一行行充满古意而饶有韵味的诗句。古人的文，今人的图，借助阿栀妙手联姻，产生出空前绝后的魅力。

阿栀将图片和诗句在姜老师的摄影网站上发布成功，跟帖者众，一帖追着一帖。经过处理的图片，颜色格外悦人，配上古人无可挑剔的诗句，将风景再推送一程，推到了读者的心里。渐渐地，询问地点路线和宾馆住宿的帖子就生出来了，软广告初见成效。

阿栀被成就感给灌醉了，陶陶然中，又晕晕然。接下来该做什么呢？阿栀睡不着，从床上弹起来，摸出一大把山栀子来。

上次从皖西回来，阿栀就上网查询过染色的常识，并且买回几件原色棉麻围巾，还有媒染剂和木棒皮筋之类的一些辅助工具，但是一直没有心情实施。

阿栀将染色工序抄在纸上，贴在厨房冰箱门上，看一步操作一步。烧水，加入山栀子，开火煮。将原色白围巾过水浸泡。二十分钟后，拧干围巾，过滤掉山栀子，将围巾抖开放入山栀子的汁水里继续煮。隔着玻璃锅盖，阿栀看见原色围巾成为鲜艳的明黄色。阿栀很少见过这么鲜艳这么娇嫩的明黄色。阿栀一边暗自赞叹，一边调配媒染剂，二十分钟过去，阿栀借助木棒，捞起滚烫的围巾，滤了水，然后放进媒染剂稀释液中，继续加热。天啊，神奇的变化再度产生，原先极嫩极嫩的明黄，在媒染剂的作用下，刹那间成熟，成为低调的明黄。阿栀惊呆了！

阿栀一时兴起，将刚刚煮过的山栀子汁里又添了水，加了一小把山栀子，想想，又撒了一把茶叶，继续煮汁。这回她又取了一条新围巾来，过水浸泡，然后滤渣，煮围巾。阿枙换了一种媒染剂，天啊，颜色与刚刚得到的那件围巾，有了微妙的差异。

阿枙成功染了两条围巾，一条接近秋香绿，一条是低调的藤黄色。它们都独一无二，都是绝版。如果让阿枙再染，她绝对再也染不出一模一样的。是的，连她自己都复制不出来另一个同色的。

染材的多寡，媒染剂的不同，煮水时间的长短……每一个因素都会导致织物的颜色不同。

阿枙将染好的围巾拧干，抖开悬挂在阳台边，让夜风慢慢来收掉水分。然后，阿枙乘胜追击，上淘宝网，又拍下一批染材，苏木、洋葱皮、茜草、艾草、黄檗、五倍子、槐米……还有织物，棉、麻、桑蚕丝，大小不等，从手帕，到围巾，到布匹。自此，阿枙校稿间隙，有了事情可做，她像投入恋爱一样，投入每一场草木染中，染出胭脂、海棠红、曙红、藤黄、荷绿、鸦青、墨绿、黛蓝、黑、赭石……气象万千，阿枙被变换无穷的颜色给吓到了。

阿枙仿佛看见另一个世界的大门，在她面前徐徐打开。另一个草木染的世界，不需要才华，不需要慧心，一切交给草木，交给矿物质，交给时间，交给阳光、空气、湿度……交给天意。阿枙拍照，拍山栀子，拍煮汁，拍染色中的围巾，拍阳台上晾晒的围巾……

阿枙开疆拓土，有了自己的一个文字之外的微信公众号。

阿栀将染好的织物拎到姜老师的工作室，请求帮忙拍片，自己立在姜老师身后，悄悄学习拍片的方法技巧。"要拍部分，不要拍整体，留下一点缺口，给人去想。"姜老师说，"跟做人做事都一样，要留有余地。"阿栀莞尔，拿着自己的手机也试着找角度，慢慢就有了那么点意思。"后期制作是非常关键的一步。"姜老师打开了电脑，将照片传入，然后进行编辑处理。"没有后期处理的照片，就像不化妆的女人，再好的底子都不能引人注目。"姜老师说时，阿栀扑哧笑起来。

阿栀的微信公众号主打图片，从生长在山野的草木最初的样子，到一把中草药似的染材，到染好的织物晾晒在微风里的情景……"青青子衿""青青子佩""绿兮衣兮，绿衣黄裳"，从《诗经》到乐府民歌，到唐诗宋词，到元曲……阿栀随意捡拾古人诗句，就能做出一期图文兼美的公众号。

阿栀在颜色的世界里玩得不知今夕何夕，忽然接到陌陌打来的电话。阿栀答说校完了稿子，客气地问陌陌要不要自己送过去，跟陌陌打听刊物的详细地址。

虽然那是她打临时工的地方，虽然不用坐班，但说出去好歹是她单位。她在这个偌大的省城，还是有一只饭碗的。

阿栀其实在网上搜过刊物的办公地址，但到底心里没底，想要听陌陌交代几句心里才妥当。陌陌在电话里回阿栀："你别去了，冒冒失失的，你忘了上次讲座的事？明天我去，到时我打你电话，你送到楼下，我带过去……"阿栀便又开始漫然等待陌陌的电话。

明天复明天，陌陌一直没来。又过了十来天，陌陌的电话才打来，语气惶急："赶紧送过去！"阿栀不放心地问地址，陌陌不耐烦道："网上就有啊，你不会百度吗？"

阿栀拎了沉沉一包打印稿，敲开了编辑部的大门。工作人员接过，客气地道："是陌陌的吧？谢谢你！"

阿栀也客气地回道："是陌陌叫我送来的……不用谢，也谢谢你！"

阿栀本想说"这是我分内的工作呀，谢什么呢"，可是一时慌乱，忘了说出口，到底是小地方来的，见不得大场面。阿栀在心里怪自己。

阿栀回家后，陌陌问了几句，然后要了阿栀几篇稿子，说有一知名公众号要推的。阿栀就在她的"致敬体"里挑了几篇发给陌陌。据说有稿费的，阿栀很期待。

又过了月余，陌陌在微信上将稿费转给阿栀。后来，阿栀的工资也是陌陌转给她的，陌陌替阿栀打理好了一切。

姜老师又约阿栀去皖西采风。路上偶然问起阿栀工作："三八妇女节，你们单位发的什么呀？"

阿栀惨笑摇头。

"没签合同？"姜老师探过头来问。

阿栀茫然得很："都是陌陌帮忙的……也不知道……"

姜老师撇过脸来，看了看坐在后排的阿栀，想了想说："出门在外，别谁的话都信……该问的要问，起码落个心里明白。"

阿栀脸有些红了，心上砰砰地急促跳起来。下了车，阿栀也无心拍照了，到底憋不住，打了电话到编辑部，问校对的工资多少。编辑部回说是问陌陌的工资吗？这个不方便透露的。阿栀才觉得不对劲，编辑部那里，根本就没有阿栀这个临时工。

阿栀含着眼泪，跟姜老师说出自己的怀疑。姜老师道："你是在帮陌陌打工？不用说，她在你头上是要赚一点了。听说这个女人经常替人组稿，文字和图片，稿费一经她手，或者被克扣，或者就没了……后来圈内人知道了，都躲她。"

"竟然还有这种买卖！"阿栀气得浑身发抖，原来自己一直太傻，被陌陌从小骗到大。小时候，阿栀和陌陌同住一个大院，期末考试之前，陌陌翻进老师的办公室，偷试卷，回头被发现，陌陌谎称试卷是阿栀带头偷的，害得阿栀被父亲一顿暴打。真是狗永远改不了吃屎。

阿栀打电话给陌陌，说自己不想干校对了。陌陌终于出现在阿栀的出租小屋，在阿栀面前，陌陌永远是骄傲的。她不等阿栀招呼，自己就坐下来，上身呈 120 度的姿势仰靠在沙发上，架着二郎腿，说话声音高昂，一副居高临下的姿态。

"干得好好的，怎么说不干就不干了？"陌陌问，她不知道自己在阿栀面前原形毕露。即使知道了，她也不怕，这么多年，她太了解阿栀了，所以她能搞定阿栀。

"就是不想干了。"阿栀说，心里明明很生气，可是碍于面子，不好直接揭穿陌陌。

"你想专职写作？"陌陌讽刺道，"阿栀，不是我说你，你那文章写得笨头笨脑的，一看就知道是使蛮力写出来的，看了都不忍心责备。也就是我，帮你到处联系发表，你知道现在发表有多难吗？"

　　阿栀咬咬牙，抵抗了一句："那以后不用你联系发表了！"

　　陌陌翻了翻眼，像审视阿栀哪里不对劲。她从包里掏出矿泉水，旋开喝了一口，似乎是为了缓和一下对话气氛，声音低了几个音阶，说道："当然，也还有一些文章还不错。"陌陌终究是吝啬于对阿栀的赞扬，说着说着，又不怀好意地冷笑着补了一句："可惜，原创精神不够。"陌陌的意思是，阿栀写得好的那几篇文章，是东一句西一句抄抄改改得来的。

　　一句话戳到阿栀痛处。阿栀倏然回击："嘿，你呢？自费书出了一本又一本！"

　　"阿栀，你说什么……"陌陌震惊了，她没想到一直猫一样温顺的阿栀，到了省城后就敢反她了。

　　阿栀早就听人说陌陌上了当当网荣耀销售的那一本，是砸钱砸出来的。出于对陌陌的尊敬，她一直没说，也没问陌陌。现在，透过陌陌的强烈反应，阿栀知道陌陌受伤了，她不忍心再提当当网那一茬。

　　陌陌愤然起身，手指着阿栀道："阿栀，你失业了，我跟你说！"

　　阿栀故作豪放一笑："不怕。失业了再就业。"

　　阿栀嘴上这样说着，心里当然明白形势不大乐观，回皖南是不大可能了，得赶紧寻饭碗。也许姜老师那里，可以试一试。姜老师搭救过她，也许会再救一次，她是猫命，可以死九次。

"就你？我看你到底还能翻出什么花！"陌陌边走边甩下一句。

"去你七大姑八大姨的，老子以后再怎么衰，都不会写你那狗屁文章了！"阿栀对着楼道尽头的陌陌的背影追上一句，这一刻，阿栀觉得自己是骄傲的，她自绝后路，终于意气风发了一回。

但是，在下一只饭碗找到之前，她是失意的人。她的新一期草木染公众号文章发出去之后，就只能漫无目的地等人打赏。等待的过程是焦虑的，以至不能手握手机，感觉心要爆炸了。

阿栀茫然无措，伏在黄昏的阳台边看市景。城市的天际线高得像老黄的发际线，天空被蚕食得只剩当中豆干大的一块儿。呆滞的高楼，从早到晚怔在喧嚣市声里，像是回不过神来。地上匍匐着伤心欲绝的黑色楼影，任由宝马香车、送快递的带篷电动三轮车、扫码就可骑行的小黄车、中风老人的轮椅，一趟又一趟碾压。楼影是高楼的孤魂，魂是压不死的，只会持续地伤心。

AB：
老黄在办公室里接待姜老师和阿栀，正聊着，手机丁零响了一声，老黄继续聊着，不经意瞟了手机一眼。"妈拉个巴子的！"老黄忘了办公室有客，控制不住地又爆出他的口头禅。

姜老师望了望阿栀，又转脸望着老黄，试探道："黄总若忙，我改天再来吧？"其实姜老师也没打算真走，问老黄时，身子依然稳稳嵌在红木椅子里。

老黄摆摆手："没事，没事。"说完，目光终于从手机上移开，散散漫漫移到姜老师这边。

老黄的太太出其不意，放了个冷炮，给老黄来了条短信："我走了。朱经理开车送我到机场的，你放心吧。"

老黄心不在焉地跟姜老师说："说说你的想法！"

"在你皖西那块地盘上，我们建个摄影采风基地如何？"姜老师说，"我们团队的人定期去你那儿拍摄取景，省得打游击……"

姜老师没说完，就被心急的老黄打断了："吃住用我全包了，然后呢？"老黄想问，吃住用他全包了，还要他拿多少钱。

姜老师没接茬，继续他的话题："照片出来后，交给阿栀，阿栀答应为你的文旅公司开通经营公众号，定期更新图片文字。你知道的，现在的人都盯着手机……"

姜老师没说完，又被老黄毛毛躁躁地给打断了："对不起，我打个电话。"

老黄很想跟太太谈谈。深入地、触及灵魂地谈谈，他没想到太太这些日子跟他夫唱妇随之时，竟然还暗中裹挟着一份出走计划。

老黄感觉自己被耍了，躁得额头都渗出汗粒来。他点了太太的号码，他要呼叫太太，但是，没等对方接听，老黄就放弃了。朱砂在开车，太太一定坐在副驾驶位置，跟朱砂只有十几厘米距离。夫妻间的事，外人在场总不好。

老黄不罢休，就拨了朱砂电话。朱砂一定听他的。他可以吩咐朱砂将载了太太的车子原路返回公司或家里。手机响了半天，没人接。"妈拉个巴子的！"老黄气呼呼地挂了，一脸酱红。

"说到哪里了？"老黄点了根烟，定了定神。不待姜老师说，老黄哑了哑嘴道："这是好主意啊！风景借助现代媒体，图文并茂地宣传。只是不怕你笑话，公司资金困了不少在楼市，皖西那边再开发也得成捆砸钱，就怕报酬这一块——不知道外面是什么行情，姜老师应该比我熟悉。"老黄想听姜老师开价。

"报酬不提不提，不宽裕就不用给了，吃住用全包已经是一笔大开支了，我那几个兄弟们，我回头跟他们解释一下没问题的。"姜老师笑道。

老黄看了看姜老师，手指在桌面当地一敲，像在键盘上按下确认键："成！"

前脚老黄把姜老师和阿栀送走，后脚朱砂的电话就打进来。朱砂气喘吁吁道："黄总什么事呀？"

"你把她送走了？"老黄语气里有质问。

"嗯，你不知道吗？我以为你是知道的……"朱砂在电话那头装。其实在车上，朱砂就知道了董事长夫人是不辞而别，她巴不得夫人早早离去。夫人在车上问了她公司里的一些事情，朱砂讨好一般透露不少内幕。

这时姜老师和阿栀已下到一楼。一出了大楼，阿栀就迫不及待地问姜老师，为什么不开价。

姜老师边走边寻出租车，用不经意的口气说："你跟这样的大商人还谈什么钱，他还能少我们那几个小钱？就算是我们明码标价，他形势好肯定还会额外加，他不好了，你定了价也没用。我不开价，这事做起来就有了弹性。"

"弹性？"阿栀忍不住问出口。

"是的，弹性。中国文化的精髓其实也就是讲弹性。所谓中庸之道，也是说弹性，居于中间，可上可下，可进可退，可隐可出……你看那双鱼八卦图，其实是黑包着白，白包着黑。或者说，黑中有白，白中有黑。"姜老师边走边说。

阿栀听得呆了。

端午即将到来，阿栀预备回趟皖南，忽接到姜老师打来的电话，说老黄的母亲去世了，问阿栀愿不愿意陪他一道去皖西吊唁。阿栀几乎没有犹豫，就脱口道："什么时候动身？"

老黄的老家在皖西农村，水泥路直通到老黄的老宅门口，车门一开，就见戴了孝的老黄从前院里迎出来，罗列在门口的丧葬乐队一见有吊唁者进来，忙抄起家伙，哀乐潮水似的一下涨到阿栀的耳朵边。阿栀被传染着，眼里漫起一层湿意。"怎么这样善感，又不是自己的母亲！"阿栀为自己的伤感感到不妥，心里谴责自己。

老黄已经走到姜老师面前，面色平静，想必母亲初逝时的汹涌悲痛此时已经慢慢平息，或者说被收藏进内心深处，因为毕竟要迎送来吊唁的人。姜老师一脸静穆，问道："老婶何时走的？"其实是明知故问，他早已打听出老黄母亲的去世时间。不待老黄回答，姜老师又道："老婶是有福气的，这样高寿，年轻时虽然苦点儿，但老来享福不尽。"

老黄不住点头，姜老师的话让他觉得安慰。待姜老师说完，老黄道："没想到，你们也来了！"

"老婶走了，我们来，来行个礼……应该的，应该的。"姜老师说着，就领了阿栀进了灵堂，磕头完毕，被人引到了后院临时搭建的帆布篷下。帆布篷下，排了十几张白色塑料桌，桌边围一圈蓝色塑料凳，一看便知是包给了专业办理宴席的流动饭店。许多人来吊唁过后就走了，没留下吃饭，所以后院人不多。姜老师和阿栀坐下了，有妇女过来给他们斟茶水，阿栀忙起身接过茶壶，要自己来斟。这时，老黄走到他们桌边，也坐下了，阿栀便提了壶，给姜老师斟过，又给老黄也斟了一杯。老黄感激地看了阿栀一眼，没说话，扶着杯子，低头看阿栀斟茶。

"你这手指，怎么黄成这样？"老黄看着阿栀按着壶盖的手指，忍不住好奇问道。

阿栀抿抿嘴角，说道："是煮山栀子时不小心弄上的，出门慌了，没洗净就出来了。"

老黄"哦"了一声，便端起茶润了一口，转脸看向姜老师道："儿子的飞机晚上到合肥，能赶上明天早晨送他奶奶……"

姜老师"哦"了一声后，补一句："那我来安排人到机场去接孩子吧？"

老黄摇摇头道："都安排好了。只是，我那婆娘，妈拉个巴子的，可能来不及了。"

姜老师有些意外，问道："他们娘儿俩不一道回来？"

老黄咂咂嘴："作！好好的跟什么一帮朋友跑去南极旅行，说是船在大洋上破冰行驶，不是坐飞机，回来快不了……"

姜老师又"哦"道："这……"

老黄的太太，作为逝者唯一的儿媳，不能赶上送殡，总是一件令人惋惜的事情。姜老师不知道该说什么话才能安慰老黄，心里又想到老黄一辈子睡了成排的女人，临到母丧，一个送终的儿媳都没有，这真是荒唐滑稽。前院的哀乐又涨上来了，估计又有人进来，老黄赶忙起身去迎接。

"我们走不走？"阿栀问姜老师。

"留下来吃过再走吧"，姜老师说，"我看，这桌子晚上恐怕都坐不满，唉，现在的人都忙，来去匆匆，白喜事再也做不出从前的热闹……"

晚饭吃得迟，一弯瘦月默默升到后院边的乌桕树梢时，忽听到前院人声轰轰的，是老黄儿子回来了。一时人都压到了灵堂里，道士手持拂尘，嘴里念念有词，逝者亲人密密跪在地上，有女人干哑的啜泣声从孝服深处浮上来。

仪式完毕，鞭炮响起来，村狗的吠声远远近近，像在撕咬着夜晚。晚饭终于开了，碗碟哗哗啦啦的，鞭炮的硝烟味掺着潮湿的夜气，混杂在酒肉的香味中。老黄携着儿子，挨桌敬酒，到了姜老师这边，他凑到姜老师耳边，小声道："晚上就不回去了吧？"

姜老师有些意外，"问问阿栀吧！"姜老师说。留下来的话，在这乡下，住宿是肯定简单的，明天早晨的出殡就必须要参加了，然后火化完毕，复进大山埋骨灰盒，这些后续的事情，基本上是明天一天也就没了。

老黄望向阿栀，阿栀点点头，她现在处于失业状态中，回去后无非是染色、拍照片、做公众号，多染一件少染一件无所谓。

夜晚，姜老师在老黄家打了地铺睡觉，阿栀被安排在老黄隔壁婶婶家，睡的是老黄侄媳妇的床，侄媳妇远在北京，房子空着。老黄安顿好了众人，便来阿栀这边问几声，怕她住不习惯。悬垂着几根蛛丝的节能灯，弱弱散发着昏黄的光，老黄坐在半旧沙发上跟阿栀絮絮说着，忽然哽咽起来。

"没妈了。真的。以后真的没妈了。"老黄抹着泪水，竟像个受伤的孩子。

阿栀有些手足无措，不知道该怎样安慰。虫子的叫声在墙根外，乱纷纷的，阿栀心里也乱。

"再怎么，你都比我好。"阿栀说着，从包里抠出纸巾来，递给老黄。

老黄低头擦了擦脸，看了看阿栀，叹了口气。然后想起什么似的，说道："你们来，我心里是很感动的——你的事，姜老师跟我说过，等忙过这阵，我来安排。"

阿栀心里恍惚，不知道姜老师跟老黄说了什么。

第三叠

A:

老黄和太太僵上了。太太从南极回到合肥时，老黄母亲的骨灰已经安葬多日，老黄也回到合肥公司总部。老黄没理会太太的短信，是朱经理开车去机场接了，到公司后，老黄照例没理太太。

太太怕掉了姿态，就点了朱经理陪她去皖西，到婆婆的坟上烧了一叠纸钱，算是表了心意。末了，朱经理陪太太去了趟老宅，老宅门已上锁，房子算是彻底空了。隔壁，老黄的姊婶在老宅前围了栅栏，里面圈了几只鸡在养。太太站在门口，叹了口气。姊婶听到鸡叫声，忙出来瞧，见是老黄太太，笑着招呼过，忙解释道："菜园里刚打了农药，怕鸡进去吃，就圈在这里了，过两天就撤，就撤。"

老黄太太道："别撤了，就这样吧。反正房子也没人住，

128 | 豆　青 |

也不会回来住了。"一边说着，老黄太太就移步要上车走了，婶婶追着留饭未成，便嚷着要捉两只鸡给老黄太太带走。老黄太太摆摆手，人坐进了副驾驶。

晚上回到家，不等太太说话，老黄先就开了口："哪天走？"

太太没说话。

太太没说话，就说明太太还要走，老黄心里其实希望太太说她不走了。

晚上躺在床上，两个人背靠背，都睡不着。老黄索性起来，从橱里抽了条毛巾被，躺到沙发上去了。

这样过了三四天，一天夜里，太太坐到沙发边的地板上，敲了敲老黄胳膊。

"什么事？"老黄翻身过来，"直说！"

太太叹了口气，然后缓缓道："我想着，我们总这样分着也不是事。虽然说，现在已经是地球村，但我们会一天天老下去，总有一天要相互照应的。先前，因为奶奶还在世，要照顾，你不愿过去也就罢了，现在……现在，我们一家该在一起了吧？"

"嘿，你在那边如鱼得水，一会儿天上，一会儿海里，一会儿南极，一会儿北极，我去了干什么？傻了吧唧看你和老外叽里呱啦飙英语？"老黄没好气地喷回去。

老黄英语不通，从来就没想过要到美国去过晚年，那无异于被判刑不许说话。不说话，不做事，只剩下等死了，老黄不愿意那样。他从没打算退休，自己的公司，干到哪天自己说了算。所以，老黄只有一个答案或者说选择，那就是太太回来。

太太打击老黄："只怕你是丢不下国内的小姑娘吧？这么多年，也该玩够了，别最后搞得赤条条身无分文！"太太说着，就捏着手机起了身。

太太第二天没跟老黄招呼就飞走了。

老黄约了姜老师和阿栀，去城东一个楼盘。是一个已经颇为成熟的小区，绿树掩映，草坪碧绿，可惜没有小桥流水垂柳依依，阿栀替这么好的小区感到惋惜。一路走着，就到了楼道口，老黄取门卡刷了一下，进了楼道，乘电梯，直上30层。

姜老师轻轻问了声："是顶楼？"

老黄点点头。

电梯略微有点晃动，阿栀有点晕。老黄道，这几栋楼，电梯准备年底前更换掉。姜老师和阿栀异口同声"哦"了声。

他们进了屋。久没住人的屋子，空气迎面袭过来，都显得陌生。

"不错不错！"姜老师点头称赞，转向阿栀道，"阿栀，这是黄总为你准备的工作室，够你用吧？"

"什么？"阿栀相当意外，"姜老师，你只说看房子，我还以为是你要……"

阿栀一时激动不已，这才仔细注意起屋子里的陈设来。看得出，屋子之前住过人，电器家具一应俱全，卧室的两片窗帘，一片系着，一片就那么半敞着垂到地板，看得出先前的居住者走得潦草。

老黄在前面引着，到了室内楼梯口边，往上指指道："上面还有一大间阳光房，还有一个大露台，特别适合你们这些作家艺术家开设小型沙龙，喝个酒，聊个天什么的。"

阿栀和姜老师笑着，就随老黄上了楼。露台上风有点大，阳光辣得有些厉害。

阿栀开心地道："晚上乘凉好，可以看月亮，数星星。"

老黄转身望着阿栀一笑。

太阳晒得很，他们在露台上没多逗留，复又下来。经过储藏室边，老黄顺手打开储藏室门，准备解说一番，却看见里面一个包裹，大约是一件女人的皮草，包裹上面露着白色的狐狸毛。老黄怔了一下，拎出包裹来，放到地上，然后折到阳台边打了个电话。"你那皮草还要不要了？不要，我就扔了……"

姜老师会意，领着阿栀去卫生间和厨房看，水龙头，电器开关，灶台打火，一一都试了一遍。磨叽了一会儿，两个人出来，老黄的电话还没结束，老黄在絮絮解释："算了算了，你上次订的那批货安装后，业主们投诉不断……姑奶奶，你要钱我给你就是了，别再推销了好吗？好吗？"

老黄和阿栀听出老黄是在跟推销员说话，便各寻坐处了。

老黄接听完了，掏出一串钥匙来，递给阿栀道："你先看看吧，若觉得可以住，就先收拾收拾。我不陪你们了，先走一步。"

姜老师挥手道："你忙你忙。我一会儿也就走。"

老黄走后，姜老师跟阿栀说道："如果我没猜错的话，这个房子是老黄以前一个女会计住的，跟老黄闹了几年，还见过她大着肚子，后来肚子忽然就没了。听说是分了。老黄那个人，跟哪个女人都不长。"

阿栀抿抿嘴角，轻声问："你怎么知道是那个女人？"

"我见过她穿白狐狸毛，老黄那时出门吃饭经常带她。"姜老师说着，手机就响了，是老黄打来的，叮嘱他下楼时把那件皮草带出来，放到小区保安室里，明天有人来取。

"也不知那个女人后来怎样了。"阿栀悠悠道。

"听说结婚了。不过一直不生。离开公司后变成商人了，专门给各楼盘推销电梯，听说赚了不少。老黄有愧，也帮过那女人不少忙。"姜老师说着，就往储藏室那边走，"阿栀，你若不介意，就住着，先收拾；若不想住，现在就跟我一道走吧。"

阿栀一笑："我介意什么，租的房子不都是住过人的嘛，那个楼上的阳光房我最喜欢了。"

阿栀最近沉迷于草木染，苦于之前租的房子小，施展不开手脚。如果住进这样的大房子里，她就可以在阳光房和大露台上轰轰烈烈地开展她的草木染事业。近来，不知得了什么运，她的草木染公众号关注量直线上升，点赞、跟帖和打赏，形势喜人。阿栀判断，打赏者基本以事业有成的文艺女青年和女中年为主，她们忙碌，没有功夫和心思实施古老费时的草木染，阿栀的图片喂养了她们的闲情逸致。有人建议阿栀，开染色直播。

B:

中秋团圆之夜，老黄一个人，捧着月饼来敲阿栀的门。"阿栀，公司人人都有一块大月饼，我吃不完，我们来分着吃。走，我们到露台上去，边吃边看月亮数星星。"老黄来得太突然了，令阿栀有些接待不了。

阿栀说："不上露台了吧，就在客厅吃是一样的。在阳台也可以看见月亮的。"

露台上晾了一件件已经染色的织物，都没收回，万国旗帜一般飘扬，阿栀不好意思让老黄看到。

客厅的电视机在播放动物世界之类的节目，老黄瞟了一眼。

阿栀指道："是雪豹。"

老黄道："跟狮子老虎都长得差不多。"

阿栀从厨房提了水果刀出来，她边切月饼，边说："仔细看，会发现气质不一样的。"

"你有研究？"老黄不待阿栀递，自己就伸手拣了一小块月饼来吃。

"雪豹的气质高冷，眼神里有一种冷眼俯视红尘的凛然。它们常年生活在高海拔的雪域高原，你看它们，头上身上披覆着薄薄的雪花，孤独走来的样子，酷得要命。"阿栀说着。

老黄扑哧笑起来："不写文章了，研究动物了？"

"雪豹是我的偶像，我崇拜它。"阿栀边吃边说，左手张在下巴下，唯恐地板上落了月饼屑。

"为什么选择雪豹做偶像，而不是莫言？"老黄本来有些落寞的情绪，被阿栀的奇谈怪论给浇灭了。

"因为雪豹的人生，像我的人生。雪豹是猫科动物，也就是说，跟我们家养的猫，是一个家族的。我以前以为，我做一只猫就好，现在一个人在合肥住久了，经历了一些事，我才知道，做一只幸福的猫，饭来张口衣来伸手简直天方夜谭，只能是做一只慢慢适应气候变化适应高寒的孤独觅食的雪豹。"阿栀说着。

"雪豹是从皖南来的？"老黄笑问，身子斜倚在沙发靠背上，一副很放松的姿势。

"几千万年前，印度板块与欧亚板块来了一次迅猛相撞，诞生了青藏高原。二百六十万年前，地球的大冰期降临，生活在青藏高原的猫科动物中，某一个族群默默耐受寒冷与孤独，从猫科这个大家族里分化出来，成为尊贵的雪豹。"阿栀说着，在灯光的映射下，眸子里似乎闪耀着无限光彩。

老黄道："阿栀，我发现你跟我刚见你时的样子不一样，可是，为什么说它们是尊贵而孤独的雪豹？"

"它们懂得节制。一头雪豹，一旦饱食，就可以一周不再吃东西。它们从来不贪婪。有时饿急了，它们会捕食牧民的羊，但是，一次只捕食一只，绝不多要。它们昼伏夜出，平时独居，一只雪豹住一个山洞，独自面对黑夜和黎明……"阿栀滔滔不绝。

老黄伸手抽纸巾，擦了擦嘴角，然后起身笑道："你要做独居的雪豹，我只能走了。"

阿栀笑笑，便送老黄。老黄到了门口，转身望着阿栀，温柔叫道："阿栀……"

阿栀听了，心里一热，定了定心思，说道："我送你到电梯吧。"

老黄回去后，没多久给阿栀发来微信："为什么就不能客气挽留一下呢？"

阿栀回："这是你的房子呀，哪里需要我挽留呢。"

老黄发过来一个拥抱的表情："那下次我就去住自己的房子了。想问：雪豹没有爱情吗？繁衍后代怎么办？"

阿栀没回。

老黄的房子给阿栀住，当初没收房租，说是阿栀的劳动可以抵掉房租的。可是，阿栀住下后，她打理的那个宣传皖西旅游的公众号，老黄照样开给她工资。

秋天，小区里的桂花香一飘荡起来，夹在长江与淮河之间的这座皖中之城合肥，天气一下就凉起来了。下午，阿栀午睡起来后，就搬了家伙到楼上阳光房里开启染色，三脚架上坐一台小型摄像机，她的一切活动都在镜头里。

阿栀面对镜头，一边开火烧水，一边用她带有皖南口音的普通话说着："《尚书·益稷》中说：'以五采彰施于五色，作服，汝明。'五色即我们华夏文化里经常出现的青黄赤白黑。一般认为，有了这五色，就可以调制出所有的颜色。在秋天，我们一定要染一个属于秋天的颜色——黄色。黄色最尊贵，过去，这个颜色是为皇族所独占……这个是山栀子，二百克，加入三升的清水中，我们开始煮取染汁……"

没有安装抽油烟机的阳光房，阳光斜斜照进来，阿栀在镜头里鲜艳明媚，她身后的玻璃墙上，毛着一层水雾。折腾到太阳落山，最后一道工序做完。

夜晚，晾在露台细绳上的染布还没收回。阿栀故意不收，想沾些秋露。她没有天赋才华，无法洞晓那些无法言传的创作奥秘，一切靠大自然成全。她从来不染色彩完全雷同的两块布，也染不出。每一块布，都会因为染色晾晒过程中的气温、时间、季节、空气湿度、光照长短，甚至是露水濡染的深浅，而成为无从复制的绝世孤品。这真让阿栀骄傲。

阿栀的网络直播，让她的工行卡短信提醒铃声不断，打赏，打赏，进账，进账。阿栀没想到，她替忙碌的文艺女青年和女中年过着时尚又古老的生活，竟也可以换钱！

陌陌好久不见阿栀找她，知道阿栀上次是真生气了，便主动伸来橄榄枝，鼓励阿栀写作，希望阿栀继续帮她干校对。阿栀冷笑，回陌陌："文字无意义！"

高居在海拔一百米之上的城市三十层高楼上的阿栀，被刚入合肥那半年的现实迅猛碰撞之后，她自视自己正在长成一只耐寒的有着深邃目光的雪豹。她敏锐发现并相信对于肤浅浮躁的现代人，文字繁复茂密如卑微蚁群，没有人愿意俯首弓腰去读懂。通过颜色的衔接与渗透组合而成的图片与视频，借助日新月异的机器与互联网传播，已经成为新的趋势。是的，颜色已经能解释和表达没有灵魂参与的简化的浅层的世界，仓颉若还健在，可以告老还乡养鸡养鸭了。

陌陌回："你不要钱过日子？有人养你？"

阿栀冷笑，发了两张截图给陌陌，一张是她当天的所得打赏明细，一张是她银行卡的存款数额。

陌陌没动静了。

阿栀笑笑，手机在手指间旋了几圈。

约莫一周后，陌陌敲开了阿栀的门。阿栀很意外，想想，放陌陌进来了。她知道，陌陌进来比不进来，会更加痛苦。

陌陌楼上楼下叽叽喳喳参观了一遍，似乎全然忘记她跟阿栀闹掰过。

"傍上大款了？"陌陌依旧不服气地问道。

"这房子是我的工作室，只是我没地方住，只好将就住这工作室了。"阿栀说，"我们这样三十多岁的女人，傍大款不是天方夜谭吗？"

陌陌撇嘴笑笑，望了望阿栀道："倒也是实话。"

陌陌坐了一会儿，终于跟阿栀摊牌，要借钱，她要出书。阿栀愕然道："你怎么还要自费出书？自费一次也就算了，还出二次；就算你二次是为了上当当网，也就算了，你怎么还要三次自费出书？"阿栀说着说着，心里竟有些怜悯陌陌了。

陌陌道："阿栀，我跟你不一样。你是没那才华，我是有的，就是缺少机遇。我不自己花钱买吆喝，就白白屈了我那才华。"

阿栀笑起来："花钱就不屈？"

陌陌道："也屈。可是……我心里给自己设了期限，再蹦跶几年，四十岁之前，如果还蹦不出来，我就像你一样，出来开工作室。"

阿栀抿抿嘴角，默然看着陌陌因为过度自信都已经有些变形的脸。阿栀感觉自己定定坐在棕褐色的真皮沙发上，像一只坐在悬崖上的雪豹。雪豹带着一身煞气，从冰河尽头反扑回来，坐在石头上，俯瞰陌陌之流还在水深火热地写着——那是没有前途的。

"你要多少？"阿栀问。

"三万块。"

"一般不都两万左右吗？"

"两万就两万。"

"我不借呢？"阿栀冷笑着说道。

陌陌眉毛提到发际线了，惊讶道："阿栀，你玩我？！你怎么跟从前不一样了！"

阿栀笑笑。

老黄说要来住，但是一直没来。老黄不提也就算了，阿栀日子会照样平平静静地过；老黄提了，却总不来，让阿栀一颗心山重水复柳暗花明的。又不能发微信问他哪天来几时来，据说雪豹到了求偶期，会食欲不振，日夜啸叫，到处寻找。

微凉的秋夜，阿栀一个人坐在屋顶露台上，这很像一个雪豹的夜晚。阿栀远眺灯火起伏连缀起来的城市之夜，红色，绿色，蓝色，紫色，黄色……各种颜色的灯火，都那么肝肠欲绝地颠簸着。不似她的皖南小城，夜气从黛蓝色的山坡竹林里漫下来，接上新安江上的月白色水汽，一个小城，漫漶在淡蓝墨水似的凉夜里。不高的楼层顶上，天空是一只广口的碧色瓷盘子，上面水汪汪开着一枚淡月花儿。

思乡了。阿栀感觉自己被露水给打软了。那时，她和陌陌还是少女，坐在新安江上的木桥上，脚底水声哗啦哗啦的。陌陌说希望桥被冲毁，这样她们就抱着木头随江水一直漂，到大海，越过台湾海峡，到台北……阿栀那时其实想到基隆港，余光中的诗里提到过基隆港。

阿栀想起这些年少无邪的时光，不觉嘴角就弯成月牙了。她掏出手机，给陌陌转去三万块，然后，将陌陌从微信好友里删除。

AB：

冬至第二天，合肥就早早下了场大雪。早上，阿栀开门，却见老黄瘫睡在门口。老黄酒醉未醒。

阿栀吓了一大跳，忙扶老黄，扶不起来，只好扯着老黄两只胳膊往屋子里拖。阿栀看着睡在地板上人事不知的老黄，心里害怕得竟哭出声来："黄总，你可不能死在这里呀，我怕死了怕死了！"

阿栀接了热水来，给老黄焐脸焐手，舞弄了半天，老黄半睁开眼睛："扶我进卫生间。"

老黄趴在马桶上吐了一会儿，然后把阿栀往门外一推，自己就歪歪斜斜地脱衣洗澡。

洗过，老黄包了条毛巾站出来，抱歉道："我没有衣服穿。"

阿栀笑着红了脸。

老黄说过，就跌跌撞撞进了阿栀房间，睡到黄昏才醒来。这时阿栀已经将老黄换下的衣服洗净烘干，叠放在床边了。

老黄盘坐床上，望望叠放在床边的衣服，伸手抚摸又抚摸，似乎不舍得穿。老黄捧起衣服，贴到鼻子前，闻闻，鼻子却发酸。这是家的感觉，他已经多年没有感受过。

老黄穿了衣服，到餐厅坐下，阿栀给他盛了一碗汤，边走边吹，放到了老黄手边。

老黄在外酒醉，路上雪厚，打不到车，于是就走路，不知道怎么想的，走了小半夜，就走到了阿栀住的房子门口。老黄边喝汤边问阿栀："如果我失踪了，阿栀，你会不会到天桥上把我找回？"

阿栀道："合肥的天桥这么多，我怎么知道你在哪个天桥上。"

老黄不甘心，又说道："假如我告诉你我睡在宿州路天桥上了，你会不会把我捡回家？"

阿栀半眯了眼睛，长长的睫毛覆下来，竹影摇曳似的，笑道："当然。"

老黄点点头，汤也不喝了，起身就抱起阿栀送到床上。

"阿栀，你可以不爱我。我们住一起吧。"老黄急促地说。

窗外，雪还在簌簌地下。没有裙子遮掩的阿栀，身子摊开在毯子上，像一枚河蚌被剥了壳，一身的疼痛与羞涩。可是，阿栀依旧配合着老黄，像进行着古老的仪式。

事后，老黄握着阿栀的手说："阿栀，我们先同居后恋爱，过去的人都这样。其实，老东西有老东西的好，比如先结婚后恋爱就很节能。两个人在一起，朝夕相对，总有一天会爱上，不爱也无妨，生儿育女都不会少。现在的人，先恋爱，恋得不好就恋散了，婚没结，前期投入全部泡汤。"

阿栀听了，心里苍凉：生意人啊！不知道他是在赞美他们的关系，还是……

可是，阿栀悲哀地知道，自己是有些爱上他了。

2019年春节，老黄没去美国过，在阿栀住的三十层高楼里。

即使春节，阿栀的视频直播也没歇。织物染好后，晾晒在露台顶上。

"阿栀，又刮轰（风）了，布要不要收？"老黄用混杂着河南口音的皖西普通话问她。

"不要不要！"阿栀赶紧把摄像头对着玻璃窗外，风掀起靛蓝的、藤黄的、海棠红的、湖蓝的布、麻、丝。她到镜子前束了发，拖着棉麻曳地长裙，走进镜头里，迎风收布。——都在镜头里，回头都要切出来，发给客户。

晚饭后，老黄和阿栀站在露台栏杆边看节日的城市夜景。湿漉漉的皖南阿栀，垂手明如玉，依偎在老黄的肩边，看都市茂密灯火，像发情期的萤火虫，飞来飞去，飞高飞低，终夜不歇。近处的染布散发淡淡的苏木清香，他们像从诗经年代，伫立到民国，到现在。多么荡气回肠！

四月时，阿栀说要给老黄染件睡衣。

"你买的那些睡衣，都是流水线上生产出来的，你有，人家也有。我给你染的，全世界只此一件，连我自己都无法复制。这就叫孤品。价值就是这样产生的。"阿栀骄傲地说。

二百克五倍子加水三升，煮沸时，五倍子的皮胀开，植物根的土清气，像笨拙的先人步履，从玻璃房漫步到露台，散发到空旷的楼宇之间。阳光大好，阳光宽容接纳五倍子的流浪气息，依旧普照玻璃房，露台，花草。二十分钟后取出织物，放进加了媒染剂的温水中，盆里徐徐变成蓝紫色，幽深的蓝和紫，像夜色下的海困在山湾里。

夜里阴干，第二天黄昏，老黄就穿上了阿栀染的灰黑色睡衣，道袍一般，在三十层高楼之上，飘飘有仙气。阿栀拍染色视频，拍满露台飘扬的染布，和染布间隙老黄徐徐走动的背影。

秋天，老黄撇下姜老师他们，只带了阿栀一人去他的皖西大山里。

夜里，窗外林月娟娟，他们欣欣然，像两只惊蛰后的昆虫，左右不能眠。

"大山在做爱呢！"阿栀叹息说。

"嗯？"老黄愣了一下，半支着身子，侧耳听了听，然后又躺下来。

"竹叶声，松涛声，风声，流水声，虫鸣声……他们像喘息，像呼叫，像轻唱，像诉说情话……"阿栀望着月白的窗外，悠悠地说。

"竹叶在虎（抚）摸竹叶，溪水在舔着溪水，轰（风）在追赶着轰（风），虫子在勾引虫子……"老黄半闭着眼睛，胳膊枕在脖子下，语气也悠悠的。

"你真是个诗人！"阿栀收回目光，落在老黄的耳鬓。

老黄转过脸，望着阿栀道："此刻地久天长。"

"此刻——地久——天长——"阿栀沉吟道，像是温柔的和声，"那她们呢？"

阿栀知道自己不该问，可是憋不住。谁没有过去呢？可是，阿栀想要深入。

"阿栀啊——"老黄翻过半片身子，面对阿栀道，"你在外吃饱了，之后想干什么？"

阿栀眨了眨眼，手指抵着下巴，想了想："逛街？"

老黄摇摇头。

"喝茶？要不唱歌？"

老黄还是摇头，叹口气，又转过身去，不再看阿栀。

阿栀转过身，贴到老黄的后背来，摇着他的胳膊问："那是什么？"

"自己想！"老黄依旧背对阿栀。

窗外风起得似乎更大了，簌簌的叶声，像有雨。风从纱窗里穿进来，山里的夜，格外凉了。老黄将被子用脚挑了挑，往阿栀这边搭了搭。

阿栀偏不要被子。老黄温柔道："会凉着的，这大山里可不好找医生。"

阿栀伸手抵着被子角，狡黠道："你不说，我就不盖。"

"说什么呀？"

"说吃饱饭之后想干什么。"阿栀揪着问题不放。

"回家！"这回老黄的发音准确无误。

"回家？"阿栀有些意外，不过想想，也是。

老黄伸手过去，将娇小的阿栀窝进怀里，呼吸都落在阿栀的脸上了，像有羽毛在飘。"阿栀，我是个商人，唯利是图，可是每跟你在一起，总有清洁感，总有回家的感觉，我说不清这是为什么。现在我好不容易回家了，你就不要再追问了好吗？"

"我……我尽量……"阿栀嘴上说着，心里却迷雾不散。姜老师跟她说过的那些关于老黄的荒唐事，在她心底像枫叶经了霜，颜色越来越鲜艳，勾得她一颗心常常就吊在上面。

"那，只说今天这一回，可以吗？"阿栀试探道。

"你都知道什么？"老黄问。

"我知道得很多。"

"听谁说的？老姜？"

阿栀没吱声。

"那个老家伙，甩了那么多给他，还封不住嘴！"老黄愤然道。

老黄从前不在乎别人说他风流韵事，自跟阿栀走在一起后，常常会懊丧自己过去那些经历。又擦不掉了，睡过的女人，传开的笑话，都在，令他恨不得在时间里像高铁那样跑掉，好远远甩掉往事。

阿栀扑哧笑起来，生气的老黄倒有几分真相暴露的可爱。

"他们说你看上了一个电视台的，后来把人家老公招进公司做副总，再派驻外地，然后就搞到手了。你真是奸计丛生啊，简直一西门庆。"阿栀挑起话头，"后来怎么了？"

"怎么了？能怎么了，还不是该怎么就怎么。"老黄说，"到此为止吧，阿栀你再说，我马上起床开车下山，丢你一个人在山里喂狼。"老黄说时，窗外风声雨声叶声昏沉一片，真像是野兽出没的时候。

阿栀就不说了。

"他们只知我对女人是打一枪放一炮就换个地晃（方）。我必须得换啊，那些女人，你不换，她就得寸进尺，跟你要婚姻要孩子。我还娶吗？娶回家？砸钱？送到美国去？把自己累成牛？我只能，一年换一个，打打游击战。这样，太太也不跟我闹。你知道，一闹，大家都完蛋。"老黄反倒自己说起来了。

阿栀更沉默了。

早上起来，阿栀站在镜子前，望着镜子里一角的老黄道："刚到合肥，我是齐耳短发，不知该如何弄它，想着让合肥这座城来决定它的命运。现在，你来决定，你就是一座城。"老黄抬头看看阿栀，阿栀的头发已经野野垂到了脖子下面，一看便知到了何去何从的岔路口。烫的话，可以烫了；剪的话，可以剪了。反正不应该是这野蛮生长的样子了。

老黄忽然问："阿栀，你今年多大了？"

阿栀扑哧笑起来，转身对着窝在床上的老黄笑道："你不是说，看看女人的眼神，便知道年龄了吗？"

"我说过？"老黄表示怀疑。

老黄伸手拉过阿栀，在他腿边坐下。"你跟我这样近，天天早不见晚见的，反倒看不出你年龄了。看相要避熟人……"

"说头发吧。"阿栀扯回话题。

"你自己决定。"老黄道，"我真对头发没感觉。"

"我决定？我想剃光头。"

"为什么？"

"因为想不出怎么弄，可能还是我缺乏想象力吧。"

"你不是缺乏想象力，你是胆怯，别人说月亮像土豆，你就不敢说月亮像柠檬。你能听出夜晚的大山在做爱，你还缺乏想象力？"老黄笑着说。

阿栀笑起来，倒进老黄怀里。

春节老黄没赴美团聚，中秋又没去，老黄太太便在朱砂那里打探。朱砂回道："董事长夫人，您若不问，我做下属的也不敢多说。您再不回来，只怕小黄就要生出来了。"朱砂回过，又补了几张那年采风时邮箱里收到的老黄给阿栀整理裙子的照片。

这一回，太太人没回来，核心思想回来了。两条路：要么老黄变卖资产后移民美国，一家团聚；要么分家，她只要现金。

老黄来见阿栀，说起太太的话，焦躁地拧着眉头："离婚我也无所谓，反正这么多年，有老婆等于没老婆。妈拉个巴子，她分家只要现金。切，流动资金都给她了，我还玩个蛋啊！"

不过，官司是打定了。老黄跟阿栀说："你尽快看看房子，看中了，告诉我，我来给你租。你现在住的这房子，到时可能会封。"

阿栀听了，低头没说话。老黄怕阿栀多心，补一句："我不是要赶你，不是……我是……"老黄越解释，阿栀心里越是冷静和清醒。阿栀想起在皖西大山里的那个夜晚，想起老黄说不喜欢得寸进尺的女人。阿栀抬起头，直面老黄，淡淡一笑道："放心吧，我不多想的，尊贵的物种从不贪婪，就像雪豹。"老黄也不知道有没有听懂阿栀的话，只坐了个把时辰就匆匆忙忙走了。

临搬之前，阿栀约老黄来吃了顿晚饭。她告诉老黄，自己打算回皖南，在歙县老街，继续她的草木染。她希望老黄有一天身无分文时，可以去那里找她。"在皖南，消费低，没有钱真的可以过一辈子的。"阿栀望着老黄说。

老黄下楼，阿栀送到电梯口，按过等了好半天，电梯门像拉链一样撕开。老黄猫进去，转身望着阿栀。

"跟你说，你以前问过我，雪豹有没有爱情，繁衍后代怎么办，我现在告诉你，它们交配期很短，雌雪豹怀孕后就会独自离开，回到自己的领地，独自抚育后代。"阿栀忽然想起来似的，追上一步，跟老黄说，说到后面，一滴泪从眼梢滑出来。

"我争取晚上回来，明早送你。"老黄说时，似乎是要伸手出来，不知道是不是想要安慰阿栀。阿栀迎过去，门刚巧合上了，老黄的脸深深被填到铁门之后。

曙红色的数字蹦跳，阿栀心里像有一块东西在钩着，沉沉的，难受得很。

小区门口停着辆警车，老黄一出小区，就被"请"进了警车里。推销电梯的那个女会计，因为电梯质量频频被投诉，执法部门查下来，发现参与电梯销售的公司是老黄的公司，老黄作为法人，逃不了干系。老黄辩解："她只是从我的公司走账，因为她没有注册自己的公司，其余我一概不知。"

执法人员冷冷回道："据我们所知，她是你的情人，准确地说你们公司不只是涉及使用伪劣产品，还牵涉一桩行贿受贿案件……"

"那是以前……以前……"一阵天旋地转，老黄眼前晃动着无数个女人穿着白狐狸毛皮草的身影。轰的一声，老黄栽倒在地。

……

阿栀翻开她的手机，草木染公众号里，那些染色的视频里，飘荡着各色的染布，石榴红，秋香色，湖蓝，豆绿……还有老黄穿着她用五倍子染成的灰黑色麻衣的背影。

"颜色已经能解释和表达灵魂缺席的繁华，那还要不要用垂老的文字来慢慢叙述……文字不再是炫技，只是回归到最初的功用，像结绳记事一样。有一天，她也许会回来，万一有大事要记呢。爱，是件大事。"

阿栀在她的草木染公众号里写下这些，然后给陌陌发了条手机短信："我明天就回皖南了。不再奉陪。"陌陌还欠阿栀钱呢，也不知道阿栀要离开了，陌陌会不会还她。

陌陌没回阿栀。第二天早上，阿栀拎着包，刚下楼就看见了陌陌。陌陌来送阿栀，见了阿栀，忙上前接应。两个人一路走，也没什么话。"你回吧。"阿栀上公交车时，望着陌陌勉强笑说。

陌陌道："我再送一程吧。"说着也挤进了公交车。

"还十八相送呢——我来时肩背包裹手拿雨伞，行李少得可怜，现在回去，装备这么笨重，看来我来合肥这几年，还是有收获的。"阿栀指了指脚边行李，笑得露出了牙。

"比我好。"陌陌低声说，说过，头低下了。阿栀朝窗外人行道上看，徽州大道的乌桕树叶子红了，很像皖南塔川的乌柏。乌桕树下，来来往往的人影，阿栀希望有一个人影是老黄，她想看到老黄追着公交车，来给她送行。但是，那些人影没有一个是阿栀认识的。

"书出了吗？"阿栀问陌陌。陌陌摇头。

"怎么了？"

"骗子。一帮江湖骗子。当初许诺，请贾平凹给我写序的，走国家级出版社。到现在，书号都没拿到，还死活不肯退钱。"陌陌低声说。窗外在刮风，乌桕叶子纷纷扬扬在飘，飘过急急行驶的车窗边，在车轮与车轮之间仓皇地打着旋儿。

一阵长久的沉默，阿栀和陌陌不约而同地望着窗外乌桕落叶。陌陌忽然说："那乌桕应该长在我们皖南的山坡上的，怎么长在城市的马路边了，多么不应该啊……"阿栀笑回："你才觉得啊，我早就觉得了。"

下了公交车，陌陌帮阿栀提行李，等阿栀取了票，又送她到进站口。两个人依旧一路无话。阿栀进去了，陌陌站在玻璃门外，望着阿栀。阿栀隔着玻璃，看见陌陌的头发被车站广场上卷起的风给吹乱了，于是放下行李，折出来，走到陌陌面前，将陌陌的头发捋了捋，捋到耳后。"很久没做头发了吧！"阿栀温柔地说。

陌陌猛一把抱着阿栀，浑身轻轻颤抖。阿栀也用力环抱陌陌。

"阿栀，不要怪我，不要怪我……"

"我们都不哭，我们都要很酷很酷地活着。"

阿栀进站后，坐在候车大厅的靠椅上看玻璃门外的广场。天色灰蒙蒙的，广场上人影来去奔走，男人，或者女人，像是无数个陌陌，无数个老黄。阿栀掏出手机，将老黄从微信里删去，从手机号码里删去。

　　阿栀全然不知老黄在医院，昏迷未醒。

台风过境

一

从阳台边的纸盒里，丁香伸手捞出一只白狗来。

丁香是市一中的语文老师，瘦瘦矮矮的，四十几岁的女人，套一件桑葚红的薄呢裙，背后看可以蒙混掉十岁。也就是背后看，那件呢子裙够老的了，算起来有七年之多了吧。记得穿这件裙子迎送了三届学生，从高一到高三，每一届学生她穿两水，上课时，学生依然以新奇的目光在上面垂直滚一趟。学生换，衣服不换，所以在不断刷新的一茬茬学生面前，她坦然不惊，每年秋天照例去套她的桑葚红。丈夫川朴曾对着她的桑葚红不怀好意地笑说：好似山中无甲子，其实世上已千年。

狗是浑身白毛的一只小狗，出生才一个星期，朋友马莲送的。母狗一窝下了七个，奶不够，急需分送。丁香看见那狗妈生得标致，就预订得早，刚怀孕就订，所以母奶不够马莲就赶紧送了来。全靠奶瓶喂，小狗太小，还不会吃，喂起来，事情琐碎而快乐。但今天丁香喂小狗，心中欢喜皆无，不过是怕它饿死，自己背上心肠歹毒的恶名。记得第一天双手窝着这只小白狗回来，川朴过来探头一瞧，道："你呀，养了一只狗后，从此就只知道养狗，猫啊兔子鹦鹉之类，就不能换一换？"想起川朴的话来，此刻咀嚼一番，丁香很不服气：为什么要换呢？她喜欢过熟悉的生活，她不喜欢陌生感不喜欢没有底不愿意变化，她习惯重复。就像每学期教务处将课程排好后，将方方正正的一张白纸上印着四号黑体字的课表给她，她接过一看，心里安稳下来，小半年的阴晴雨露的日子抬眼可见，一览无余。于是循环往复，按照课表把往年备过的课稍作整理，勉强补一点应景时事和偶发感悟，再去上，一学期稳稳过完。中途如有调课或加课的变动，都要愤然，因为不适应，仿佛一脚踏空。多少年，她的生活靠惯性推动，不自知，更不曾怀疑。以为是种田，立春雨水惊蛰春分，年年就该这么转。

现在，川朴还在医院的病床上，请了护工刚去替了她，她才能回来。回家的路上，她看见整个城市伤痕累累，行道树被刮断，路灯被砸坏，工人穿着黄色雨衣在抢修……是的，一场名叫"鲇鱼"的台风袭击了这个城市，留下一片狼藉。

挟包举伞的行人在来不及淌走的浑水里穿越马路，像一群鸭子，汽车后面扯起两排水柱，仿佛怪兽在撒尿……换作往日大雨后步行上班，丁香会愤慨：那么多高楼气势汹汹地竖起来，地面之下的下水道竟然修造得这样苗条婉约，这是畸形肥胖的城市！但是如今跟在行人身后蹚水过街，全顾不得愤慨，因为丁香心里也正掀起一场不小的风暴。她的丈夫，到县里应酬，回来遇上台风，车子从高架桥上摔下来，人还躺在医院。但这还不是她心里这场风暴的中心登陆点。因为，丈夫临出门时身上穿的衣服现在少了一件。那不是一件寻常的衣服啊！丁香觉得她失去的不是一件衣服，而是一个丈夫，或者是丈夫的一部分。无尽的寒气从心底灌上来，经过像过山隧道那样幽冷深邃漫长的路程。

不是她丁香草木皆兵，周围的风气实在是坏了。前几天，她家小狗的前女主人马莲还跟她在茶楼里哭诉她老公的不忠，一壶玫瑰红枣茶，养颜的，都忘记喝，尽顾着安慰怨妇去了，出来的时候忍不住惋惜。想想从前，马莲老公追马莲，简直让人疑心他是特务出身。他当时小职员一个，境遇不如马莲，竟用半年的工资买一辆豪华摩托，每天接送马莲上下班。马莲看不上他，只好走小巷子躲他，但总是在巷子尽头被劫掉，或者被他经过七拐八绕之后终于逮到。躲不掉，只好下嫁，招来一群亲戚朋友叹息。男人总是这样没良心，待到后来他辞职下海终于发迹，拈花惹草，马莲成了怨妇。现在，丁香觉得自己也跌进怨妇冰窟里。早晨，她坐在意识已经清醒一半但还不能说话的川朴的床前，心里一边是疼惜和着急，一边是怨恨与咒骂。她咒骂他负心，一定背着她干了坏事。

丁香的心已经硌痛到不能再待在医院里，像走路的人鞋底灌进了沙子，已经受不得这样反复磨，她不能再看见他的脸，他的白色薄被底下少了一件衣服的身子。对他好有什么用？对他好最后有什么用？一遍又一遍，她在心里愤慨。白天不能走，作为家属，她走了，别人有话说。她得装，混过白天。晚上眼睛少，让护工来。可是等不到晚上，黄昏就催护工来替她了。这个时候的川朴，外伤已经做了处理，头上胳膊上，包叠着的一层层白纱布，蚕茧一样，在输液。

二

出事的前几天，天气预报已经报告说有台风。风气坏透了，环境气候也坏透了，竟然快到11月了还有台风！丁香受不住反常天气的出现，对着电视机愤慨。不知道是不是老了，还是老师做久了便习惯摆出卫道者嘴脸，越来越忧愤，越来越看不惯许多人事，觉得好端端的一切都让现代人给折腾得坏掉，就像把一支旋律优美流畅的歌曲给生生唱跑调。新闻上，女记者站在一幢灰白色建筑物前举着话筒，表情凝重，说话又脆又快，向市民报告说海事局已经启动防台风预案Ⅱ级应急响应。接着电视屏幕上闪出一连串画面来：汽笛嘟——轮船入港停航，穿蓝色制服的人在水库认真巡查，像小学生在检查试卷，到底有没有遗漏了？穿长袖 T 恤的市民电瓶车上鼓鼓一堆吃食，差不多成了正忙于窖藏的老鼠……台风快要来了，灾难大片的序幕在这样紧张急促的旋律中生生营造出一种末日式的恐慌与庄严。

早上，丁香轻轻摸着川朴的肚子，把头塞过来，再次跟川朴说："不要去了吧？万一台风提前了呢，怎么回来？"

川朴摆摆手坐起来，司机元胡已经等在楼下。丁香也起来了，弄好早餐，从里屋抠出一件兜肚来。呵地一笑，已经弯腰在川朴身后，手探到他衣服里去，要给他穿上。

"闹什么呢？"川朴已经剃须完毕，低头去看。

"海边风大，你胃不好，今天一定要给我焐上这个。不让你去，你偏要去。"丁香边系边说，"你今天就算为我系一回，还不行？你瞧，你一身的肉都让这胃给疼掉了，不是所有的瘦都是风度！"

川朴伸手要拽掉，见丁香说了这一堆的话，只好作罢。似乎再拽，他又要被她笑话成要风度不要温度的耍酷族了。平时，她看见他在镜子前磨蹭，总嘲笑他跟风耍酷，装嫩到无耻不自重。

丁香看着川朴在门口弯腰换鞋，砰一声带门而去，粥含在嘴里自己笑起来。那兜肚是丁香自己缝的。

随着川朴的工作蒸蒸日上，丁香铁树开花，竟然添出两样爱好来，其实也是被日渐空余的时间给逼的。她开始养宠物狗。这是作为农民女儿的她以前相当不屑的：太太小姐，空虚无聊，貌似小资，遛狗为乐。现在，她也这样了！在许多个川朴迟归的夜晚，一条咖啡色大狗陪她在沙发边看电视，添了一个活口在客厅里，空气一下子就变得稠厚起来，不再那么像隔夜开水一般无滋无味。脚指头勾一勾，毛乎乎、暖、软，更主要是近，悬浮在灯光里的一颗茫然的心便安定下来，像羽毛一样落在冬日黄色的马尼拉草坪上。于是又添了一只小的。

后来逛街看见小媳妇们绣十字绣，自己也挑个图案回来，偷偷卧在灯下绣。之前绣了一幅鸳鸯戏水，川朴胃不能吹风受凉，于是缝成兜肚，预备秋冬用。完工后给川朴，他接过抖抖一瞧，扔回去："留给你将来的孙子吧，这么艳！"于是丁香又绣了一幅出水莲花，墨色的莲花，很是素淡。这一回川朴倒比较温顺，酒后回家浴过，丁香要给他试穿，他笑笑转着手里的电视遥控器，由她去弄。起来照镜子："天！这是贵妃娘娘的干儿子安禄山的滑稽模样，不过是瘦一号的罢了。"丁香挖苦着笑道："安禄山有谋逆之心，你呢，你该不会也对我们这个家早安了谋反心吧？"川朴道："你每天运筹帷幄，运筹的都是这些吗？也就这么点志气，比兔子尾巴都短！"丁香剜川朴一眼，没说话。川朴摁一下遥控器，呲——电视机屏幕黑掉，睡觉。

一个玩笑倒提醒了丁香。第二天晚上下班后，丁香在系兜肚的带子上的某处另走了几脚淡黄色针线，算作记号，但不起眼。她想，以后这个兜肚都由她来系，结就打在黄色针线处。老公出门回家，只需看看那结还在不在原来的位置，便知一二。

可是那件莲花兜肚缝好后川朴一直没穿过，直到这个 10 月 22 号早晨，一场即将莅临的台风才逼得他穿上身。穿得不情不愿，拉扯一番，松掉了几根线头。男人做老公一久，比儿子还难管，总不听话。

三

川朴去的南台县靠近海边，他人又瘦，一上午的风吹得他几乎成了干巴巴的咸鱼。中午不喝酒，饭桌上寡欢，晚上接待单位略备薄酒。川朴起先推辞不喝，只举着斟了红酒的杯子略略沾一下，蜻蜓点水，笑笑。接待方看气氛老抬不起来，终于推出来白芷，最后一张牌了，曾在一年迎春联欢上主持过节目，川朴到场，对她印象不错。

说来有点故事，白芷是川朴的师妹。说是师妹，不过是两人都毕业于南方的一所冶金学院，其实两人差了十二届，刚好一打年头，蛮有意思。大约是前年初酒桌上英雄话出处，倒出各自的来路，一碰，对上了，一个山头上下来的，从此以师兄师妹相称。虽然叫起来不亲不疏，容易让人产生联想，但也只在酒桌上过过场，成为临时添补的台词。其他场合，白芷很清楚，自己是下属，迎来送往之间，热情不乏谦逊。

川朴向来很少醉酒的，可是这一回，竟然没收住性子，白芷软软几句话，他就由着她斟，陪着她喝，然后跟所有人碰杯。人不知道是怎么回事，一听说台风啊什么的要来，就有一种如临末日的不安与恐慌，接着催生出放下一切今朝有酒今朝醉的狂欢之态来，带有悲剧意味的狂欢。川朴大约就是这样在白芷的关于环境气候的感慨下喝多了的。10 月 23 日凌晨，川朴醒在南台宾馆里，掐着发紧的太阳穴回想，依然认为自己的放纵跟台风催生出的末日感扯不清。他甚至想起二十多年前，大学毕业前一天，身为学生会中层干部的他也加入"暴乱"行列，把饭缸子从楼上嘭嘭扔下来，砸在篮球场上；把柜子里一床旧絮拖到操场上点火烧掉；喝酒喝到半夜，跑到女生宿舍楼下放声哭。其实毕业参加工作后，他知道那饭缸子完全可以带回来盛猪油，或者让它坐在煤球炉子上煨蚕豆，至于那一床絮更可以翻新了给刚出世的儿子垫垫尿。可是那时候就那样不计代价地干，不去想明天，也是一种末日感在作祟，美妙的大学时光到了末日。可是二十年前的那场放纵里，其实并非只有末日感在刺激，还有一种僵化固执单一的生活方式被打碎的痛快在唆使他那样去干。食堂—教室—宿舍，三点一线，一条线捆了他活跳跳如出水鲫鱼一样的四年青春，终于毕业钟声敲响，从此龙归大海鸟入林，那时是这样想的。那么如今呢？大口灌酒，敬白芷酒时，借着校友关系还故意握了她另一只手，白皙修长，提起来看，在她掌心里坏坏地挠痒，这一切，除了末日感，潜意识里是不是也掺杂了野心？一种想要从方格一般规矩端正的日常里突围的野心？川朴不敢去想，他怕了自己，唯恐看见一匹脱缰的黑马正是自己，从脑子里迎面嘚嘚奔来，于是打住思绪。

川朴在南台宾馆的宽敞席梦思上翻了个身，思绪像光滑井壁爬行的蜗牛，爬爬又掉下来，回到起点。他又想起昨晚饭桌上的人事，依稀记得自己在这种台风制造的末日感鼓动下，挑逗了白芷几句。他也记得，白芷是接了招的。白芷劝他酒时说："师哥放心吧，人生能得几回醉，今晚你不用回去了，老总已经安排我给你订好房间了，9999号。"然后酒过上楼，他邀请他们上去坐坐，没想到白芷过会儿当真上来了，当然还带了位名叫木蓝的大姐来陪着。川朴刚想自作多情，以为白芷也被末日感笼罩所以非常规出牌，因为，他印象里白芷安守本分，要有戏早有戏了。没想到，白芷进来后径直走到窗台边，检查窗子有没有关好，再给他扭好玻璃窗扣子。忽然又转过身说："本来是观海景的最好的房间，如果台风提前来到，这里简直像前沿阵地……要不，换个房间吧？"川朴卧在沙发上摆手说："免了，免了，你这一说，我还倒真想好好见识一番。"陪白芷的木蓝大姐见他们谈兴浓，找个借口先辞而去。白芷起身也要走，木蓝说："那你帮忙换个房间，把东西帮搬过去再走吧，辛苦你了！"川朴没说话，白芷只好留下。

孤男寡女，在一个房间，白芷觉得有一群蚂蚁从她心里爬到她身上，浑身所有的细胞都紧起来。紧着紧着，她变成皮影一样单薄的人，灯光打过来，红啊绿啊，她所有的脏腑所有的心思被他彻底看个透，衣服都包不住。

川朴倒是放松，问白芷的工作，大学毕业后这期间职务的变动与升迁，末了叹一口气，替她感到怀才不遇。白芷自卑泄气得低下头。

　　白芷知道，接下去自己该怎么做。她想起这大半年来，同办公室的大姐木蓝总是点拨她："白芷啊，真不知道你怎么想的？有好好的同学关系不用一用，你还打算在这个大杂院一样的办公室里守一辈子啊？"比她小的80后半夏也说过她："白芷，你傻呢，你自己不去抓人抓关系，天天跟着我们瞎混有啥意思！你还当机会这东西像大街上散发的美容广告纸，你路过，他硬往你手里塞？你自己总得有所表示吧！"半夏说的时候头都不抬，手指在键盘上蹦跳也没停，显然这个道理对于别人是不用脑子只需动动脚指头都能想明白。木蓝姐不经意又一句："你女儿还在你姑妈那儿吧？"一句话噎得白芷又低下头。艰难到愤怒的时候，白芷终于忍不住想：一个离了婚的女人，还有什么贞操可守的？还为谁去守贞操？

　　白芷没有经过川朴的多少劝导，她已经将自己开导好，近距离面对前夫以外的另一个男人，这道坡不难翻，得益于她的同事们已经将她这辆笨车推到半山腰，川朴再接手搭把力，她的思想就转过来了。别人有车子、房子、她呢？她大学毕业后在这个滨海小城里除了生了个孩子，除了变老一些，还有什么？她离婚后，骑电瓶车上班，按部就班，周五晚上从姑妈那里接回女儿，周日晚上再送回去，短暂的母女小聚，短得像一出稚嫩的课本剧。再说毕竟是姑妈，感情上到底隔了一层，每回接送，心里怀着抱歉。白芷老家在长江中下游那边，六岁那年爸爸妈妈过江做鱼虾生意，大清早雾气朦胧，爸妈坐的小船在江心被大船切掉，一船人都葬身鱼腹。失去父母的白芷投靠了姑妈，随她来到这个冬天不会下雪的中国南方海边，一过竟是二三十年。她想，如果自己有钱，就可以请保姆，就可以接回孩子，就可以……天啊，她白芷怎么这么笨！为什么不早早创造机会攀上这根线！女人本来就是一根柔软的丝瓜藤子，必须得攀上高处的绳子或线，才能好好地开花结瓜啊！

想到这里，白芷紧张的神经终于放松下来，她在沙发的另一头终于抬起了脖子，抬起了胸，挺起了腰，像一坨揉压紧实的面团终于在暗夜里完成发酵，蒸成了清晨竹屉上志气满满的大馒头。

话题换了个频道，既然是同门师兄妹，难免要伸出记忆的手钩出一叠校园往事来。川朴拿起杯子，自己倒了水，呷一口，先自笑起来。白芷抬眼看他，很迷惑的样子。

川朴说："每回首从前，我就想起在大学里看电影，看到半夜回来，学校大门已经关了，只好翻院墙。我们那时候翻院墙，老从单身教师宿舍那边翻，就是北边的那一丛矮的还盖着小瓦的房子，知道吗？"

白芷摇头，依然表示迷惑。

川朴就说："对了，你们那时候估计已经拆了。"

白芷说："北边是一栋艺术楼。"

川朴说："哦！太旧了，早该拆了，应该是建了新楼的。

对了，你猜那夜我翻墙看到什么了？"

白芷摇头："猜不到，没法猜。"

川朴说："我看到了我们英语老师在床上，还有一个男的也在床上，估计是她男朋友了，窗帘只拉了一半，以为窗子对着院墙没有人的，房间里电视机还在开着，声音很大，也不看。"

"然后呢？"白芷克服羞涩大着胆子问。

"然后我就坐在院墙上，一直看，等于是又看了一场电影，直到电视机关掉，我才滑下院墙来。"川朴笑答。

白芷笑起来："你还真坏！我没想到你这么坏！"

川朴说："其实看后我心里还是蛮失落的，因为我们英语老师平时很淑女的，我没想到淑女也那样，而且那时候，我们也都很喜欢她。总之，那夜我觉得自己好像受到了刺激，有点哀伤。回到宿舍，也不进去，一个人在门口看了会儿白白的月光。"

白芷听完，身子前倾着摊下腰来，胳膊肘支在并列的双膝上，十指交叉抱成拳，贴到鼻唇间，若有所思：这是一个怎样的故事呢！她悠然太息。

川朴已经从包里抽出一根烟来，从身边茶几上的小盘子里拿来一包印着宾馆名的火柴，哧——点着了。川朴仰天吸一口，吐出一团淡蓝色的雾，目光自烟雾之后看过来："不介意我抽烟吧？"

白芷笑："你已经抽了，还问别人！"

川朴回道："我可以再摁灭呀！我为我抽，我为你灭，就有人情在里面啦。"

白芷抬起腰身靠回到沙发上，笑道："抽吧，没事，我在办公室里早被'熏'得刀枪不入了。"

川朴收敛了一下嬉笑的面孔，稍稍正经些说："抱歉，说故事说得忘记征求你意见了——我身上故事很多的，下次来，还说给你听，对了，把你手机号给我吧。"

白芷报了一串数字，川朴一一在手机上摁，很快，白芷的手机响，川朴说是他拨的，白芷也低头存下。在香烟的缭绕下，房间里的空气终于温软而暧昧起来。

四

房间没换，川朴翌日早晨醒得早，拉开窗帘看外面的海景，一条巨大的蓝绸子在抖，仿佛进了乌镇的染衣坊。打电话给司机元胡，说风不大，台风还没来，赶紧起来吃早餐吧，其实元胡已经起来了。早餐是自助餐，内容跟许多星级酒店一样：米粥，面条，牛奶，鸡蛋，包子，玉米，芋头，蛋炒饭，各类小咸菜，几样素小炒……餐厅里比较冷清，套了枣红色布套的椅子上几乎没有坐人，只有几个戴着高高白帽子的厨师站在靠墙壁的那一方，安静地忙活着。时间还早，许多人还没起来，当然也许是住店吃早餐的人本来就少。元胡已经等在餐厅门口，接待单位的负责人也站在那里和他一起看着落地玻璃窗外，碎碎说着话，显然他是来陪川朴共进早餐的。川朴顺着他们眼睛的朝向也看向玻璃窗外，那里，椰子树翻动它巨大的叶子，风掀动草坪旁边的大遮阳伞下的布幔，路上行人不多，不知道是没出来还是刚出来就被风刮走了。

早餐时话不多，对方只礼貌性地问问川朴睡得好不好，川朴答说很好，不知道是实话还是同样的礼貌性话语。饭后上车，挥手道别，行动简练。

车子穿过城区蜘蛛网一样的纵横街道，上了高速，川朴仰起头靠在椅背上，准备补一觉，无意间一瞥，看见额前的镜子里呈现他地广人稀的一块头皮。头低了低，眼睛往上看，天，什么时候这头顶谢得这样稀！白花花掌心大的一块头皮，上面掩映着几根稀疏的黑发，在周围一丛尚且茂盛的黑发反衬下，简直像一块秋后的山芋地。山芋被起掉了，黄土疙瘩被翻出来晒着太阳，白灿灿的，一丛青幽幽的山芋藤被堆在周围一圈田埂上——这就是中年男人的头发？川朴抿了一下嘴唇，咂了一声，元胡眼睛瞟过来，川朴笑笑："秋风扫落叶，这头发掉得无情！"说着，勾出几根手指，把头心靠前那茂盛的一丛往后面捋，想要盖住那几成戈壁的一块地。需要戴帽子吗？当然不戴！是这样不甘！宁愿这样躲躲藏藏，也不想盖上一顶帽子，只有那些已经退居二线或者退回总后方的人才老老实实盖上一顶帽子。这样想着、不甘着，也渐渐停下了拨头发的手指。车窗外，是一路伴随高速路的高高低低的丘陵，烟灰色的丘陵，丘陵坡度低缓的地方会闪出一丛丛香蕉树，像是野生或被弃，疏密不均没有章法，一扇扇硕大的叶子层叠婆娑。然后会闪出狭窄平坦的一截田野，以及静默的几户人家。这些风景对于川朴自然已无新意，复习着看，眼睛倦怠，终于睡意上来。醒来看前方，已经进入毗邻市区的一条高架桥上。再旁观，车玻璃窗外的绿化带上树枝横着飞，粗壮的树也弯了腰，城市也似乎在这风里陡然矮了大半截。川朴心里一沉：都来了，这么快！然后他们的车子撞上了桥边的栏杆，冲下去，跌进桥下的绿化带里。一辆路过的大货车看见，走了一截停下来，给他们拨打了120急救，然后赶着离去。

元胡意识还算清醒，协助医院很快联系到丁香，忙活一下午，川朴终于被包扎好住进了病房，伤得不是太重，气囊打开了，就是还暂时昏迷。第一个晚上丁香陪夜，睡不着，她摸他的手，摸他的脸，心急如焚。然后她摸到了他的肚子，衣服底下光光的，才想起他应该穿了兜肚的。是啊，那件兜肚她还特意在角落处佩了一块很小的玉片，麒麟，据说可以辟邪的。怎么这样巧！兜肚不在，他就倒霉了。兜肚去哪了呢？她好奇起来。她问过医生护士，也翻了川朴的包，兜肚是丢了。丢了就丢了吧，但愿他赶紧醒来。

翌日早晨，川朴醒了，但还不能说话，彼此眼神交流后，他又闭了眼，继续浅浅地睡。丁香已经睡不着，心松下来，忽然想起他的兜肚不见了，一个人较起劲来。她想，镶了一块玉片的兜肚，川朴不会随意扔的。他每次出差回家，总能把出门带的东西一个不少地带回来，他就是这么严谨。多数男人出门容易丢伞丢茶杯，但川朴不，就因为这，以至丁香还是愿意相信，即便有一天世风污浊如陈泥，她的丈夫川朴，也还能侥幸无染如青莲。但现在兜肚不在了！她想起《红楼梦》里宝玉把袭人给他的贴身的汗巾子送给了蒋玉菡，忍不住想，她缝的兜肚会不会也在另一个人的手里，川朴的知己，当然是红颜知己了。这样一想，后怕起来，看着病床上的川朴，一下觉得他面目可恶得要命。她真想把川朴的嗓子撬一撬，问他：她一针一线缝的兜肚哪里去了？他跟哪个女人混去了？她坐在他床边，不再看他的脸，要么低头看自己脚尖边的地板，要么扭头看窗外的秃了头的香樟。输液瓶子没水了，也不起身，只嘴巴朝着门口喊一声：没了！连"水"字都省略掉，喊过，摸自己嘴巴，简直像在咒人没了。于是又补一句：十五床没水了！护士过来换完瓶子，拎着换下的空瓶子自她腿边经过，疑惑着看她的脸。

丁香换了护工替她，一个人在家里冷清清地喂着小狗，小狗大约已经吃饱，吐出橡胶奶嘴脸往一边躲，胖乎乎的身子在地毯上拱。

那件兜肚哪里去了呢？丁香一个人坐在沙发上又纠结起来。

朋友马莲打电话过来，知道丁香一个人在家，不放心，怕她过于伤心，赶过来了。马莲过来后，坐在沙发上看蜡像一样的丁香，才知道丁香没有她想象中的那么伤心，她像是有心事。马莲像是猜着了一些。作为感情屡被摧残的马莲，她当然也觉得在台风即将来临的沿海城市，出差的川朴当晚不赶着回家，竟然在下面住了一晚才回家，以至遭遇台风，确实疑点重重。

聊了些事情的来龙去脉，丁香说："都一天半了，早上刚醒来，还不能说话，真怕他会变成哑巴。"

马莲到底是直肠子人，拍拍丁香手说："我现在呀，凡遇到事，先往最坏处想，想到尽头了，告诉自己，不过如此，怕什么？你呀，也先往最坏处想，他成了哑巴，哑巴就哑巴吧，你已经养了两条狗，狗不能和你交流你不也和它说话吗？你呀，就当是又养了一条狗。"

丁香眼睛看看马莲，笑不出来。

马莲又说："不是我说你觉悟低，男人他妈的就是一条狗，不生病的时候就是一条会跑的狗。你想，对于你我这样的职业女性，吃是自己的，穿是自己的，不过是仰仗晚上有他们在屋子里，强盗不敢进来了，白日里野男人不好对你打主意了，看门护院而已，是一条狗吧？"

丁香被马莲逗笑起来，说："这些话，怎么平时没听你说过，这么富有智慧的话来得真是晚。"

马莲也笑起来："我也不知道怎么今天才说出来，可能今天气氛催生智慧吧，想想这来的一路上，树倒的倒，断的断，台风过后这城市的混乱，就觉得一切都那么不靠谱，无法信赖。男人也不靠谱，在你面前唯唯诺诺，离了你，野得你都不敢相信；就像我家的狗，天天在我脚边拱，睡懒觉，一下了楼进了小区广场，野吧，不然我们家小狗怎么一窝一窝地下。"

丁香又被逗得苦笑。她不知道马莲说的这狗是马莲老公还是自己家的那位模范丈夫川朴。

"不知道我爸妈怎么知道了这事，还要坐火车过来看他们女婿呢！有什么好看的呢！愁死了，一个还躺在床上不能动，还有两个年龄大的过来要照应，我怎么招架得过来！"丁香靠在沙发上看着屋顶的大吊灯叹气。那吊灯已经黑掉了几只灯泡，独眼龙一样尴尬地亮着，一直等川朴去换，可川朴总是回家很晚，只好继续往后推。秋夜的风从楼丛之间挤身过来吹进了室内，已经有了凉意，丁香起来到房间去加了件薄披肩。问马莲要不要，马莲摇头。

马莲要回家了，丁香也不挽留，起身送她。丁香愿意马莲早点走，若留下来过夜，她担心自己说话间会一不小心泄露丈夫贴身的兜肚离奇丢掉的事，以至让马莲和她一样怀疑她丈夫在外边可能有了人。她不愿意自己在暂时无助的情况下把自己生活的破绽赤裸裸暴露。是的，在女人之间，即便是好友之间，她们希望彼此的安慰是隔靴搔痒的，不要太明太透。总要见面的，以后下巴怎么抬？到底是一群骄傲的女人。也不觉得不坦诚啊，马莲对丁香也这样，多少次在茶楼丁香安慰她都忘记喝养颜的玫瑰红枣茶，但马莲只说她老公坏，至于怎么坏，坏到什么程度，具体什么细节，她从不说。其实丁香早从别处知道，马莲的老公早在外面和野女人另筑了一巢；还曾经将性病带回家，传给马莲，害得她偷偷吃药，在小区的花圃边往垃垃圾桶里倒中药渣，碰见熟人谎称犯胃病，真是打落门牙往肚里吞。这些，马莲不说，丁香也从不去戳。马莲临走跟丁香说："你爸妈要过来的话，你照应不过来记得叫我啊！"丁香很感动。两个人一道下楼，外面已经黑下来了，路灯的光穿过歪斜的树干与枝叶，很胆怯地在地上抖着斑驳琐碎的影子。风小些，依然没有停息，屋顶上一些碎叶被风吹散，如同一群乱鸦夜过苇塘，一种身世飘零的哀伤气息漫过来覆盖了她们。马莲随便问起来："你父母他们还在淮河边吧？那边如今不错吧？"丁香叹口气："那里呀，山挖掉了，水黑掉了，城市长大了，乡村跟他们一样老了……从前属于我们的那些，都变了。"是啊，包括男人，也变了。丁香在心底控诉。她似乎从来没有像如今这样容易愤慨，看来一个坏男人也可以催生出一位女哲学家。马莲拍拍丁香后腰说："比以前更忧国忧民了你。"

五

马莲说得没错，就当是养了一条狗。当丁香终于用马莲的理论武装好自己时，她发现，她已经能坐下来，平静地看川朴、料理川朴了。护士量完体温，中午时她自己用手背在川朴额头上贴几贴，用手测体温。傍晚过后，吹进来的风拖着一截凉梢子，她赶紧过去推上玻璃窗。用温手巾来给他擦手，虽然已经不脏。隔壁床的家属夸赞她终于会料理病人了，丁香撇嘴表示笑笑，也没回话。

儿子已经坐飞机赶回来，母子两个隔床相对，中间是他们共同守候的浅浅睡着的像谜一样的川朴。儿子再过一年就要出国留学了，读的也不是名牌大学，不过是当年高考前听朋友私下宣传，后来填报了一种傍在二流大学旗下的学院，一种混血式的中外联合办的大学，国内读两年，国外读三年，班上同学多半是商人或干部家子弟。已经打听清楚，在国外学费生活费一年起码得几十万。儿子和丁香聊着聊着，聊到出国的事情，儿子说："据已经在美国读书的同学在网上聊，他们在美国留学的学校基本都在西部，美国的西部消费低一些，也自然，那里的资讯传播，以及经济文化的发展不及东边的中心城市。"儿子还说："既然出国了，我就想到最前沿的中心城市去学习见识，我可不想只混张方鸿渐式的文凭回来成为'海带'，但是现在，爸爸这样了，只怕出国都难。"丁香低下头没作声，她有点难过，在这个时候，自己的儿子想到的竟然还是他自己的前途，现在的孩子啊，自私！丁香心里叹。忽然又想到自己，自己不也自私吗？在丈夫住院的时候，心里着急的竟然是兜肚背后的某个女人的存在。什么时候起，人都变得这么自私了呢！她又习惯性愤慨起来。母子两个都不说话，尴尬了片刻，然后动了一下身子，都齐齐把目光吊在输液的瓶子上，临时统一战线再次形成。

　　缓和之后，丁香伸过手去，拍拍儿子脑袋："你爸记得要供你出国留学的，他会好起来的，好好读书，我们将来等你养呢！"毕竟是自己儿子，心里责备之后还是舍不得，丁香安慰他，左巴掌打右巴掌来摸。儿子点点头。丁香看着川朴的脸，心里苦涩起来：是啊，自己一个人供不了儿子出国留学的，她需要他好起来，需要他来供他们的儿子，她需要他尽快好起来，哪怕是一只负心的狗。

总算不负这母子一片心，川朴在住院的第四天午后已经能张口说些短句子，算起来，整整沉默了三天。丁香站在病床边，攥紧了川朴的手，喜忧参半：他好起来总是好事，虽然他沉默了三天，他沉默的这三天加在她头上，变成了三十年。她觉得自己这三天走的心路有三十年那么蜿蜒那么长。

丁香告诉了川朴他被救的经过，末了忍不住轻轻嗔一句："不早回来，早回来不就躲过了！"川朴笑道："该来的总会来，躲不过的，要是晚上回来，台风提前了岂不更可怕！"丁香嗔道："哟，貌似台风就跟着你转，你什么人物啊！"说完转身去倒水喂他喝，川朴扭头看窗外，秃头的香樟露出牙黄色的伤口，撕裂的纹理刀锋一样杵着，尖锐的伤口，是台风留给这城市的脚印。丁香将倒了水的杯子放在床边的柜子上："天晚了，我来关窗子，你胃不能凉！"丁香说着，已经轻巧折到窗子边，熟练推上窗子。川朴看着丁香关窗子的背影，忽然想起白芷来。他差点忘记出事前都干了些什么。他想起白芷也给他关了窗子，然后两个人聊了好久，并且差点干了坏事。可是，也纳闷啊，那晚，铺垫工作已经做得很好，白芷也已经表示留下来陪他，可是为什么他脱了衣服进去洗澡，出来后却发现白芷走了？不像是放他鸽子，她把他的衣服送去洗，是服务员早上送了来，她做这一切像个贤惠的妻子。这个疑问像一个旋涡一样在川朴心里不断地翻滚。

"想什么呢？喝口水吧！"丁香坐在床边喂。川朴要坐起来自己喝，被丁香按住了。

又住了三天，公司的另一位司机来接他出院。元胡头脑清醒，但外伤严重，还要继续住院。

丁香收拾衣物，不经意地问一句："你出门穿的那件兜肚呢？"

川朴很惊讶："兜肚？"抬头看着天花板在脑海里找，然后几根右手指弓着一敲脑袋："我忘在宾馆了！对了，我早上忘记穿了，丢在宾馆了！瞧这破台风，弄得人心惶惶，我早上起来赶着要吃早饭早回来，忘记收拾进包里了。"

丁香终于松弛下来绷了一个世纪的神经，看起来川朴不像是在说假话，于是嗔道："那上面我后来还特意给镶了一块辟邪的玉，很贵的，你也丢！"

川朴赶紧回道："那回去查查，打电话问一下宾馆，去要。"

丁香白他一眼："要给你早给你了，还等你现在打电话过去问，算了吧，电话费都是浪费，另外啊，那地方你以后少去，这一回差点……"

司机已经站在门口去接丁香手里的东西，两个人的谈话就这么断掉了。

回家后没几天，丁香又买回一幅十字绣坐在床上绣，川朴捏着电视遥控器在调台，哧哧地响了小半会儿，终于锁定一个台，听那个说话结巴的新闻观察员在对新闻作纵深分析。听结巴说话总是急人，丁香不听了，自顾自说起来："绣好后再给你缝一个兜肚啊，往后要更冷了，也不知道上次那个兜肚是不是真丢在宾馆里了！"丁香故意这样扯。

川朴说："说你没志气吧，一块小布头，我说丢宾馆里了就是丢宾馆里了，难不成还丢在别的女人手里了？即使有女人，我赠金赠银也用不着赠一块不值钱的布吧！"

丁香笑起来，轻轻踹他一脚："逗你呢，这么认真！"

川朴也笑起来，往枕头上躺了躺，身子移下来一截，看着天花板安静了一会儿，说："如果我是柳下惠，大冷天在城门外，遇到一个同样冻得要命的女人，两个人都缩在城门口，会怎么样？"

丁香哼地一笑："会怎么样？还能怎么样！还不是该怎么样就怎么样！我还会相信你？"

川朴翻过身来，右手背垫在下巴底下，抬眼看丁香绣十字绣，突然笑起来："你为什么就不相信我和那个同样冻得要命的女人也什么都没发生呢？"

丁香又哼地一笑："我问你，人是什么东西变来的？"

川朴笑："据胡说八道的达尔文推测，是猴子变来的呀！"

"男人呢？"

"公猴子！"

"女人呢？"

"母猴子。"

"错！"丁香回道，"男人是性子急的猴子变的。"

丁香看了一眼嬉皮笑脸的川朴，说："讲个故事给你听啊，从前呢，森林里有两只猴子，公母不详，两只猴子在一起商量说，我们要好好吃饭好好劳动赶紧修炼进化成人，于是，它们修炼了三年，一只猴子等不及了，身上的动物性还没褪尽，就急急扒拉一件衣服套上身，人模人样的，提前做了人，是男人。另一只猴子呢，没走，留了下来，一个人孤独地继续修炼，慢慢瓜熟蒂落脱胎换骨，也变成了人，是女人。所以说，女人比男人承受孤独的能力强，而男人，喜欢拈花惹草，急不可待，有奶便是娘，动物的本性使然。马莲说，你们男人就是一只狗，我看，其实是一只进化不成功的猴子，一件半成品，常常让人遗憾。"

川朴不服气："怎么可能修炼三年？你现在到峨眉山抓只猴子回来关三年，看能不能变成男人？"

丁香又笑着踢川朴一脚："别打岔，我说三年就三年，这个'三'是概数而不是确数，是虚指而不是实指。懂不懂？"

川朴大笑起来："懂懂懂！呵呵，简直一派胡言！谁编的这故事？"

"我编的！"丁香铿锵回道，一边拿眼梢子扫过去，看川朴的面部表情里还流露哪些内容。

川朴又翻过身去，仰面对着屋顶，道："其实女人也有没进化好的，当然，老婆你是进化成功的，不然怎么为人师表呢！这就好比你讲台下的学生，大部分是好学生，也总有一些调皮捣蛋的在后面掺夹着。世界因此包罗万象，丰富多彩。"

到底是搞教育的斗不过政客，歪理还能说得这么冠冕堂皇。丁香不服气起来，不跟川朴说了，川朴于是又加了个靠背垫在腰后，继续看那个结巴的先生深度分析时政。

六

日子越过越踏实。

被台风破坏过的城市像是擦过疤痕灵，已经被勤劳智慧的市民修补得近乎原样，比原样略新。一个月下来，丁香步行上班，晚上再一路溜达着晃回来，看城市街景竟像在镜子边穿衣服，前看看，折过来再后看看，有劫后重生的欣欣然漾在心底。小区靠近马路这边的店面已经通通换了新招牌，原来被台风吹坏的已经被收购废品的乡下人运走，那些没坏的招牌在人家新招牌的对比下越发显得寒碜，趁着阳历年，店主人也一气换掉。歪掉脖子的马路指示牌也换了新的，蓝底白字，像公务人员的制服一样有威严感。作为行道树的高大香樟树，枝干上方被台风挖掉的那一个缺口，也渐被新叶盖住，黄昏，那树下照例有人推来满车鲜百合红玫瑰，扎成一束束地卖。许多年前，她路过那卖花的，心里希望川朴路过时能想起买一支百合或玫瑰，送给她，但是一直没有遂愿，后来不想了，安身在青菜萝卜搭就的寻常烟火里。看来，台风简直像给城市洗了个彻底的过年澡，之后，新衣体面上身，端庄吉祥。

这样一路走一路看，丁香心里也充满了尘世安稳的幸福。手机在挎包里叫，停下，掏出接起电话。川朴的。川朴说有一份快递是他的，他现在在外开会回不来，让丁香去拿一下。丁香折了个巷子过去，川朴的办公楼离家不远，出小区左拐再穿过短短一条巷子，出巷子再右拐便是。那巷子盘踞了数家烧烤与凉粉烙饼摊，以及十几处地摊，混乱而热闹。丁香每每穿过这巷子，闻着羊肉串上洒辣椒粉的味道，玻璃罩子里烤肠的味道，看到地摊前人影层叠撞入眼帘，听到汹涌入耳的市声，心里便生出一种深重的纠结感：她不是一个人活在这世上，也不是只有家人，她还要和这么些有关联没有关联的人掺和在一起活着，近在咫尺，彼此肺里呼出的气体掺夹在空气里又被彼此吸入肺腑。人味混杂，好乱。有时候丁香想，如果人是蜘蛛，并且呼出的气体是一条有色的线，那么这短短一条巷子该会乱成怎样一堆色彩繁杂的网！在这一堆乱网中，每个人都束缚了别人，也都被别人束缚，想要清净没有挂碍牵扯地活着，几乎不可能。

这样想着，已经过了巷子，来到办公楼前，那里已停了一辆自己的拖板鞋式小货车，玻璃上贴有"快递"字样。

"有宋川朴的快递吗？"丁香小跑过来问那司机。

司机看了看她，大约觉得身份并不可疑，电话里刚才川朴告诉他将有一个女的来替他领包裹，于是从驾驶室下来了。他从车厢里翻出一个小包裹，递给她一支笔，丁香签了川朴的名字，司机撕下签了名字的纸，将包裹给她。丁香接过掂掂分量，很轻。

路上没拆，回家进门脱鞋，将包裹撂在门口的鞋柜上，忘记打开。吃过晚饭，喂过大小两只狗，阳台外日色微暝，牵了一只大狗下楼去溜达，川朴还没回来，丁香已经习惯自己打发时间。门口换鞋，撞见那包裹，捡起来再看看，到底没忍住，勒住了咕噜叫着要往外奔的大狗，打开了包裹。

包裹里抖出一件兜肚来！

那件丢失的兜肚，镶了一块玉的兜肚，绣了墨色莲花的兜肚，在事隔一个多月后又回来了。被寄回来了。

丁香当时就怔住了，僵在门口，不知道如何是好，她想啊想，脑子里开始越搅越乱。狗已经在门口愤怒地叫起来，提示女主人别磨蹭了，下楼溜达去吧。丁香就这样被狗牵着，虚飘飘下了楼。

没走远，似乎是走不动，就在小区里转，然后坐下来。狗在马尼拉草坪上啃啃嗅嗅，听到另一栋楼里的狗叫，抬起脖子呼应着也汪汪叫了几声，然后挣脱了丁香手里的绳子，奔过去寻那狗去了。丁香仔细观察起她的狗在小区草坪上的一切行动，得出结论：狗主要是靠嗅觉与听觉来搭讪的。是的，尤其嗅觉，它们那么爱撒尿，一泡又一泡，留下隐秘的气味，方便自己也方便别的狗来寻找。丁香忽然想起来什么似的，从小区的木质长椅上起了身，寻回那只狗，她牵着它回了家，狗在后面咕噜着，牢骚满腹不情愿的样子。

回家拿起那件兜肚，躲到卧室里看。她觉得，这一回，来历一定不简单。如果真如川朴说的，落在宾馆了，那么快递早就到了，不会拖到这一天。她把兜肚凑到鼻子前闻了闻，一股淡淡的茉莉花香味，洗衣粉残留的。显然被精心洗过，叠好，上面还有清晰的折痕。再一抖，抖出几针紧实的针脚来：带子松动的地方，已经被人用白色细线缝好。

　　丁香确信，这是一个女人寄来的。

　　下楼溜达的时候，人还是空茫的，是思绪混乱的，现在统统化成了失魂落魄。仿佛这是一封来自敌营的挑战书，而自己毫无戒备，更不知道敌人身在何方。

　　问川朴？不能！他不会跟自己说实话的！马莲说过：指望从男人口里得到一句真话，比上西天取经还难！丁香觉得，还得从马莲那里学习最先进的理论，自己不问，不说，然后，悄悄查。这样一想，赶紧跑到大门口，拿起鞋柜上的包裹袋，上面的包裹填写单上留有寄包裹人的姓名和号码，是被快递公司撕走的那一张上印出来的蓝色字迹，有点模糊。

　　晚上川朴回来，敲门，丁香没去开，依然坐着，眼睛落在电视上，手在搓脸，两个掌心合起来轻轻一研，然后按在双颊。搓的依然是宝宝霜，是在儿子幼时跟着儿子一起搓的，后来儿子大了早换了几十种护肤品，但她还守着儿子幼年使用的那个国产牌子的宝宝霜，到如今。在这一点上如果说爱国，可能过于拔高了，实则，是她对无数化工厂合成出来的打着无良广告的所谓护肤品，乃至对这轰隆开过来的后工业时代，都怀着怀疑与怯惧，于是宁愿退守，抱朴守拙。她搽脸的整个过程，是农家小院一样的简单与朴素，不烦琐，不隆重。川朴已经自己掏钥匙，哗啦哗啦插进去，自己进来了。丁香觉得自己需要伪装好，于是道："回来了？"

"回来了，敲门不开，当你不在家呢。"川朴说。

"没听见。"丁香提起嗓子故作理直气壮地回答。

"哦。"川朴应道。脱了外衣，电视边站了一会儿，然后进卫生间洗澡去了。哗啦哗啦的水声中，丁香起来蹑脚走进房里，查看自己有没有把那个寄来的包裹藏隐秘，手按按，到底不放心，从衣橱一角抽出来，弯腰塞到橱后面的缝隙里。舒了一口气，出来后路过川朴脱下来的外衣，掏出他的手机翻看，最近的通话记录里没有与包裹单上的尾数相同的号码，于是，将手机又放回川朴的外衣口袋里。

川朴洗好后，只套了件内裤就跑出来，钟点工不在，所以随便得很。丁香进去把睡衣抱出来，扔给他："赶紧焐好吧，别冷着了！"说到"焐"字，心上不免又被针刺了一般疼了一下。

川朴穿好衣服后，自己去倒水喝，回来捧着杯子靠在沙发上，不经意地问道："什么包裹呀？我在开会的时候就接到电话说叫我去领，以前都是送到我办公室的。"

丁香说："送到你办公室的是邮政快递，这个是一家私人的快递，一般都是送到客户手里。对了，里面是几本企业内刊，自吹自擂的，我都没带上来，径直丢在废品收购点了。"

说完，丁香奇怪自己能扯这么饶舌的慌。果然，生于忧患，在她老实巴交的农民父母那里几十年没学会撒谎，这回，逆境中增长才干。她自己不免感叹。

川朴也不再问，从丁香的大腿上捡起电视遥控器，找结巴先生深度分析新闻时政。

七

查这件兜肚包裹的源头并不太难，包裹单上的手机号码被丁香精心保存着，虽然稍显模糊，但循着那模糊的印记还是能搜出一串阿拉伯数字的真身来。丁香拧亮台灯和床头灯，动用了一把从学校门口杂货铺淘来的放大镜，看出那一串密码样的数字，记在自己手机里，床头台历底下也另记了一次，作备用。只是那包裹单下寄件地点也写得笼统，只注明是南台县，她当然知道是这个县，川朴就是去这个县回来没了兜肚的。现在的这些私人快递，快倒是快，就是在要求客户填写包裹单时不严格，现在，她只能凭着这唯一的手机号码打过去，如果对方不接，她只怕会技穷。

丁香决定让自己冷一冷，等手头工作忙完，等放了假，她要用全部精力来投入这场战斗。可是忍不住，还是催命一样地摁下了那一串号码，用的是家里的座机。她想，也许对方已经知道她家的电话号码，这样拨过去，对方也许会以为是川朴拨的，迫不及待地接了，最终被她钓到。因为她知道，对方一定是个女人！可是，电话里竟提示，对方已停机！太让人意外了。

只好罢手，丁香一个人坐在电话边，两手托腮苦思，仿佛要抄起双手来在头脑里翻找答案，手指甲在脸颊边掐出红印子也不自知。这个女人为什么在一个月后还要寄来呢？示威？要挟？为钱？为情？意思是：川朴，我连你的内衣都寄来了，你赶快离婚吧！或者，要在过年前往她银行卡上满满打一笔！这些念头在丁香头脑里满天星斗一样诡秘地闪着。

想想真是恨！路过穿衣镜前，无意中扭头，丁香撞见自己在镜子里的样子，下巴底下垂下一坨松软的皮来。当年减肥留下的，没收回去，当然不及浓绿葡萄架下的紫葡萄垂下来好看。手拧拧，牵出好远，恨不得杀鸡一样地一刀割掉。但是，这不是杀鸡，心里越发委屈恼恨起来，想到女人一世，其实是越活越穷。青春不再，容颜不再，于是便幸福不再，金钱也不再。人生其实不是一成不变的，不是像她拿拖把拖地，每次都是自客厅阳台始，到卫生间马桶边终，多少年不变的路线，人生是充满变数的，虽然她多么不喜欢变数。也许对于女人，人生便是这样无情的减法吧，不断减下去，最后只剩下恨，剩下不甘。借着恨与不甘，女人还是要来捍卫，凶巴巴地提枪握戟去收复失守河山。丁香心里叹。

那个号码后来丁香又断断续续拨了好几次，甚至不甘心，还发了几次短信过去，但那头都是停机状态，有去无回。丁香心里渐渐安顿下来，她宁愿相信，这个号码的主人将随号码一道，消失在她的生活里。放她一马吧，也放过自己，就此一笔勾销，不再穷追不舍，短信停掉。丁香跟自己说。寒假已经到来，街上的节日气氛煮粥一样，已经熬至八九成醇厚。丁香上街置办年货，川朴还在上班。每年的年货都是自己买，从来指望不上他，马莲说男人像一条狗，其实从开门七件事的日常看来，还真蛮像眼睛上面的两丛眉毛，没有多少实际作用，还得要分出时间来打理它。管他，还要连带着管他家的老，管他家的小。公婆的过年衣物，按照老习惯，腊八回婆家吃粥时已经早打理好带过去了，现在是解决自己小家的后勤事务。丁香边逛边恨，已经将川朴的衣服买下来，然后是儿子的，儿子的只敢买里面的，外面的摸过几件最终放下来，忽然想起要给钱让儿子自己买，他大了，已经不再信任她的选择。计划内的衣物买好后，又折进超市去抱了一堆计划内的吃食出来。

　　一个人提一堆年货蹒跚在人行道，路过一家精品内衣店，竟然撞见马莲。马莲拉着一张菱形的脸在挑内衣，下巴被垫过，侧看更显长，真是怨妇相。马莲透过玻璃门也看见了丁香，招呼丁香进来陪她一道看。丁香将手中的衣食放在店角落，两个人边翻边聊。

　　一套内衣，竟然六百多，几寸破网外加两块定了型的海绵，马莲拿下，付账时，是恶狠狠的表情。丁香看了忍不住想笑："真舍得！这么贵！"马莲翻过来一个小白眼，出了门，低声道："舍得，干吗不穿？钱留着让别人来给我花？再说，女人的品位在哪里？在几件昂贵的外套首饰和一辆不错的轿车上？注意啦，是内衣！舍得在贴身内衣上花钱的才叫精致女人，虽然是给自己看。"一句话说得丁香心里自卑惶恐起来，想起自己几十年如一日都是藕红色的胸罩，或者藕黄色，接近皮肤色。起初选择这样的藕色，是因为夏天时，怕外面衣服太透，里面的色彩过艳会透出来，上课让学生看见不好。后来竟成习惯，秋冬选内衣，也只在藕色周围打转，其他颜色与款式，对于她，仿佛觉得是为另外一个星球的人准备的。这样的藕色，新的叠加旧的，一穿竟然半辈子快过去。想起有一日，川朴说她教条，逛家乐福超市第一回从东边电梯上，以后就永远从东边上，哪怕路过西边电梯也要折到东边来。在她那里，真理永远只有一个，月亮永远只是金黄色的，至于银白的、橘红的，都不算。看着马莲提着那玫瑰红的盛着内衣的提包，一时眼热，丁香竟觉得自己是如此锈迹斑斑的一把铁锁，自锁后就没有打开过。中年过后，自省起来，真是越过越惶惶不安。这样想着，转眼，两个人溜达到茶楼，进去一站，乌烟瘴气，竟到处是人。"莫非到年底，除了盛产大量年糕饺子外，还会盛产出一堆闲人与怨妇来？"马莲笑着说，带着自嘲的戏谑，俨然把自己和丁香也拉进怨妇行列。两个人勉强找个位子坐下来，面对面说话，还得提着嗓子喊一喊，里面太吵。茶上来了，丁香要的，依然是养颜的玫瑰红枣茶，对新口味没有兴趣，果然是老女人了，只会因循守旧。若川朴在，估计要愤然："你只认得东边的是电梯！只晓得玫瑰养颜！"马莲伸出手来斟茶，露出手腕处一块乌青来，丁香看见，目光在上面停一下，很快跳开去。马莲抬眼扫了一趟，知道丁香已经看见，索性道："干了一架，昨天在车子上，我砸了他手机，他奶奶的，他骂我是泼妇，扯他妈的淡，老娘我忍辱偷生半辈子了还泼妇！不过也想通了，这一回怨妇改当泼妇，前面几十年没当泼妇也没领到诺贝尔和平奖。"丁香忍不住又笑："这么在内衣上舍得，还泼妇？继续当怨妇吧你！"马莲喝了口茶，放下杯子来轻轻揉那一块乌青，低头喃喃道："我说这女人吧，怨妇当久了，就觉得自己成了长江中下游那边梅雨季节里的木质老家具，发了霉，潮漉漉的一股滞重的腐朽气，偶尔干一场，实在过瘾，觉得肚子里盘根错节的肠子都被理直了，灌满豪气。"说得丁香笑喷了茶，觉得自己也浑身干爽一大截。

家里的卫生在腊月二十单位放假后已经彻底清了一次，钟点工回老家过年要到正月十五后才来，儿子寒假后去了奶奶家玩，那边有几个要好的同学离得近，还没有回来。这样，偌大一所房子，又只剩下丁香自己。中国人有年底结账的旧俗，丁香翻出手机上存的号码，摩挲着，想着要不要再对着那已经停机的号码轰一次，鞭尸一样地再发上几条莫名试探的短信？此时手机竟然在掌心上叫起来，显示的竟然就是那个让她寝食难安的手机号码。丁香忽然激动，甚至有些慌乱，竟然不敢接，其实也不是不敢，她还没准备好能找到这个已经停机的号码的主人，她以为这个手机号码将被神秘主人永远放逐，不再召回。手机铃声叫了一遍后，停下了。屋子在这铃声里似乎也骤然变得更静，大小两只狗，头动了动，身子很快蜷得更紧了，电子大钟的钟摆也似乎被吓着了，悄悄贴着墙壁无声地摆。防空警报会不会再拉响一次？丁香这样想着，竟真的又响了，那个几乎已经熟悉的号码再次在手机显示屏上蹦。丁香接了，她依然没有准备好，嗓子发干，声音像微风里的烛火，有点怯怯地抖。

"喂——"

"喂！请问你是谁？我今天刚通了我手机，上面有你多次打来的电话和发来的短信！"

"我叫丁香，请问你是谁？"

"笑话！打我手机还不知道我是谁？别是骗子吧？我姓白！"

"哦，我是滨海市的，几个月前，我收到一份快递，当然我是代替我丈夫签收的，是你寄来的吧？"

丁香问完，发现自己早已镇定下来，显然已经进入状态，占据主动，上台慌，台上进入状态后就已忘了慌。对方停顿了有十秒钟的时间，没有说话，耳边漫长的空白无声让丁香感到害怕。显然对方也始料未及，这样刚露头就遇到迎面的一击，实在措手不及。

"是我寄的！"

对方终于回答，声音轻轻的，又有一种掷地有声的铿然，说完后挂掉。丁香又拨过去，她当然要拨，她还要问一问，为什么我老公的衣服是你寄的，难道……但是对方已经关掉手机。关掉不可怕，她总有打开的一刻。丁香决定把心里的疑问通过短信一一发过去。到底是做老师的，在短暂的暴怒之后，她很快习惯性冷静下来，觉得自己又似乎站到了课堂里，在高高的讲台上，面孔冷峻，面对台下缩到课桌底下的一个个脑袋，琢磨着自己后面的措辞。

八

白芷在拨通这一串陌生号码并接通以后，实在震惊，她没想到会是川朴的妻子。她没想到会这样快、这样直接，一点没遇到红灯，没兜两截弯路。她再次掐断了手机的信号，断绝信息的传输。她又害怕了。

是的，她停机了两个多月，似乎是害怕，害怕川朴。

女儿还在姑妈那里，放寒假了，也还没接回来，白芷一个人坐在窗子边。这是一个很旧的小区，楼下一棵粗壮的榕树把它苍老的胡须垂下来，落地成根，从前女儿常在树下玩，摸着那些胡须，直呼它榕树爷爷。那时候，她的生活还是甜蜜圆满的，她看着苍老的榕树，常会想起遥远的长江边的家乡的黄梅戏，因为黄梅戏《天仙配》里也有一棵苍老的树，是榆树，还做了一桩大媒。现在，伸到她二楼窗台边的榕树叶子，在暮晚的风里起伏不定，这让白芷也不禁想起两个多月来她自己心里的起起伏伏。她原先以为，那些尴尬与不堪将随着兜肚一道，被寄走，就不再回来。现在又被她找回来，逼着她去理那近乎纷乱的一段心事。

她记得台风是中午到达的，但是上午，她去上班，走进办公室，便嗅出里面不一样的味道来，酸涩，尴尬，暧昧。木蓝大姐看看走到办公桌边的她，目光狡猾而老练地在她身上一嗅，像条老猎狗，似乎要掂量她身上沾了多少腥。半夏倒是依然没抬头，说："白芷，什么时候升职了，记得请客哦！"办公室里其他几个年轻人也吆喝道："苟富贵，勿相忘！我们都等着沾白芷光啊！"

白芷很疑惑，说："升什么职？不还在这儿上班吗？一辈子穷命，还富贵呢！"

众人纷纷将目光指向木蓝大姐，木蓝看着白芷笑笑："会升职的，你不升，难道还要我这个人老珠黄的人去升？"

木蓝说着，说到后一句，竟是一股子酸溜溜的语气。白芷终于明白，是木蓝在这里造谣生非煽风点火的，只有她知道，白芷是最后一个离开川朴的房间的。白芷忽然觉得木蓝大姐的一副嘴脸是那样阴暗可怖，这么多年，她貌似在关心她冷暖，实际是抠到了关于她更多的底细，然后再等着看她笑话。白芷看看木蓝，没有说话，起身倒了杯水来喝，将心里的愤怒强压下去。白芷不说话，别人也不好再说，于是干活的干活，上卫生间的上卫生间，半夏继续偷着跟网友聊天，木蓝将淘宝网缩在下面，瞅空就去溜溜。

晚上下班的时候，白芷提前走，她能够想象，木蓝一定会在背后贴着人家耳朵大声说："你以为她真纯洁，都是装的，哪里守得住哦，不过是没逮着机会，你瞧，机会来了，不就脱了！"因为她听木蓝这样说过另一个离婚的女同事，现在，只需将名字换换，内容格式都不变，先是小范围传播，然后小范围蔓延成大范围，变成广播。白芷越想越恨。这样一边恨着一边骑电瓶车绕到南台宾馆去，中午台风已经扫荡过这个城市，傍晚下班，风依然不小，路上已经一片狼藉。下班前接到南台宾馆的电话，说是她有一件东西丢在那里，让她去取，白芷想想，没有什么东西丢啊，难道是川朴的？

到总台一看，竟是那件绣了墨色莲花的兜肚，白芷的心咣的一声沉下来。她跟总台小姐说东西不是她的，让他们给住宿的宋川朴，人家回说电话打不通，没人接，房间是她订的，只好给她。白芷捏着那件兜肚，心里又添了一份重量。太好的宾馆服务也烦人，非要把东西交还给客户，换作小街上那些脏兮兮黑乎乎的小旅馆，还不就揣起来了，毕竟上面还有一块玉，摘下来总能值几个。白芷将兜肚塞进挎包里，很快上了电瓶车，回了家。吃过晚饭后，翻出那件兜肚来看，依然赞叹那手艺、那闲心。但是赞叹过后，她还是觉得，应该尽快让这个兜肚消失在她的视线之内。它总让她想起那天晚上川朴脱衣服的那些事情，令她心里生起不洁感。

想到脱衣服，白芷忽然为自己庆幸，是的，她那天晚上到底走了。这么多年，她跟自己拗着劲，她又胜利了。她很小的时候，就从旁人的口里懵懂知道，自己的姑妈是个随便的女人，她喜欢通过在男人的床上脱衣服来换得钱物，虽然那钱物有一大半都是花在她后来的读书上。姑妈以为做得隐秘别人不知道，可是那些闲言碎语却通通砸在她的书包上。白芷十几岁上中学，每背着书包穿街过巷自人家门前经过，总是很快有一阵窃窃私语，那时候，她已经知道他们在说什么。白芷这时候常常故意回过头来，投过去恶狠狠的一瞥，然后折回身继续走。她大约就是从那时开始学会了伪装，人前伪装出一副外表强大不可侵犯的架势，其实心里无限委屈与愤恨。她那时候就在心里发誓，自己长大后一定做一个干净的女人，从一而终的女人，身上无懈可击、别人的闲言碎语在她身上无从下口的女人。她甚至想过，结婚后就远远离开她的姑妈，不要在内心里常常遇见少年时遭受的屈辱。可是生活像一只瓷裂的碗，她做到，他做不到，她的丈夫被一个女网友拐走了心，彻底走了。而她自己，工作太忙，不得不将孩子养在她姑妈那里，曾经以为给自己带来屈辱的人，现在她还得靠她的支撑才能从容应对生活难题。

当白芷看着那件兜肚，想起早上办公室里木蓝的话语与眼神，越发庆幸自己，到底是干净的，没有轻易去脱那一身衣服，可以坦然面对流言蜚语。她决定扔掉那件兜肚，远远扔掉，在家里的垃圾桶过夜都不行，她看到它就想起那晚短暂的尴尬，她不愿去想。白芷下了楼，将那件兜肚撂进了楼下小区里的垃圾桶里。

第二天上班，办公室里又是闹春一样一派沸沸扬扬，他们说川朴的车子从高架桥上摔下去，川朴还没醒过来，怕是要没了。众人一片唏嘘。白芷的心又是哐的一声砸在石头上，硬硬地疼了一下。众人依然在议论，有的说要是头天晚上回去就躲过去了，有的说晚上酒多了所以没走，有的说……白芷听着那些乱纷纷的猜测与假设，心里忽然愧疚得要命。已经有消息说领导打算翌日上午赶过去看望，白芷等了一下午，也没收到要她一起去的通知，落寞懊丧回了家。走过小区垃圾桶边，下意识往里一看，看见那件兜肚露出的一角，竟还没被运走。要不要捡出来呢？白芷停下了脚步。想想，也许川朴在病床上就此不再醒来，前夜一别将成永诀，留个纪念吧。其实那时川朴已经醒来，身在小县城里的白芷，得到的消息总是过期了一两天的。白芷找了截树枝掏了掏，捡出来，包了包，带回家去洗了。依然无限愧疚，那天晚上要是她不被领导怂恿着上来敬酒，他就不会醉，他就会回去，就会错过这一场台风的。即使没错过，也与她是无关的了。

白芷在家里细细洗过了那件兜肚，晾干后，将带子松动的地方用针线再细细缝牢。好像唯有这样做，才能化解一分她心里的愧疚甚至罪孽感。翌日上班时，领导已经回来，喜洋洋地跟大家说："醒过来啦，没事了，大家放心吧。"众人又是一阵唏嘘，白芷也如释重负。

可是回家后再看到那件兜肚，又觉得它多余，应该丢掉。丢哪里去呢？不是白芷不愿意转手将这兜肚还给川朴，实在是，尴尬。她觉得再见到川朴，一定尴尬得要命，上次等于是脱了一半的衣服又被自己提起来，然后逃走了。再见面，是装着什么都没发生？一切归零？不可能。那么继续？显然，也不可能，那倒不如上次一脱到底，何必半途中撤回来！最好是在这个点上打住。所以，只能是，不见。

那就寄给他！对！寄过去！她知道，川朴收到后一定会打电话给她，她不想他们之间再有联系，因为她感觉他们之间已经是危险的，是衣服脱到一半之后面临的危险，所以寄走兜肚后，她没有再续话费，选择让它停机。

可是为什么又要开机呢？白芷问自己。是好奇，还是虚荣？停了两个多月后，忍不住要重新开，潜意识里是想看看，川朴有没有再打电话给她。对于她那次的临阵脱逃，他是理解还是愤怒？他和她之间是真的这样在沉默中收了梢，还是他依然在内心里划定一块区域等着她随时到来？她需要在手机里捕捉这些信息，来给他们之间的关系把脉。甚至在年底的工作与琐杂事务里忙到愤然时，忍不住问自己，背了坏名声，没实实在在去躬身捞一把，自己到底值不值？

她以为自己在暗处，可以偷偷窥测外面的动静，没想到遇到一个和她一样在偷偷窥测的人。与丁香就这样在电话里碰上了，像冬夜里篱笆上趴着的两只黑影子的小贼，就这样直直照了面，心里怯怯的。

九

白芷就这样把台风那天及其以后的所有事情、所有细节在脑子里搜罗出来之后，堆叠在嘴边，自言自语了小半个晚上。她知道应该用一个筛子过滤一下，一些事实浅放在嘴唇外面，可以示人；而那些暴露她的虚弱的尊严的念头，则应该包起来藏到喉咙深处，不再提起。然后，在忐忑中过了两天，重新开了手机，她知道这个叫丁香的女人还会找她的，与其躲避，不如正面相迎。

没过几天，终于两只黑影子的小贼再次接上线，短暂寒暄后接着上次的话题，都有些迫不及待。

"为什么兜肚是你寄来的呢？"丁香问。

白芷在过滤后的那一堆事实里拣几段来回答，无非，房间是老总安排她定，川朴走后，服务员清理房间，捡到那件兜肚交给总台，总台联系不上川朴只好交给她来转。白芷说这一切，语调平静，逻辑严密。

"只有这些？"丁香问。

白芷在电话这边低下头，稍停顿，道："只有这些。"

丁香也稍停顿了一下，控制不住又逼进一句，道："你们什么关系啊？"

白芷摇摇头，电话这边苦笑道："能有什么关系！"是啊，白芷也在内心里问自己，能有什么关系呢？孤男寡女，交欢未遂，说情人够不上，说上下级别人还怀疑。

门铃已响，女儿在门外叫，白芷去开门，是白芷姑妈送白芷女儿回来。六十岁不到的姑妈与年轻时候相比，似乎已经能够安心过寻常生活了，尤其近几年伴着个外侄孙女在身边，越发喜欢按着北边老家的生活方式过小日子。他们在这南中国的沿海边，喜欢称呼位于长江中下游的吴楚老家为北边，久在他乡，似乎靠着延续北边的生活方式来寄托乡情。也许是人老了，姑妈年轻时那一双妩媚的吊梢眼总有一种将醒欲睡的慵懒，如今那眼梢子在地球引力作用下，已经耷拉下来，俯首称臣一般顺从与安然。她提着个小团篮，里面盛了一袋子新做的送灶粑粑，依照北边规矩在送灶。白芷赶紧对着电话道："我女儿回来了，我不说了，以后聊啊！"语气还蛮热情。

丁香临挂机前问道："你还在那个单位上班吧？"

白芷匆忙道："是的是的。"一边说着一边放下手机接过姑妈手里的团篮。

丁香放下手机沉思一晌，抿抿嘴，主意已定。按照一个教师的思维方式与解决问题的习惯方法：一个学生如果在老师面前沉着冷静逻辑严密地撒谎，而做老师的立马揭穿又不合适，那么最好的解决方式便是，家访。

几天后，小中午时分，白芷刚收拾桌子准备下班，接到丁香的电话。丁香说她来南台县了，来吃朋友家的喜酒，顺便约她出来喝个茶，要感谢她寄回川朴那件镶玉的兜肚。白芷知道，前面的喜酒肯定是托词，后面约见面才是本意，既然人家已经杀到自己的地盘上来了，只有带兵出城相迎，也就答应见面，地点她定下来，算是尽地主之谊。

下午，在南台县一个有名的休闲茶吧里见面，丁香进去后穿过一个逼仄的通道再左拐，呈现在面前的是一个船形的大厅，大厅外三面环水，厅内墙壁上布有古朴的渔具与兵器以及镶有锯齿的红蓝色的长条旗，显然，这是一条"海盗船"。丁香收拾了一下自己的惊讶，再拨号码，白芷已经在对面站起来向她招手，彼此笑笑，丁香径直走过去。

这天的丁香身着一件中长的酱色羊绒大衣，下面是黑色坡跟短靴。白芷抬眼仔细扫了一趟，不时尚，但是浑身上下足够端庄稳重，冷色调的装束里自是透着一种收敛却威严的光。寒暄过后，两个人由茶吧的布置扯起。丁香说："看看这茶吧，真要佩服人家的匠心，这样富有创意的布置，当然能迎合年轻人好奇冒险的心理——真是搞不懂现在的年轻人，尽想着出格，想着不走正道，好好的良民不当，要当海盗！"白芷扑哧笑起来，说："可能人家的想法和你不一样哦！"丁香看着白芷，迷惑中有略微不屑的神情，想等白芷说人家不一样的想法。这时，她们点的铁观音已经被侍者端上来，白芷起身给丁香斟茶。斟过坐下来，继续说，她说她幼时看连环画，看海盗的故事，竟然生出一股子英雄气，想要长大后当海盗，当然是劫富济贫的那种海盗。丁香听过，撇嘴笑道："我是在中原的淮河边长大的，方正平坦的大平原上长大的，可从没想过人生需要大起大落大悲大喜，我觉得还是平民状态的不温不火的日子安稳可靠，我可没想过逞英雄，只希望能一辈子安身于此。"

彼此都感觉到话锋过早对上了，于是喝茶，相视一笑，话题在索马里海盗与郑成功上短暂迂回之后，勒马回缰，直奔既定目标。

丁香说："没想到事隔两个月后，你还把兜肚寄过来了。"

言下之意是，这兜肚在寄来之前的这段时间里在哪里？为什么没有寄？这其中定有一番曲折吧！

虽做好心理准备了，但白芷还是有点意外，低头长长地喝一口铁观音，道："哦，早放在我那里了，我工作忙忘记寄了，后来在家里偶然看见，才想起寄去。"

说完，她自己也觉得这解释过于潦草不可信，顿觉心里搭建的城墙塌下一截来，忍不住骂自己："这样不堪一击！"于是又伸着脖子喝了一口茶，重拾底气，再筑防线。

丁香又道："那兜肚带子的线头松了，是你给缝牢的？"

白芷一惊，没想到丁香这样细心，可比福尔摩斯。她停顿了一下，目光落在斜对面的墙壁上，似乎是想把目光躲到那里去寻找合适的答复，可那里是一柄尖锐白亮的戟挂在海蓝色的底布上。她才惊觉：四处都是杀气！今天来错地方了！

丁香又轻轻补一句："真是你缝牢的？没想到这样细心！"

白芷坦诚说道："哪里是细心，画蛇添足还差不多，我从宾馆总台拿回家后洗了洗，看见线头松了，一时兴起，就拿针缝了。现在想想，真是好笑。"她在丁香的步步紧逼下，这样缴械了。她看见自己的虚弱无力已经暴露出来，于是后仰了一下，想借着椅背来靠靠，撑一下自己。靠下后，又摇头作苦笑状。笑罢，强调一句："我知道你为什么要来约我，请放心，我和他之间没有什么，没有发生什么你所担心的事。真的，你放心，如果有事，我们早有事了，我们是校友……"

丁香笑笑，盯着白芷的脸说："即使有事，我也不会离婚的，我相信，一切都是可以解决的！"她有意要显示自己的强大。

白芷也笑道："即使离婚，我和他之间，也不会……对于我，活着，有硬度地活着，才是第一要务，其他，都顾不上的。可能我这辈子，最后的路，不是在男人身后，也不是在男人翼下，而是，在他们的对面，一起争夺世界。我希望自己能有这么强大！"

可能与今天丁香的刺激有关，白芷越发感受到自己的虚弱无力与被欺，才越发意识到强大的意义。也不知道丁香有没有完全懂，白芷自顾自继续说着："知道吗？这几年我爱上喝铁观音了，我不懂茶，我只喜欢'铁观音'这三个字。我的理解是，也许，一个女人即使安详美好如观音，恐怕也还要给自己筑一副铁的坚硬的外壳，穿行尘世之间，方可抵挡这乱箭如林。"说着，目光迷离起来，童年的葬着父母的那片浩荡浑浊的江水，少年时背着书包穿过的那些曲折巷子与窃窃话语，以及如今遭受的离婚被弃的屈辱与孤单……这些远的近的痛苦的蒙羞的事情，统统浮上心头来，像浮浪打送过来的水上垃圾，杂乱堆叠在眼前。

两个人都陷入暂时的沉默与空白中，远处的高低层叠的灰色楼群，已经被覆上了一层淡淡的暮色，静默在大厅前方，在湖水的那一头，这样隔水看去竟像海上荒岛。恍惚中，丁香觉得自己被生生拖上一条"海盗船"，朝着那荒岛贴近……只觉得前方是苍茫未卜，又怕起来，低下头，将羊绒大衣的腰带紧了紧。

"冷吗？"白芷问。

丁香摇摇头，苦笑道："还好！可以承受。"

虽然白芷的解释看似合理，虽然丁香此刻故作强大，但丁香知道，她的生活一定像一件祖传瓷器一样，在漫长的日月与磨损中，已经裂了缝，而这缝隙到底有多大，对面的这个白芷知道，自己不知道。也因此，丁香感觉自己坐在白芷对面其实很被动，她为此而感到哀伤与失望。她的婚姻，包括她的现在与未来，她无法先知，只能这样笨拙地选择在后面穷思竭虑地追问。

既然已经跌份到这样了，不在乎多一句少一句，于是丁香首先打破沉默："时间过得好快，转眼又快过年了……"

白芷也勉强笑着敷衍："是啊，一年完了，新的一年又开始了，新的生活……也开始了。"

丁香谦虚起来，其实是怯懦起来，说："你比我年轻，可以奢谈新生活，对于我，到了四十以后，每一天都是一样的。别人常说创造新生活，其实做到创造新生活是多么艰难啊，多数时候，我们都是在缝补旧生活，修补残缺与裂痕。尤其对于我这样的年龄，对于我的婚姻，不是创造，而是，不断地遭遇风暴遭遇伤害遭遇瓷裂，然后去修补。"

白芷提起茶喝，已经冷了，只喝了小半口，算是润润唇。喝过依然低眉道："可能你过于深刻过于紧张了，不过话说回来，哪一个人的生活不是充满裂缝的呢？孤单，屈辱……都是裂缝。近来我喜欢一个人在家里听《白月光》，一遍一遍地听，每个人都有一段悲伤，还真是。"

丁香似乎不打算接白芷的话，依然继续自己的话题，道："不是缺少打破一切的勇气，实在是，我们已经像两棵根系发达的树，我们盘根错节、根深蒂固地，将彼此深入对方的生活与生命中。连根拔起，已经不可能，所以只能修补。像那些被台风扫荡过的行道树，用残余的枝叶来慢慢生长，将那些缺口填补……"

真不愧是高中的语文老师，一发起感叹来，这样长篇大论地收不住词语。白芷僵僵地坐着，为这样磅礴的语言阵势又惊又惧，只觉得她活得沉重，担心她的沉重会转移到自己肩上来，于是决定撤离。白芷站起身，挪了挪后面的椅子，意思是，这腾出来的一点空间只够告别，不适宜长谈了。丁香也跟着起了身，临别的时候，丁香不忘问一句："他事后打过电话给你吗？"也不指望能从白芷这里得到真实的回答，但是，问过，心里就安。

十

这个年是在淮河边过的。丁香的母亲打电话来，说她父亲身体不太舒服，希望女儿一家回去一起过个团圆年。人越老，胆子越小，同村有几个老人都得了食道癌死去，于是她父亲担心起来，怕哪天国民党抓壮丁一般自己也被仓促揪去，做了阎王的子民，于是越发想念在远方的女儿。也是这个女儿给他长了不少脸，考了大学，留在南方，离台湾很近的哦，女婿又有一份好工作，外孙再有半年就要出国留学。这是怎么想怎么看都觉得画一样圆满好看的一家子，于是，吩咐老婆子打电话让女儿一家回来过年。再说年后不也要回来吗，更何况这几年帮开发商看工地，手头上也攒有几个，不怕儿子和媳妇说话。丁香心里也想回去，多少年没过过老家的腊月了，那才是真实地道的年味。电话临挂时丁香叮嘱她母亲把床上垫的一床稻草好好晒晒，回去睡个舒服觉，她母亲模糊应着。

儿子在前，丁香在中间，川朴跟在后面，一家三口，手里都提了东西，冻得都猫着腰前进，鬼子进村一样的滑稽姿势。通往娘家的水泥路冻得像放倒的钢板一样冷硬，路边残留的建筑垃圾没有尽数清理掉，距离水泥路丈把远的地方，几垄白菜矮墩墩的，似乎也被冻硬了，看上去呆愣愣的。到了母亲家后，放下衣食，母亲早已预备好火桶，一家三口将冻得僵硬的身体颤巍巍插进去，烘着火，这才慢慢交代清楚一路行踪。晚饭后，他父子二人嬉笑着又将身子插进火桶里，丁香父母也另备了一个火桶，电视机在开着，声音不大，叙家常为主。丁香依然走到父子身边，将腿塞进去烘火，另一个备用火桶则留给她父母。挤在这一对父子之间，丁香心里由衷感叹：有火桶好好！在乡下好好！一家人可以这样近，这样挤，共守这一簇小小的温暖。她忽然觉得身体舒适内心妥帖，一切好像都慢下来，连头顶上橘黄的光线洒下来也是慢的，落在地上、桌子上、发黄的墙壁上。一切都沉静有序，一切都沉淀在应该在的位置上。丁香俯下身子，将一张微凉的脸埋在这父子二人的膝盖上，脚底下的火钵子里带着草木灰味道的热气直扑面颊，尘世的温暖啊！丁香心里再叹。母亲以为丁香一路劳顿，所以趴下了，于是张罗着他们洗脸睡觉。

晚上是母女一床。丁香心想：可以好好睡一觉了！说实话，倒不是母女有多情深，这么多年的别离，感情已经被时空磨得薄了。她恋的是这清寒的夜，是一床棉絮褥子底下晒得嘎嘣脆的稻草，翻身时会听见稻草的叫声。将双手叠在胸前，仰面对着朦胧昏暗的屋顶，她仿佛第一回看见一个立在眼前的自己：她是淮河边农民的女儿，这么多年，在城市里相夫教子，奔走衣食，骨子里却还没有从属于农耕文明的生活方式与意识形态里断乳，她尴尬而痛苦地被城市与工业文明拖着前行，依然倔强地一次次回头。她原来这样固执，是白纸上一团化不开的浓墨，沉重而纠结。她侧了一下身子，看见墙边靠着一个硕大方形的物什，好奇地问她母亲，母亲答说是席梦思垫子。原来席梦思也深入她母亲古老的房间里了！母亲新置了一张大床，自然配有席梦思垫子的，上次电话里女儿嘱咐她晒稻草，她才想起女儿是想睡稻草的。老人家想起女儿小的时候，她每回晒被子晒褥子，总会顺带着也翻晒褥子底下的稻草，晚上睡觉女儿总是兴奋，会蹦一番，弄出吱吱嘎嘎的声音。于是老人家又撤掉新床上的席梦思垫子，重新在褥子底下铺一层厚厚的稻草。丁香听她母亲一番絮叨，才知道，即使在老家，睡一回稻草床竟然如此不易，心里怅然若失——时代真的跑得好远了，是她在后面，她总是慢，后知后觉。夜已经深了，丁香又翻了个身，那个不大的方形的天光嵌在南墙上，蓝幽幽的，是下旬，月已早早沉下。她发现，直到如今，她才略略弄懂了自己，被川朴嗤笑穿旧衣，搽宝宝霜，害怕农药残留与植物生长激素于是在花盆里种菜，种种落伍之举，根子原来在此。

翌日早起，跟母亲一道上街买菜，回来在案板上铮铮剁肉，灶膛里木柴燃烧噼啪作响，她竟觉这才是人间雅正之音，顿时心上又恢复明净。下午跟川朴一道穿村过巷地溜达，穿过一片混乱的在建工地，去淮河边，去庙里，一路指指点点，其间穿插几个上辈子的人传下来的感人爱情故事，有的从前已经讲过，这回再讲，又多了一重意味在里面。至于那件兜肚的来龙去脉，她打算永远不告诉川朴，除非真到离婚那一天，但她没想过离婚，认为生活还是应该踏踏实实地过。所以，她不说，戳穿了彼此就会生疏，就容易被动。还是这样潜移默化地改造他吧，就当是自己讲台下的性格执拗的学生。川朴对丁香的絮叨没多大兴趣，因为他走在前面，听完后也不发话，近来他兴趣在开车上，大约急着想早回去学开车。

大年三十，吃过年夜饭，还早，晚会还没开始，丁香跟着父子两个在门前院后溜达。手机响了几声，是马莲打来的，恭贺新年，丁香也问候马莲，然后问起寄养在马莲家的两只狗的情况，马莲说着说着，竟有哽咽悲音。丁香电话这头追问过去，马莲说是她的"老狗"不见了。原来，马莲一个人在家里吃年夜饭，儿子到女朋友家过年，老公竟然临阵脱逃，去外室那边，之前也不说。这个马莲，到底没扛住，在举国欢庆的团圆之夜，终于像豆腐渣工程一样崩塌。她自己斟了红酒边喝边劝自己，劝着劝着把自己给劝哭了。电话打给丁香，听得丁香也一阵阵苍凉。听完，丁香自然要安慰她，把从前安慰自己的话再拿来安慰马莲，不过是所谓的婚姻修补说、人生如同台风过境说，当然，这一回换作了哲人一样的口气。挂电话后，顿觉心上清净的乡下女子又被拉回到混沌坚硬的城市，原来是躲不掉的，又被拖回现场，貌似强大坚硬实则脆弱、不堪再击的城市现场，丁香感到沉重。本家的兄弟已经在场地上燃放礼花，孩子们闹起来，丁香于是又挂起笑脸，仰看彩色火焰拖着细长的尾子升起落下，像波斯菊，花开花谢。回家后，只寡淡地陪家人看了半场春晚，一个人洗了先睡去，但睡不踏实。听屋外风声呜咽，夹着电视机里传出来的哗哗掌声，想起马莲，几家欢乐几家愁，不由得又悲观起来：回头审视自己的婚姻，也许台风已经吹过，也许更大的台风还会到来。

十一

年后回到南方，领导长辈的年——拜过，川朴工作之余继续玩车，儿子除了会会同学，便是趴在电脑边夜以继日，因为不几日就要上学去了。丁香忙忙家务，便睡觉或者翻点杂志，懒得上街，觉得自己无着无落，空虚到多余。

但其间去了几次马莲家，伊人独憔悴，马莲像个供电不足的路灯，气色灰暗，人影单薄。头回去马莲家，丁香陪马莲吃了些东西，帮她收拾了一下家中卫生，其实也不脏。心里想安慰她，又不敢轻易去戳那个话题，怕伤着了她。第二回，马莲打电话约丁香去她家，马莲煮了东西跟丁香一起吃，吃过出门一道去美容院做脸。丁香不敢让人家小姑娘往自己脸上涂东西，只让人家给自己清水洗脸然后按摩了一番。做完回家，路上丁香见马莲心情似乎好些，试探着轻声问她："打算怎么处置那条'狗'？"这回丁香准备好了安慰的话，当然是劝合不劝离，俗语说宁拆一座庙，不毁一桩婚。在速毁速建的千万座城市建筑中，婚姻在丁香心里无疑是比庙宇更为庄严需要维护的古老建筑。马莲说："我想离婚！"丁香说："可别这样说！别灰心，相信他能回头的，男人在外面，大多是一时兴起而已。话说开，想想，条条狗子都咬人，换一条，也未必就是条好狗。"这回，马莲被丁香逗笑起来，又道："好，听你的，我等他三年，三年后再不回头，他奶奶的，就干掉他，离婚，这么多年就当是被狗咬了。"丁香也笑了，道："也好！"两个人在一处路口分了手，各自回家。回家上楼梯时，丁香听着楼梯间回响着自己咚咚的高跟鞋跟敲击地面的声音，实在铿锵。只是步子迈出来的节奏太慢，一口气接不上一口气似的，上楼总是累。想起马莲的遭遇，忽然觉得城市的巍巍楼房之下庇护的是这样虚弱垂老的婚姻，真是拿鱼目当珍珠藏于宝匣，荒唐而不值。又想起马莲的等三年的话来，觉得马莲也很伟大，有胸怀，于是心生佩服。佩服后又想起马莲开始说的"我要离婚"那四个字来，觉得显然是假话，马莲不会经她一句劝便迅速做出再等三年的伟大构想的，她的伟大构想其实早已成竹在胸。女人啊，都这样吧，雷声大雨声小，搞不清到底是留恋男人还是留恋婚姻状态。丁香想过，独自摇头苦笑，已经到了家门口，长舒一口气，浑身无力到瘫软，这楼爬得这样辛苦！伸出右手的几根手指来，预备敲门，想想又收回来，低头在怀中的布包里艰难地掏，听到哗啦的钥匙的声音。

......

这个时候，南方已经是三月天气，枝头上，旧绿换了蓬勃新绿，城市婴儿一般又肥又新。当川朴把车停在白芷单位不远处的一道缠了紫藤萝的公园围墙边，给白芷打电话说明时，白芷还是大大地吃了一惊。

接完电话后，她还在心里叫：川朴啊川朴，世上也只有你这个叫川朴的才会这么干，小半年不来电话，一来电话，人就已经到了自己脚尖处，由不得人拒绝。只有把心悬在钢丝绳子上一样去赴约，手心出汗，冰凉的，这样忐忑！

川朴打完电话后，在公园围墙边溜达着，背对马路，等白芷。心上也是有一点忐忑的，但略略忐忑后还是有得意，他料定白芷不会拒绝。小半年了，他到底没想通，那个晚上白芷为什么会离开。自住院回家后，他本来打算不再追问，因为活着回来真不容易，其他都是浮云。但是年一过，世界被满目疯长的树木刷新，他的心也跟着蠢蠢欲动起来，他想问个究竟，到底不甘。一个小师妹都摆不平？都撂不倒？他跟自己较起劲来。

白芷交代了一下手中的活，提前出来了。川朴远远看见白芷过来，转过身，靠到这辆黑色奥迪边，只笑笑，招手，也不上前去迎。白芷远远看见一身黑衣打扮的川朴斜靠在黑色轿车旁，弓着一条腿，很是放松与惬意，想起"黑领"二字来。上来看没有司机在里面，于是道："这车你的？"川朴转身将手往车子上潇洒一拍，道："嗨！朋友的，借给我开着玩的！"说着，已经打开车门，请白芷进去。态度从容，仿佛之前的尴尬不曾有过。白芷笑笑，又不好显得过于小气，于是折身坐进去，她今天是一身米白色的职业套装，跟川朴的衣服不合调。川朴随后也进来了，发动车子，道："春光好，莫辜负，带你去看山看水，不远。"

雨后的山中如同仙境，两个人一前一后，不远也不近，遇到台阶陡的地方，川朴也不拉她，只立在路边笑着等她。这一切，都缓和了白芷的紧张。翻过山，下到一处潭水边，潭边有几大块光滑的大石头，他们坐了上去，晒太阳，听泉，有一句没一句的，放羊一样放了半下午，羊是他们自己，啃的是天空、云朵、日光、山色与泉声。石头上一黑一白的两个人，不即不离，端庄如圣哲。转眼日色渐暝，飞鸟归林，风过林海生起寒意，于是起身，上山复下山，回到市内。

快到那一道公园围墙了，川朴将右手轻轻往白芷手指尖上搭了一搭："开心吗？今天。"白芷点点头，笑笑，抽出手指来理刘海。川朴转过头扫了一眼她的刘海，很快又回到前方，车子停下，到地方了。白芷下车，川朴坐在驾驶位置上没动，目光恋恋地看着她下。白芷下来后，转身弯腰手搭车门上，头伸进来跟川朴道别。川朴忽然身子一侧，一伸手，将白芷又拉进车子里，升起挡风玻璃。

"去年，台风之前的那个晚上，为什么要走？我不够好吗？"川朴低声说。

白芷低下头，沉思了一会儿，然后抬起头。眼睛看着前方的马路岔口，说："你够好，但是，你不是我的！"

川朴一拍方向盘，没作声。白芷也沉默了一会儿，又整理了一下散到眼前的刘海，说："那天晚上，看你脱下那件兜肚，知道我有多震撼吗？我问过你，你说你胃不好，是焐胃的。我在想，给你绣这样一件焐胃兜肚的人该是你的妻子，她的爱该有多细密绵长温厚！这样的女人，我不忍心去碰她的老公！"

白芷下了车，川朴没再拉，目送她回单位。至于那件兜肚，她已经寄给他老婆，她没有说。人生需要删繁就简，就让他尽量轻松地回家吧。白芷心想。

川朴一个人离开了小小的南台县，回市里，路上扭开交通台去听，正是"音乐时分"，播的是首伤感老歌，张信哲的《白月光》：

白月光

心里某个地方

那么亮

却那么冰凉

每个人

都有一段悲伤

想隐藏

却欲盖弥彰

……

并蒂花

一

　　我们城南这一块儿，老房子密密麻麻，好似城郊田野上稻草烧后剩下的一坨坨草灰堆。但我们家例外，那是稻草灰上长出来的一颗蘑菇。花绿相间的野蘑菇，还散发出潮湿的土腥气。是啊，我们家的院子，四季上演缤纷花事。

　　夏天，两大缸荷花静女一般，端坐在厨房的外墙根下。妈妈夏天五点就起床，在院子里洗衣服，红色塑料大澡盆里架一个枣红色搓衣板，一堆浸着汗的衣服，又过了夜，完成发酵，一股馊味呛人。"扑啦——扑啦"，她穿着褪色的睡衣弓着腰坐在矮凳上搓衣服，手上套着肉色薄橡皮手套，像个操弄手术刀的医生。荷花在她身旁一瓣一瓣展开，直到顶出杏黄的嫩蕊，她也不看，仿佛拗着气。跟我们，还是跟洗衣服这样的命运？不知道。

花似乎就是爸爸的。他总是在妈妈的搓衣声里起床，趿着拖鞋，穿着蓝白格子的睡衣站在窗台边两手叉着腰，看看天，然后拖地，扫院子，用水壶往荷叶上洒水……然后去漱洗，喝绿豆粥。大门斜前方，一丛金银花藤摊在院墙上，小蛇一样的蔓在镂空花砖间悄悄游走，如有巫气，花已开过，叶子还在往厚处堆。

只是，占据着最精致花盆的是几盆兰花，修长的叶子绿得呈现黛色，当中一茎嫩绿的秆，秆端顶着两朵橘红的喇叭形花儿。两朵花相依相衬，又朝着相反的两个方向，似乎各自不理不睬。妈妈搓完衣服，把灰白色洗衣水啪地泼在院墙角，浑浊的泡沫边淌边破，有时还有蚯蚓拱出来，墙根爬满了青苔，兰花世外人一般兀自开着，花香里沾着洗衣粉的香和青苔的潮腥味。

哥在读大学，已经在实习，打算留在市里，关系已经打理得差不多了。我是他们的女儿，已经读初三啦，就快毕业。长得没我妈漂亮，这个我心里清楚，也没什么好怨的，久病不疼，大抵这样吧。我妈不仅漂亮，而且是个女强人。但我妈的美，似乎太硬，有点逼人的成分。鼻子高，眼睛大，瓜子脸，一笑，便陷出两个酒窝来。个子有一米七，在南方，算高的了，骨架似乎也不窄。所以，她的美，逼得人仰视。

我爸呢，他在一个企业里，是个中层干部，听说他之前是在农村初中教书的，因为写得一手好文章，后来转到企业里。我爸业余除了侍弄花草，还喜欢把自己拾掇成儒雅君子，喜欢穿休闲西服，喜欢在春秋天罩一件薄薄的风衣，米色，或者黑色。梧桐叶子在巷口开始掉的时候，他的脖子上便开始搭上围巾，红色、牙白、咖啡色、黑白格子……厚薄不一，镶嵌在西服或风衣领子里，颇有民国范，直到樱花开谢初夏来到。他到底有多少条围巾，我们都不清楚，实在眼花缭乱。就像他这辈子到底跟多少女人暧昧出轨过，我妈也算不清楚。

中考结束，我在院子里的葡萄架下翻杂志混时间。梅雨季节刚过，屋子里还霉烘烘的，又潮又闷。我们这个小区自从听说要拆迁，家家便偷偷摸摸盖房子，平房的上面加盖两层三层，都想在拆迁后赔偿到更大面积的新房，这样，楼下卧室里阳光进来的时间都抵不得一炷香那么长。一篇情感美文旁边插了图，叫并蒂花。天哪，那不是爸爸的兰花吗？吃晚饭的时候，我问我爸，爸说他的花是并蒂花，然后也不继续引申发挥一下，没有下文了。

我端碗喝绿豆粥。哎，天天喝，肠子都喝青了。我妈是女王，圣旨一道："天热，清凉降火，喝。"我爸不，不是不喝，而是喝粥前还有前奏，啤酒伴着雪菜烧猪大肠。像我爸这样外表雅致干净的人，竟然下班时也常常绕道路过中心菜市，在熟食摊上称三四两雪菜烧猪大肠。那东西其实不好，怎么都有一股臭烘烘的猪屎味。我爸爱着呢！男人天生有趋臭性吗？像台灯罩子下面撞死的飞蛾，身体里的趋光性作怪？或者，干脆是屎壳郎，外表英武，行迹污秽？我哥暑假回来偶尔住几天，偶尔陪我爸喝啤酒吃猪大肠，但是我哥只拿筷子象征性地挑两截大肠。是我哥真的不爱吃，还是没到爱吃的年龄？无从知晓。但也似乎由此，哥没有成为爸的知音，或者说，他们没有成为朋友式的父子。他们之间淡漠得很，一年不见一年不想。我不知道，哥为什么始终没有得到过爸的宠爱。

二

中考成绩出来了，我呀，县四中，不好也不坏。

小姨打电话来，说大表弟考上县一中了，重点中学，我妈电话里连夸大表弟有出息，放下电话就拿眼白我，我赶忙拿拖把拖地去。

我小姨是我妈的小妹，平时我们两家来往不是很多，我猜：从男的那方来看，我爸是城里的干部；我姨夫是小镇上的，早先在镇子上的塑料厂，后来塑料厂关门，回家，现在北京，听说是带了几个人贴大理石，很赚钱，不过也很累。从女的这方面说吧，我妈漂亮，饱鼻子饱眼，似乎当年是我外婆旺火熟面烘蒸出来的馍馍；而我小姨，生得低眉顺眼的，鼻子小巧，个也不高，不过却有一头的好发，又乌又长又软。小姨不太漂亮，不是那种人群里赫然戳出来的美人，也许，她和我妈在一起是自卑的，以至有了距离。能让女人之间生出距离的，可能不是财富地位，而是长相吧。小姨的眼和鼻都没有我妈的气势夺人，可是也很精致，她似乎是我外婆在缺柴少面的情况下花了心思勉强捏出来的，就是说，她原本还可以生得更招眼些，只是现在，这一切都留有余地。尽管如此，我还是很喜欢我小姨的，她身上自有一种可人之处，让人生出疼惜，以至想和她亲近。

小姨高中毕业后在老家那边镇上的初中教书，不过，好像是代课老师，一直没有转正。听说她结婚简单而仓促，没怎么挑，高中毕业后邻居介绍小姨夫，她瞟一眼就过了，让外公外婆格外省心。可是，我曾七拐八弯地从表姨娘那里听说小姨喜欢过一个人，只是到底没有嫁。我问过她为什么没嫁，她开玩笑说被别人先下手抢了。我替她可惜。

暑假，我妈把午饭烧菜的重任转托给我，我推辞再三，未成。我妈说，现在不学会烧饭，将来嫁出去要受罪的，她还打算把洗衣服这事也转给我。简直要崩溃，我说，再暴政我就离家出走，到小姨家去。我看我妈啊，大约是对家务已经厌恶透顶，所以借着暑假，分我一份，她好解放一会儿。我妈曾在洗碗池边敲着筷子愤愤感叹说，结了婚的女人困在家务里，就像白娘子因为爱情而被镇在塔里，一辈子出不了头。嘿，哪儿跟哪儿呀，不知道她怎么看《白娘子传奇》的！我同学的妈妈可舍不得她们女儿做家务，说女孩子一双手其实是她的第二张脸，可不能过早糟蹋了。我妈呢，不知道她怎么想的，她有时竟然还把自己买的不合身的衣服改给我穿，我是她丫鬟了我！

是第三天吧，才洗光早餐碗，我小姨就来了，我爸妈刚上班去，家里只我一个。小姨带来一只长着鲜红鲜红鸡冠的大公鸡，是正宗的土鸡，那鸡冠摇得可灵气！自然是小姨烧菜，我打下手，提供工具与佐料。中午一盘酱红的红烧鸡摆在桌子中央，啊，好吃。不仅是好吃，主要是香得馋人。旁边围着几盘素的，有翠绿色的南瓜头，嫩黄色的菱角菜，藕红色的鸡头杆，都是小姨带来的。

我爸进门就嚷："真香啊！小妹应该常来我们家！"放下包转进厨房，每样尝一筷子，复又坐下来感叹："荤有荤的香，素有素的香。乡下的菜就是不一样，闭着眼睛远远一闻就知道是什么菜，而我们城里的菜，空有诱人的色彩，买回来炒熟了，还等塞到嘴里才能约莫猜出是什么，缺少缠人的气味。哎呀，如果有一天，我们被这个世界上纷繁的色彩暂时收编，蓦然回首，久久难忘的，我想，也许还是美妙本真的气味吧……"我爸又扮成哲学家了。小姨回过头来，浅浅一笑。我妈很不屑，在橱里哐啷哐啷地拿碗，头也不抬地说："净说些没用的也让人听不懂的胡话！"我高声说："有什么不懂的，我爸在用很哲学的方式夸小姨烧菜呢！"

吃饭时，小姨和爸妈谈事情，说到租房子。哦，大表弟要到城里来读高中了。

小姨走后，我趴在我爸的肩膀上叹说："大表弟读书这样好！我要是有他一半聪明就好了，可惜，我只有作文好，遗传我爸。"我妈眼梢子斜斜向着我们一戳，说："你大表弟啊，像你小姨，聪明，当年你小姨成绩好到请几天病假，老师都急得赶忙跑我们家看，坐着都不舍得走，又是送书又是辅导！"说完，长长的眼睫毛扣下来，下巴一扬，撇过脸去，弧线扫过我和我爸的头顶，延伸到门外的腰带宽的天空。

我爸低头喝口茶，又举起透明玻璃杯子看里面雨后芭蕉一样鲜艳展开的茶叶，似乎是附和着沉吟道："她聪明乖巧，自然讨人家喜欢。"

三

我去菜市场回来，才看见我们这个小区的外围墙上写了几个大大的"拆"字，红漆刚写的，没干，还在淋，像谁趴在围墙上吐了一摊血，恐怖而恶心。爸和妈下班回来时，我忙跟他们说，他们语气淡淡的，说已经看到啦。拆不了！一时半会儿拆不了！我妈说，哪有那么容易，我们这个小区，就是半个旧上海，官商匪妓另加一干贫民，什么人没有，哪有那么好说话的！

饭吃过后，我跟我妈说，巷子口好像又来个女的，天天不上班，就坐在门口，打扮得像个媒婆，好胖，屁股落在凳子上，有澡盆那么大。门口还扔了一地啃过的西瓜皮，太阳晒过后，馊烘烘的臭。我妈拿筷子敲我额头，说我尽看这些坏女人！我摸摸额头，解释说，没办法，进进出出，不想撞也会撞上……看老爸去续茶了忍不住又说，我看见那个女的大白天拉一个小老头，不知道我爸天天路过，会不会被人家拽过？我妈从碗沿上翻过一个白眼来："你爸啊……那倒不会！可是他也不是好东西。"我后悔说出这些话来，勾起妈的伤心事。从小到大，我爸和我妈的每次吵架中，都缠夹着一个陌生女人的名字，今年这个，明年那个，连我都记不清了。

听说房价开始涨，我妈终于掏出家底，在市里给我哥买了一个大房子，还背了点债。这意味着，在老房子拆迁之前，我们家不可能再在县城买新房子了，只能干等拆迁换房子。爸在哥买房子上也是相当热心，这让我相信，我哥也是我爸的亲生孩子。肯定是。当然是啦，据说当年是我妈先看上我爸的，倒追我爸。哦，我爸年轻时一定相当迷人。

姨夫从北京回来，还带来几个建筑工人模样的人，我妈带他们站在院子里，指着屋顶横着竖着在比画。后来，砖、黄沙，水泥在晚上悄悄用小车运进我家院子里，杂乱堆积，进出几乎要翻山越岭，看着就透不过气来。白天邻居都上班去了，几个工人在我妈的指挥下，在我家的二层上再次加盖三层。家里脏兮兮，爸爸的花儿们通通挤进院角去，地上一串串灰白的脚印重叠纷乱，水泥夹着沙砾。中午太阳好毒，像利箭从天空径直射下来，工人上上下下搬运材料，我闻到暑热的空气里混合着汗馊味和塑胶鞋里散发出的脚臭味。

黄昏时，一栋木盒子式的小房子已经建成，真佩服他们的速度啊。邻居们一定以为我家的房子不是建的，是天上掉下来的。不过，想想，他们家也这样。房子里面的简单装潢也耗了几天，已经不像砌墙那样扎眼了，我心里也渐消了做贼的心虚。一个星期后，终于收拾干净。我妈安排我住二楼，原来堆放在二楼的杂物大部分清理出来，我和我哥睡过的摇床，我家的红棕色破了皮的老沙发，一辆我小时候骑的天蓝色自行车，装电冰箱的纸盒和过时的电视机，通通挤到了院子里，没有及时退掉的绿色啤酒瓶，也挤进来，见缝插针。一楼原来我的房间，现在是我小姨和我小表弟住，新建的三楼，自然是我那重点中学的大表弟住了。

真得佩服我妈的聪明，她若是流落到沙漠里，也能不慌不急地伸出手刨出一泓清泉来。用我姨夫的力气造房子，造后的房子将来可以为我们赢得新房的更大面积。然后，让陪读的小姨暂住我们家，给我们家做饭洗衣，可以免费得个保姆。看起来，我小姨住在我们家，不用付房租，又在姐姐屋檐下，风雨安稳，是赚了的。其实我妈才是大赚了。

四

八月底，到学校去领高中的入学通知书，看见一个班的同学洗牌一样，打乱，各自重新组合，从此散落在这个县城的各个角落，蒲公英一样，在这些或明或暗的角落里再自开自谢。心里涌起忧伤。似乎是第一回感受到说不出的忧伤。马小鹿在职中，这是我意料中的事，他成绩那么差，可是我还是心里难受。我很想和他继续在一个班上课，很想像从前一样，看他在老师来之前的讲台上唱歌，说笑话，做鬼脸。他身上有明星的潜质，我喜欢他。

我小姨正式住进我们家了，带着两个表弟，带着那么多那么多的零碎家当，姨夫回北京继续贴大理石。

小姨的家当堆在院子里，我妈低着头和她一道清理分类，可是我看她们理了几天，院子里更乱了。

乍欢乍喜，两家拢在一个屋檐下的日子还蛮热闹。九月份，白天暑热还在，中午放学回家，人热得像炉膛里新掏出来的烤红薯。回到家，小姨已经将糖拌西红柿从冰箱里端出来，由我和我那矮胖小表弟解馋，大表弟起先不好意思，后来也抄起筷子，由文而武地插进来。小姨在灶边炒菜，刺啦刺啦的声音，我妈踱进厨房晃几晃，"要帮忙吗？"她斜过肩膀碰一下小姨后背问。当然不要啦。我妈已经做了美甲，手指上都镶了水钻，还怎么下厨房？她是仙女啦，比我还要仙女，我天天穿的运动鞋还要系鞋带，劳驾十根手指，她不要，她的都是脚插进去就能走猫步的漂亮皮鞋。小姨吃饭都是最后一个上桌，起先爸爸还到厨房催，或者要我们等，时间长了渐渐省略。那边在热火朝天地生产，这边在抬头低头之间消耗，各自从容。

夏天快完了的时候，我爸下班回来给我小姨带了一副软胶手套。"小妹，以后洗衣洗菜套上手套！"说着把手套在厨房门上敲几敲，提醒小姨回头看看。"不用的。"小姨说。我爸折回来，走到灶边，拿食指点着小姨的手说："你瞧瞧，秋天再不护，冬天会成什么样！"小姨笑了，油亮亮的一张小脸荡出涟漪来。

"小妹不习惯戴手套干活的！"我妈在里屋接上话茬来。

我估计我妈可能在打小算盘，软胶手套容易破，若是一个星期一副，那么一个月四副，一年呢，三年呢？小姨分明比我妈小，可是分明没有我妈鲜艳。我用筷子拣着小姨新炒的青椒肉丝吃，看着小姨油亮的侧脸，舌底生出一丝酸涩来。我妈怎么那么黄世仁啊！

初秋已经到来，爸爸夏天买的绿色塑料喷水壶在院子里的窗台下半晒半阴已经掉色，成为昏沉的灰绿了。星期天，爸爸在院子外面修剪夹竹桃。一棵好好的夹竹桃长在院子外面的墙根下，茂盛得像蒙古包一样的，那是我家唯一的一棵妈栽的花树，可是这个星期一些枝条忽然枯死。爸爸边修边砍，所剩枝条无几，冷清清杵成几个感叹号。这样空出卫生间大的一块空地来，小姨说："不如撒上点种子，青菜啊什么的，孩子晚自习回来下碗面条，掇面锅里烫烫还可以盖盖麦清气。"爸爸一拍后脑勺，说："好。"于是翻地，呀，翻出一根根好粗的蚯蚓来，墨绿的，缠夹着，小姨怕得后退。爸爸上前弯腰，用夹竹桃枝子挑起纠缠在一起的一根根扔掉。"看来，阴暗潮湿的地方容易滋生爱情！当然，也还有细菌。"爸爸说。我还没听明白，却见小姨红了脸，小姨累得热红了脸？还是，她听到"爱情"两个字也会红脸？不知道。

妈妈端出化妆盒来，坐在院门口侍弄指甲，水钻掉了，她买了工具自己弄，说美甲店收费太贵。晚上还要去广场跳舞。爸爸有时候也陪着去跳，但不天天去。天天去当然不好啦，好像这个男人没事忙，中年男人太闲是要被人看不起的，所以装也要装成忙的样子，偶尔武林高人一般在江湖上露回脸，留下传说，然后倏然隐退。小姨依然在翻地，弓着细腰，露出红色的内衣一角来，有点妩媚。哦，小姨的本命年，忽然想起来，难怪里面穿红。"对了，小姨的生日快到了吧？"我说。"秋天生的，当然快到了。"我妈接过话，"当年你外婆生她前还在摘棉花，肚子疼，赶忙往家跑，差点生在田埂上。"小姨笑，直起杨柳小细腰，抹抹额头的细汗。我妈老大，她的出生一定堂皇隆重，而我小姨，连来到人世间的第一回出场都这样仓皇。小姨好可怜。

生日前天晚上，爸给小姨买了条竹青色的围巾，小姨接过去，欢喜得羞涩。妈迟回来，多带了些菜。我让小姨打电话给姨夫，小姨拨了，姨夫问有什么事，小姨说没有事，就是想说说话。姨夫吼道，没有事打什么电话？啪，挂掉。小姨望着我笑笑，笑容雾一样的，怅然若失。

五

院墙外的小青菜秋一茬春一茬，日子便哗啦滑去一年。看不见时光流逝，却要惊叹小姨的这片巴掌大的菜园地也风光流转。春种的小青菜蹿高了，变老了，终于在初夏时节换种成红苋菜。黄昏小姨照例要举着水壶洒水，爸爸下班早回来的话还会心血来潮一般蹲下来，插进手指去，在红色的苋菜秧子间捏出一两根绿色的杂草。妈妈向来不屑爸爸这陶渊明式的做法，手背在腰后食指交叠，抬起细长的高跟鞋，摇摆着绛紫的大摆裙，来回两趟晃，侧脸看爸爸找杂草，然后直到红苋菜在暑热里长高长粗，暑假再次来临。红苋菜开始结籽的时候，高二上学期又淌掉了四分之一。

秋后，泥土已经被小姨拌熟，不再板结生硬，铁锹翻一翻，敲碎，喜滋滋又种上了。爸爸给小姨又买了个绿色的喷水壶，去年的那个放在院子里的破沙发上，经过一冬一夏，已经开裂漏水。小姨提着新水壶在给刚出生的小青菜喷水，喷完，爸爸又去给她装水。嫌碍事，爸爸的格子衬衫脱下来，挂在门前的夹竹桃枝子上，穿了一天，看起来还很挺，小姨烫过的。

天干晴了半个月，秋雨终于下起来。上学路上，空气泛着土腥气——蚯蚓样蜿蜒的街道日日呛着尘土与汽油味，终于在雨后打一会儿饱嗝漾出土腥气来。下午第一节课刚到一半，就觉得自己下面也有点潮，挨到下课上厕所，发现月经来了。提前了。难道我也有学习压力了？笑话！托人叫同桌张丽丽送卫生巾，终于搞定。不行，得回家，张丽丽说我的淡蓝牛仔裤后面绣上两朵梅花啦。

回家，探头一瞧，院子里悄无声息，我把自行车支在院门口。院子里的破沙发被雨淋潮了，散发出木头陈腐的气息，葡萄的叶子不知何时开始黄掉的，有几片落下来，跌坐在断腿的长凳和我睡过的摇床上，爸爸的并蒂花叶子上密密溅了芝麻大的泥点子。院子里，空气湿重缠人。

"这样好吗？这样好吗？"

爸的声音，低沉而潮湿的声音，像落着雨长有青苔的水泥地面，滑滑的。爸没上班？我还听见低低的呻吟声，又像秋雨落在草坪上的声音，细密又柔软。"小姨！"我大声喊，没有人应。妈妈的房间，窗子上的窗帘半拉起来，玻璃窗没关，天蓝色的窗帘在微微飘起来，又落下，像一片晃动的海，夜晚星光下的海，幽暗莫测。临上楼，看见小姨从里屋出来，一只手盖在半张脸上，漏出盖不严的另半张脸，微泛红晕。"什么事？怎么回来了？"我说回来换衣服。然后上楼换衣，脏衣服带下来，小姨已经候在楼下。"我去洗。"小姨说。"我爸回来了吗？"我问。"没呢。"小姨答。我看看门那边，走廊下的窗台上，放着一把滴着水的伞，那是爸的。蓝白相间的格子伞，折叠式的，他从来不舍得别人用的。

我已经明白了。那声音。电视剧里的床上戏常有的声音。

原来不打算再回学校，但还是又背起了书包。小姨站在院门口看我推着车子离去，我们都没有说话，拐弯的时候我回头看她，一头长发半乱不乱地垂在肩膀上，她那样慵懒又无辜。这是我从来没有见过的小姨。

回校已经第二节下课，我茫然坐在位子上，心里好乱。教室里好燥热。额头刘海里藏着一窝青春痘的女同学嚼着绿箭口香糖，薄荷味先于脚步飘散过来。走道间耍拳脚的男同学身上散发出隐约的汗馊味。谁带了饼干放在课桌抽屉里？应该是夹了奶油的。住学校宿舍的那个胖子，身上衣服一定是洗了没晒，阴干的，还没干透就上了身，隐约有霉腥味……啊，气味混合的世界，拥挤而沉闷。放学后我要去哪里？回家吗？回家后我怎么看我的小姨？

秋天黄昏来得早，逼得我回家，我推着车子慢慢往城南走。

走得慢，看见垃圾一堆堆倒在我们城南的护城河边。旧房子拆掉后的断砖，上面还粘着发黄的白石灰。小孩子没有鞋带的破人造革棉鞋，只一只，浸满污渍，像只惊讶得张口结舌的嘴巴。酒瓶子上包装的红布条，没有被碎砖完全盖住，露出的一角起了毛须边。白薄膜的一次性桌布，里面夹着残羹剩菜。女人的藕色胸罩，海绵已经吐出来，像豆腐渣。刘德华的半张脸画像，早年的……乱糟糟掺夹在一起，丰富而脏乱，像醉鬼吐出的一堆秽物。蓝色的车子轰隆过来，还在倒。我心里又堵得慌，还有无路可走的恐慌。一切都是那么乱，噪声，隐秘的气味……我觉得沉重，像背负了许多东西，又有若有所失的空落。这就是这个世界要呈现给我的风景？我心里隐隐愤然。

只得回家。我的世界其实很小。

菜已经端上桌，因为下雨，桌子在厨房里，人影绰绰，挤。"回家啦！吃饭吃饭！"妈说。于是小姨盛饭，依次接过来。雨依然在下，潮湿的水泥地面在灯光的反射下，幽光低暗，是谁暧昧的眼。除了碗碟摩擦和嚼饭的声音，一屋寂静，早晨的酸黄瓜在菜橱里散发出酸气，和屋外面漫进来的雨的潮气，还有人的头发被雨淋湿的油腥味，抹布的馊味，扭缠在一起，我们都趴在桌子上，像触了蛛网的虫子，还浑然不觉。下着小雨的秋夜，在灯光和各种怪味里，这么浅又这么深。小表弟像幽暗地底下冒出来的异类，忽然谈起将来的打算，我看他那样矮胖，还是贴大理石的料。

我知道了爸和小姨之间的秘密，这秘密压得我昼夜难受。我心里又怕，怕妈知道。妈知道怎么办？天会塌陷掉？

我想去找马小鹿，去职中找他，只有他的快乐能稀释我心里的沉重。

元旦快到，又是一连几天的假，我不想待在家里。趁着放假前，中午去了职中，在闹哄哄的篮球场边问了高二的班级，找到马小鹿的班，但是马小鹿不在。他同学问我名字，说要转告，我没告诉他们，只说我驻扎在城南的碉堡里。用我的幽默回击他们狐疑的目光。

没想到我留下这么一个谜语，竟被马小鹿迅速破解，他打电话到我家了，他说住碉堡这样的话只有我才能说得出来，我心里感动，他这样懂我！他问我什么事，我说没。他问我元旦有什么计划，我说也没。我能说什么呢？我只想有个人带着我远远地离开这个拥挤的城南，这电话里如何说得清。

元旦三天假，到底出来了，马小鹿约我的，他说去肯德基，我不想去，那里人多而吵。还有那里的灯光太亮太刺眼，刑讯逼供一样，照得人心里发毛。我们买了吃的东西，到城南的护城河边溜达。找了个附近没有倒垃圾的地方坐下来，狗尾巴草结籽了，草香袅袅。阳光又白又厚实，铺满河畈，还有湖面，像无数张草稿纸，还没动笔的草稿纸。我们就坐在这草稿纸上。我手指拨弄着狗尾巴草，马小鹿看着，拔了，圈成环，举起来，看着我笑，我也笑。很老土吧，但是，我还是把手指伸进去了。

六

日日厮混。我说的是我的元旦三天假。

出来总有借口，十几年的学生都成妖精了。

我想跟马小鹿说出我心底的秘密，我爸爸和我小姨的那个，我需要分担，或者像给阴暗的屋子凿个窗子，通光，我被这个秘密幽禁多时。但是，我在等，等一个合适的契机，说出来不至于显得仓促和莽撞。我晚上在床上躺着，想象了无数次，在河畈上，我貌似随意地抖出来，并做出很平静也很沧桑的表情。

天晴我们在河畈上，天阴我们在城东教堂的后门口，可是一次又一次的约会，我始终没说。马小鹿偶尔抽烟，有一天，在河畈上，他递给我一根。我接了。我想，我是一个心底担着这么沉重秘密的人，我的沧桑配得上一根烟。我长大了。

在沉默中长大的。我想。

第一回呛得涕泪横流。主要是泪。我想哭。借机就哭了。
太阳红着脸，在河畈尽头一舔，就滑到远处的庄稼地里了。落
日之吻，之后，暮霭弥漫大地，蓝色，灰色。

我卧在马小鹿单薄的怀里，和他长着柔软胡须的嘴巴舔
在一起。风从远处的空旷稻田上一浪浪荡过来，背后的褂子耸
上去，没盖住腰，有点凉。

家里倒是平静，还好，妈不知道。妈依然和小姨说着话，
那么平静，不亲不疏的口气。她们在院子里坐着聊天，爸爸的
并蒂花占满了院子，她们相对坐在高高低低的叶子丛里，像开
出的两朵硕大的橘红色的并蒂花。我在楼上看书，其实也没看
进去，只听到她们絮絮地说。妈妈说她近两个月月经淋漓不尽
的，一来就老拖着不走，有时没到日子就来了。小姨说，是不
是快要绝经了呢？所以没规律。妈妈叹气说："是吧，早绝了
早好，落个干净。唉，我要老了，你倒好，来我这里看上去还
年轻了，还真老来俏！"小姨摇摇头，低下尖尖的下巴，轻轻
笑了。

但愿从此平静。

还真的平静了。小姨搬走了。我暗暗舒了口气。

放学回家，在院子门口支自行车，一低头，看见夹竹桃
下的那片小青菜不见了，上面密密铺了一层碎砖，估计是从
拆迁垃圾堆里拣出来的。小姨种的小青菜正长呢，砖缝里还
漏出无辜的绿色来。现在，这一地碎砖的地面上，只剩三两

根细瘦的夹竹桃，伶仃立在院墙边，仿佛已经苍老，甚至没有力气把绿色的汁从土里一口吸上来，所以叶子绿得颤巍巍一般。

妈妈说，我们这里年底前可能要拆，所以小姨搬走了。爸爸依然在院子里弄花。只是，已是深秋，花事寂寞。荷叶开始凋残，茶花是默不作声的绿，菊开始打苞，不过，看上去花苞在手心里攥得紧，不敢轻易舒开来的紧张样。黄昏，海尔公司的蓝色拖鞋式车子开到门口来，穿蓝色工作服的工人搬下来一台洗衣机，全自动的，妈妈指挥着，在前面引路。卫生间里多年不用的鸭蛋绿荣事达半自动洗衣机被清理到院子里。又一个家伙被打进冷宫。

可是想弃也不容易。星期天在巷口等到一个收废品的，也是开着拖鞋式的三轮车，一个戴眼镜的中年男人，妈妈跟他谈价格，洗衣机竟然是爱收不收的。破沙发指望他顺便带走已经不可能。妈妈灰着脸，处理掉洗衣机和破自行车，木质的东西依然蹲守院子里，灰头土脸，像发誓不走的样子。

爸爸的单位发了一箱柚子，家里是吃不了的，我边吃边说："要是小姨他们在就好解决了，那两头壮汉，肚子大得能塞一头牛，什么吃不完！""那就送点给他们吧。"爸说。妈忽然把切柚子的刀往桌上一摔："别送！"我惊讶地看她的脸，像硝烟弥漫的战场，怒气腾腾。我低下头啃我的柚子。爸说："送给两个孩子吃，用得着这么小气？"妈没吭声。爸又望着我说："送去吧，送去吧。"边说边往袋子里捡。我推了车子出院门。"骚货——骚货——"我隐约听见妈妈在家里骂人，更年期吧，不知道骂的是谁，该不会是小姨吧？

到小姨家后，把柚子撂下就准备走，小姨把我拉下了，跟我聊。问我学习，我语气淡淡地回答。又问我家里的事情，我说挺好的，就是妈妈脾气有时候不好，估计更年期综合征吧。小姨没说话。我忽然想起来，问我小姨，我妈当年如何嫁给我爸的，为何一辈子吵得那样无止无休？

小姨叹口气，转身去拿刀，然后坐下切开一个柚子，边切边说："你妈啊，要是我没说错的话，当年她从嫁给你爸那一刻起，就已经失去你爸啦。你妈是个要强的人，从来都不服输，当年你妈和另外一个女的同时喜欢你爸，你爸呢，可能更喜欢另一个吧，可是你妈就有办法——你爸那时候还在中学教书，你妈刚刚从倒闭的地毯厂回家，有的是时间，常常到你爸那儿借书看，什么《简·爱》啦，《战争与和平》啦……其实你妈不爱文学，好多书借回来放几天又还回去了。有的是我看了，看后你妈就问我大致的情节，回头到你爸那里就吹去了……直到让自己的肚子怀上你哥，这样你爸因为这个肚子就只好娶了你妈。可能他一辈子都没甘心过。

"其实你妈也漂亮，又能干，可是你妈不懂你爸。男人啊，他们不喜欢做猎物，而是喜欢做一个猎人。你爸感觉自己是被你妈设计陷阱捕获的猎物，所以，他一辈子都在试图挣脱，他和许多女人纠缠不清，他在她们身上不断嗅取着当年另一个女人零碎的影子和气息。

"你妈这个人啦——至今还记得我十二岁初来月经,羞得不敢跟你外婆说,又不懂,跟你妈借月经带,你妈就是不借,还半夜将我从床上拖起来一顿打,因为我把床弄脏了。我们那个年代,没有卫生巾,就是在月经带上垫卫生纸,用完月经带洗了收起来。我没有月经带也没有卫生纸,用了大半年旧报纸垫在衣服里,放学不敢回家,等人走尽,才站起来擦板凳。"

小姨幽幽说来,目光迷离而潮湿。我问:"你恨我妈吗?"小姨怔了一下,说:"每想起来,只觉得寒心。"

回去的路上,我在想着我妈和我小姨,这两个作为姐妹的女人,她们血缘上这样亲,可是,却又这样遥远而疏离,似乎彼此给予对方的,都是一个淡漠的背影。像护城河两岸的房子,一边是高楼巍然林立,一边是老房子蹙眉拥挤。

七

高二下学期的这个春天,我们江北难得下了一场桃花雪,爸爸穿着藏青色风衣出了门,脖子上搭了件黑白格子的薄羊绒围巾,手上拎着相机。爸爸什么时候又爱上摄影了呢?笑笑。只一天工夫,雪就化掉,放晚学一路走回家,看见残红零落。四月清明放假,打算出去放风一天,跟爸爸拿相机,爸看着我似乎很不放心:"我机子里还有照片呢,还没洗。""那我去洗!"我说。"还是我去吧。"爸说。"那我和你一道吧。"我又说。快到广场附近的那家影楼了，爸说："这些照片里还有你小姨的，待会儿洗好后你送过去。"我点点头。敲开小姨新租房子的门，把照片一扬："小姨好漂亮哦！"小姨羞涩地笑，坐下来抽出照片，一张一张看：公园里，覆了白雪的垂柳垂下来，珠帘一般，小姨立在翠绿的珠帘里，像个娇俏的小丫鬟；粉红的桃花枝上卧着簇簇白雪，小姨低下下巴在嗅花香，像个无邪的小姑娘——那一定是冷香吧，带着清凉的少年情怀的味道吧？

　　我禁不住想起要问小姨："妈妈说你以前上中学时，生病在家，老师着急送书来给你，那老师是谁啊？小姨做学生时这样受老师宠？"小姨怔了一下，忽然笑说："傻丫头，你问那干吗呀！——哎呀，那时候真好！有一年夏天发洪水，河堤被冲出两米来宽的决口来，我数学不太好，他送他们老师用的教学用书给我看，过不来，就站在河堤那头跟我说话，我不敢看他的脸，心里欢喜得怦怦跳。那时野蔷薇花开了一河畈，好香好香，就像掺了糖。河边的芦苇被风摇着，也是一阵阵清香。""后来呢？"我问。"后来啊，来了个划船的老伯，路过，把书顺便带过来了，我就回家了。"小姨满足地笑着答。我看着小姨追问了一句："那他当时结婚了吗？帅吗？""没结婚，他很好看的。"小姨答后抿嘴一笑，脸颊边飞上一抹红云。我还想问，可是不敢问了。

　　暑假来到，跟马小鹿到游泳池呛了几回水，学得半会不会，腿浮不起来。后来连下一个星期雨，等天晴，已没了再学的兴致。再囫囵耗几天，暑假结束，不情不愿被推进高三的门槛。晚自习回家，自行车在灯光明灭交替的巷子里兜兜转转，就到了家门口。一楼和三楼，有时遥隔一层黑暗，亮着灯，各自为岛。那时，爸爸时不时像个撒气的孩子，躲到三楼，妈妈依然驻守一楼，我的二楼，还要等我自己上楼摁亮。我常常会在院门口呆站一会儿，那时候抬头，看见淡白的月亮已经从参差不齐的幽暗的碉堡一样的楼丛间升起，贴在幽蓝的天幕上，仿佛衬衫撕扯时落下来的一粒纽扣。

早晨，妈妈起床已经没有从前早，六点半，洗衣机在轰隆轰隆地响，其间夹杂着抽水马桶的哗哗冲水声，厨房里锅在噗噗冒着白气，妈妈一嘴白沫，蹲在梅花树下刷牙。只有在早晨，在混杂的声音里，我们家才难得展露出一点人间的生动与热闹。但是，爸爸妈妈各自不言，使得这一点生动也近似老电影里20世纪二三十年代的火车，在苍黄天地之间，滞重而缓慢地挪行。

天气渐凉起来，白菊花和紫菊花在院墙边开得东倒西歪，爸爸的黑白格子围巾又搭上了脖子。妈妈戴着软胶手套在厨房洗碗，爸爸晚上不大回来吃，妈妈偶尔抬头看窗外，脸阴得怕人。有时候，我从半夜的恍惚梦中，听见爸爸的脚步声一级一级自楼梯下升上来，爸爸回家真迟！

妈妈终于不再做饭，我在学校食堂吃，中午和放晚学的一段时间，会和马小鹿在手机上聊天，慢慢忘记家里的冷寂。他问我上课时想不想他，我没急于回，反问他想不想我，他说想，恨不得把每天的二十四小时掰成四十八小时来想，这样想得就可以多些了。我心里被他灌满了沉甸甸的甜蜜。放学后约见，一起在一家茶餐厅吃了晚饭，拉着手到护城河边溜达，晚凉风冷，受不住，只好牵手回来。马小鹿说，到他房间去坐坐，晚自习还来得及。他搬到校外，自己租房子了，很僻静。进到屋里，布置简陋，一床一桌一椅，忽然想起黄梅戏里七仙女随董永去了他的破家，把自己幸福地嫁掉。我坐在马小鹿的床沿上，他坐在我对面的椅子上，拉着我的手。后来到底是移到了床沿上坐着，点了一根烟，没抽完，撂地下踩灭，把脸蹭过来，吹热气，又龇牙问我想不想他，然后用他的毛茸茸的嘴巴盖在我的嘴巴上。舌头混乱绞在一起，像雨后车辙里存活的一对泥鳅游动。就这样绞着吧！我心里叹。

回学校上自习，已经迟到，低头跟班主任找了个借口，班主任将信将疑，勉强躲过他的审问。

晚自习回家，听见妈妈在房间里小声地哭，进去问她怎么了，妈妈没有说。只好打电话给爸爸，爸爸关机。于是低头爬进自己房间。讲义完成一半，瞌睡袭击，倒床睡过去了。半夜醒来，听到楼上杂乱的声音，似乎还有妈妈的哭声。披衣起来，蹑脚爬上去，贴着门缝看，爸爸的围巾一长一短胡乱垂下来，妈妈头发散乱，还在锤爸爸的背。"我都快死了，我都快死了，你还这样逍遥！"妈妈沙哑着嗓子哭诉。"死不了！明天我陪你再换个医院检查还不行吗？还吵什么吵！"爸爸已经不耐烦，粗暴回着妈妈。我没进去，听了一会儿，见妈妈和爸爸的声音都小了，于是进去。我拉着妈妈的手说："妈，你到底怎么了？"妈妈没吱声，然后用手把额头边被泪水濡湿的头发理到耳后去，出了爸爸的这间临时卧室，我赶忙搀她。

第二天，爸爸和妈妈去省城了，晚上回来，都没有话。此后又断断续续好像在跑医院检查，因为不时见家里的茶几上放着套了白色胶袋的片子，也常见妈妈吃药，脸很黄。

个把月过去，妈妈叫我去小姨家，叫小姨搬回我家住。我本来不想去的，我不想小姨再住进我们家，于是跟妈说："不是说我们这里快拆了吗？""拆不了，没那么快！"妈妈低着嗓子说，仿佛已经没有力气。我去了小姨家，门关着，问房东，才知道小姨搬走了。

打电话，小姨说已经回了小镇。小表弟已经报名入伍，通过了，就差一个星期就要戴大红花出发了。大表弟高三，坚持要住回学校，说是可以节省上学放学路上的时间。我跟小姨说了我妈的意思，小姨回绝了。回头跟我妈说，我妈站在院子里低声骂起来："这个骚货，她不作兴请，就作兴偷！"骂过，妈又低声呜咽。我不知道如何是好。爸爸在厨房里忙着，姿势笨拙。

星期天，我妈让我陪她一道到小镇上去，是去小姨家。

八

坐大巴，水泥路。车子行得快，前面有人把窗子开了小缝，蜗牛一样趴在玻璃上不动，估计是晕车。窗外的田野上庄稼与草木的成熟的气息夹杂着灰尘的味道扑进窗子里，我妈把衣服紧了紧，闭着眼睛小寐。我看着窗外，太阳像面粉团捏碎了，覆盖在路边泛黄泛红的杨树叶子上，在妈妈脸上扇下一页页或明或暗的树影子。

下车，要走一截石子路，阳光铺在路边玉米叶子上，饱满得如同新出炉的面包。只是寂静得很，即使蜿蜒进入村子里，碰到的人也比迎着我们乱吠的狗还要少。河边的人家门关着，门前好大一棵柿子树，叶子已稀，可透进阳光，那些柿子青中泛黄，像刚刚点亮的灯笼。唉，从前也来过几次小姨家，风景似乎不是这样的。可是想想，就是这样啊！是我自己长大了，高了，视野不一样了。到小姨家门口，我走在前面，小姨家是三间青砖平房，西墙上长了青苔，房子也旧了。探头看，悄无人声，叫声小姨，没有人应，一只花猫从桌子上跳下来，蹿进椅子底下卧着，警惕地投来绿莹莹的目光。河边有水声，妈指指，示意我去看看。果然是小姨，在洗菜，碎叶子在水上漂着荡到远处去，小姨弯着腰，努力把菜篮子往河中间伸去，想够着远处更清的水吧，红色内衣又露出一角来，露出藕白色的一截腰来。小姨腰长。我忽然想起，她一干活就露出腰。"小姨——"我冲着河边喊。她回头，怔了一下，我挥手望着她笑，她站起来。"小姨，我和我妈一道来了！"我喊道。小姨蹲下来，将篮子在水里淘几遍，提着爬上坡来。妈妈走过去，接了一个篮子，说："洗菜呢，这菜新鲜水灵！"小姨笑笑。

进家后,我妈在小姨家巡看了几遍,然后坐下来,小姨端了茶,看看我妈,说:"姐,你脸色难看得很,又吵了?"我妈轻轻说:"没呢!"我插进去说:"小姨,我妈最近好像身体不好……"小姨把自己坐的椅子朝我妈挪近,急切地问:"怎么啦?怎么啦?我走的时候不是好好的吗?""所以现在请你再到我家里去,你去我就好了。"我妈勉强笑着说。小姨低下头陪着喝茶,没吱声。

小表弟在河边钓鱼,小姨说的,叫我去看看,顺便嘱咐小表弟多钓几条回来。我就出门去,阳光更浓了,又亮又暖,野蔷薇长到河埂上来,攀得牛仔裤唰唰地响,偶尔还要弯下身子来理。小表弟蹲在一棵水桶粗细的榆树下,树木荫翳如城墙,小表弟蹲成了古老的守城人。

回小姨家,小姨和妈还在说着话,是在厨房里了,我放轻步子想听听。我妈似乎在骂我爸吧,她说我爸要是再穷点再什么官也不是,大概这辈子也不会和那么多的女人缠上。她说自己这辈子赔尽青春并没有赚来幸福的婚姻,一桩折本的生意!我小姨叹了口气说:"我家的倒没钱也没官,可是,不也和我离得远,一年能见几次啊,我是个连哭的时候都找不着肩膀来靠的人。"我站在墙外听着她们说话,心里生出踏实和温暖的感觉,她们是姐妹!我心里叹。"……当初,你要是不急着嫁,兴许还能等来一个疼自己的人,哎呀,都太急了,都是急慌慌往前赶的人,哪里舍得停下来。"还是小姨在说,她为妈妈的命运做另外一种揣测与设想。她是关心她的。

我装作匆匆进了厨房，拿了刀和篮子要去河边剖鱼，小姨忙拦住，她说我是客呢，到底自己去了。我和我妈跟在后面，半路慢下来，妈拽住我小声说："你要帮我劝劝你小姨，叫她到我们家去住一年，就说我身体不好需要人照顾……"我抿抿嘴角。我不想说，其实我真的不想小姨再住回我们家去。

吃饭的时候，我妈向我使了好几个眼色，我躲过去，没看她脸。我就和小表弟谈当兵的事，我说哪天我也要当兵去，呵，其实是瞎吹牛，说实话，我还真的没怎么想过未来的事，我似乎一直就是念书，念书成了我的生活惯性，虽然念得不好，但还会念下去。小表弟说："毕业了你就来部队吧！"我听了有点怕，就是说，我会毕业，面临选择，我潜意识里似乎一直是等着爸妈来安排的。妈显然对我偏离主题的谈话不感兴趣，她用脚在桌子底下踢踢我的脚，看着我，再次提示。我低头又抿了抿嘴角，然后用举筷子的手托着下巴问小姨道："小姨，小表弟当兵去，大表弟也住校不用你管了，你打算怎么办？要不去……""我去北京，去你小姨夫那里。"小姨打断我的话说道。我想这样最好，我不用再追了。妈转过脸看着小姨，怔了一会儿。

吃过饭，聊了一会儿，小姨嘱咐小表弟到树上找红一点的柿子摘了让我们带走，我跟着去，忙活得好热闹。收拾停当，已经近傍晚，小姨送我和妈复又踏上石子路，太阳斜在树丫上，红红的，像个鸡蛋黄卡在喉咙里没咽得下去。送到大路口了，小姨被妈劝着先回去，我和妈站在大路口，等顺路回城的红色出租车。等了一会儿，妈说："忘记嘱咐你小姨的事了，我去一下就回来，你就在这里等着。"我疑惑，怎么还有事啊？可是看着她冷静而不容拒绝的神情，只好不问。十来分钟，还不见我妈来，于是迎回去。天啊，在玉米地边，我妈半跪在地下，拉着小姨的手，小姨站在妈对面，不说话，可是表情似乎也是悲伤的。我听见我妈在小声哭，边哭边说："就一年，要是请保姆，哪里都能找到，我就是要你帮我看着他，再说，你们又不是没做过！……"

我走近妈妈身后："妈，怎么回事，你们？"小姨慌忙将我妈扶起来，我妈边擦泪边说："不瞒你了丫头，妈快要做手术了，叫你小姨去我家服侍我呢！"

回去，天色已经暗下来，西边还残留几大片红云悬在远处的树木和房舍之上，仿佛谁家的厨房着火了。我和妈坐在车子上，彼此都没有说话，窗外漏进一丝丝晚风，夜贼的黑影子一样，让人心里发冷。

九

我已经知道，我妈得的是宫颈癌，处于什么阶段我不清楚。不过，看得出我妈是焦虑的，人恍恍惚惚，手上拿着剪刀还到处找剪刀，说话时说着说着没词了，她自己都忘记了要说什么，只好瞪着空洞的眼对着墙壁的磨砂灯罩发呆。我爸偶尔也安慰，但显然，那安慰的话是生硬的，不温暖也不可信。什么好多人得过这病啦，什么某某也做手术现在已经在广场跳舞啦，说的时候他都没有看我妈的脸，简直像背诵干巴巴的古文。爸有时候会围着漂亮的围巾下楼来，但不是进妈妈的房间，是出去。妈仰面躺在沙发上抱着南瓜黄的丝绒靠背喃喃道："鬼混！"妈的愤怒里有无力扭转局面的伤心。她似乎从来没有这样颓败过——从前她多骄傲啊，常常将在外喝酒的爸爸从桌子边提前"等"回来，那时我看见她捽着胳膊大步走在前面，微怒的神情里更多的是威武不可侵犯的自豪和得意，爸爸低头跟在后面，像个被老师逮到办公室去依然不服气的学生，可是还是跟她回了家，跌坐在门口小凳上看天，半日不语。

妈做了半个多月的术前准备，终于被推进手术室，我和爸推她进去的，小姨也来了，临进手术室，妈的手从白被子里伸出来，小姨也伸过手去，她们的手握在一起，妈闭着眼，小姨的眼睛也似乎是潮湿的。我心里好难过。在门外等候的漫长的三个多小时里，我靠着小姨，身上发冷。爸抽出烟，准备打火，被护士示意停止了，于是揣回兜里，来回缓缓踱着步子。

手术后，住院十来天就出院了，一家人欢喜。回家路过院子门口，看见伶仃的几根夹竹桃已经枯死，于是猜原因，一致认为是前面人家的碉堡楼也盖到三层，可怜的夹竹桃再也难见阳光，最终绝望死掉。于是大家感慨一番，盼着房子早点拆掉。妈回家后不愿意再住一楼，坚决要住到楼上去，她说我们的房子挤在一群碉堡里，一楼阳光少，潮气重，她一个病人住楼上晒太阳方便，她可不要做夹竹桃。小姨呸她乱说。然后家里简单搬了一下，我挪到三楼去，我妈住我的二楼，小姨仍然住一楼她原来的房子。小姨伺候我妈这个病人，还有一家人衣食，楼上楼下地跑，初时忙得够呛，后来渐渐从容。周末我早上如果起得早，偶尔会帮她把洗衣机桶子里的衣服抱到二楼的晒台上一件件晾起来。那时妈妈已经起来，人裹在厚厚的衣服里，靠在垫了被子的躺椅上，看我手里的一件件衣服被衣架撑起来在风里摇摆，偶尔会发会儿愣。那时我偶尔回头看她，她像个襁褓中的婴儿，可是又不像，她难以像婴儿一样简单，她像是有心思的。那么是茧子里的蚕蛹，她会破茧吗？她只会在楼丛间漏进来的阳光里坐着，越坐越老。我忽然心底悲伤。

爸爸也是住在楼下，这是我后来才知道的。自从妈妈出院回家身体好些后，我又住回学校，别人都在忙着迎接高考，我觉得我起码也要装作很珍惜时间的样子。星期六晚自习后挟着一包脏衣服回家，看见一楼爸的房间的灯亮着，小姨的灯也亮着，就知道爸爸也住一楼了，陪着小姨住一楼。两间黄晕晕的房间相对，像剥开的两瓣橘子，酸一半甜一半的橘子。

回家一住，不知道怎么回事，心里就堵得慌。有时候晚上忘记带水上来，半夜口渴，也不想下楼找水喝，怕会听到爸爸的或者小姨的声音，怕看见灯光中微微漾起的窗帘……我晚上到妈妈房间聊天，装作问爸爸在哪儿，妈说在楼下。"那让爸爸也住到楼上来陪你吧。"我说。我妈举起右手摆摆，脸在灯光里低下去，幽暗的面孔，如国画里的残荷。她说："让他住下面吧，他自在，我也自在。"

月亮瘦成一根清白的绿豆芽，孤零零盛在空阔的靛蓝盘子里，霜意无边，秋深了。我靠在床头翻书，夜里起了风，呜呜的，树叶簌簌，应该是巷口梧桐树的叶子，被风裹挟着在巷子里到处转，流浪狗一样没有方向，恍惚入梦，灯烛昏沉。梦中，我站在一楼的院子里摘葡萄，葡萄叶子和梅花叶子，还有许多其他的叶子，全从枝头上簌簌落下来，化作黑黄相间的虫子，在水泥地上蠕动，地上留下一道道蜿蜒的黏液印子，潮湿而腥……爸爸搂着小姨爬上高高的竹竿，缠成金银花的藤蔓……

马小鹿依然经常约我，不想翻书的时候就去他的小窝里。冬天冷，偶尔在那里过夜，夜长，说话，饿了起来煮方便面吃。吃过，枕他瘦长的胳膊在黑暗中听他说话。他妈看上有钱男人，抛下他爸和他，走了，已经是好几年前的事了。过年的时候，会回来看一眼他，带钱过来，也带衣服和吃的。心酸的故事，可是经过缺少文采的马小鹿之口，干巴巴缺少感染力。他不悲伤，我也不悲伤。

寒假已经到来，我缩在三楼顶上，翻书时候少，晒太阳时候多。二楼的晒台上，晒了一溜衣服，红的黄的蓝的白的，妈妈在那里翻，是想把衣服间距整理均匀吧，好让阳光透进来，冬天衣服难干，晒了几天了。天！妈妈手里拿着剪刀在剪衣服，一件胸罩，粉红的，还有一条内裤，淡藕红色。妈妈疯了？晾得好好的衣服，为什么用剪刀剪碎？红色、藕色的布条子被剪出来，在风里摆着，然后落下来，像哭泣的花朵……不是我的衣服，那么是小姨还是妈妈自己的？妈妈还在那里剪，咔嚓咔嚓。我不敢看，披着灰色羊绒大衣戴着灰色线帽的妈妈，举着闪亮的剪刀，那背影像童话里的巫婆，我赶紧缩回房间里。我感觉自己呼吸微微发紧，隔壁人家的楼顶上萝卜干的味道在冷风里飘散，咸咸涩涩还杂着辣气。

那是小姨的衣服。第二天晚上小姨叠衣服时候就在翻，后来又跑到晒台边找。"找什么呢，小姨？"我怯怯地问。"内衣，我的内衣，明明一道洗的，叠的时候就是找不到！""哦——"我附和道。我妈从里屋走出来，淡淡地说："这几天风大，兴许被刮走了，别找了，这内衣掉到楼下脏地方即使找到也不能要了，明天陪我上街我给你买两身新的……"小姨依然不死心，走进妈妈的屋子里弓腰翻，平时衣服晚上收好都是暂放在二楼屋子里的。妈妈跟进来，往床上一靠，看起电视来。她大腿交叠在床沿上，顺手抽出毛毯搭在腿脚上。电视里，那个穿着淡蓝色西服方脸的天气预报播报员在显示屏上指点，西北，华北，东北，华中大部，全是雪花缤纷。大半张地图都冻成冰糕了吧，冷气从电视机里漫溢出来。妈妈依然定定地望着电视机，也不管小姨找不找。

妈妈恨小姨的内衣！应该是，妈妈恨小姨吧？可是，她又不让小姨走。

十

年底，街上尽是置办年货的人，喧闹震天，无端心烦，只好继续守着书桌。冒着寒风与马小鹿约会，地点在教堂后门口。

他说，他下学期可能不念书了，可以躲掉高考，反正也考不上，不如自己知趣提前开溜，也算风度。我不知道如何是好。我爸妈大约是不允许我这样干的。但我心里也惶惶，除了语文课不用听不用学，靠着老底子我依然能写几篇好文章外，其他的课程我自己都说不清差到什么程度，反正是很差吧，我能考上什么呢？我很想跟马小鹿说不如我们两个人躲到天涯尽头安个窝，像一对鸟挤在一个巢里一起孵一窝小鸟，可是开不了口。风萧萧兮易水寒，我们此下差不多这境遇了。天黑，踩着行人渐稀、垃圾还未来得及清扫的街道回去，裤管子里灌满了冷风，彼此心里沉重，仿佛末日来临的荒凉。

晚上，小姨在收拾东西要回去，我妈说："收拾那么多干什么，年一过就来了，少带几件吧！"小姨犹豫着，塞塞又抽出来。爸说："少带点吧，缺什么打电话，我送过去。"小姨笑。

雪已经倒下来，早上翘首看见窗台子上卧着只毛茸茸的白猫似的，是雪。外面很静，难得的静，大家都在雪天里睡懒觉，谁都不想打扰了别人似的。我卧在被窝里，发短信给马小鹿："很想跟你到天涯海角！很想跟你生个宝宝，像雪一样白的宝宝！"

是的，我的愿望就是这样简单，很老土，但我以为很洁净，我不喜欢复杂，不喜欢乱糟糟暧昧不清。马小鹿没有回。大约还在睡觉吧。

过年，哥回来只吃了年三十的晚饭，初一蒙睡至中午，起来吃饭后被同学约去打牌，初二打理光鲜去女朋友家，直到假期结束，回家照一面，然后拎包走人。我大部分时间躲在屋子里，自己的屋子，不想见人，不想说话。

家里虽是过年，到底显得冷清。妈妈老尼坐禅一般，日日和电视机相伴，在楼上。看完中央台的春晚，第二天，第三天依然坐电视边复习着看。乃至跟着电视机一起，回看20世纪80年代的春晚，冯巩还没有皱纹，马兰胖乎乎地在唱《谁料皇榜中状元》……妈妈那时候在干什么？年轻吧，那是肯定……寂静的房子里，百无聊赖中，我的这些想法像一只蝴蝶，飞出来，从心底飞出来，半空里兜一圈，又飞回来，在心底敛住翅膀。到中午看完，饭桌边妈长叹一声说："哎呀，想当年看他们演出，家里没有电视机，我们一帮地毯厂女工统统挤到厂长家里看，半夜看完，厂长真好，端了五香茶鸡蛋让我们热热吃了回家。后来，地毯厂倒闭，厂里欠我们三个月工资，没钱发，就因为那晚的五香茶鸡蛋，都没好意思再逼着厂长要了。"呵，妈妈那时候是厂花，估计那一帮女工都跟着妈妈沾光吃鸡蛋了。爸笑说："厂倒闭了多可惜，否则，也许你有可能当了厂长夫人哦！"我妈低头继续吃饭，没理我爸。

爸爸偶尔出去打牌，或者会友，喝酒，但是不用妈去寻找，他基本按时回来，像小姨在的时候一样。回来，依然镇守他的一楼。小姨其间来过一次，取衣服。妈妈没有下楼，只站楼上扶栏杆简单招呼就又猫进小屋子里看电视。我站在三楼的窗口边，看见院子里，爸爸把拎包出门的小姨劫回来，娇小的小姨半揽半挟在爸爸的臂弯里，嘤嘤嗡嗡像只小蜜蜂在扇着翅膀，不知道在低声说什么，反正是小脸贴着爸爸的围巾又折返回来了。半个多小时后，听见水龙头哗哗的放水声，爸爸的低低的说话声，笑声，小姨再次离去，院子铁门被顺便关起来的哐啷声。然后寂静，然后电视机声音大起来，掌声喧哗……

十一

年过完之后，小姨来了，带来消息说他们家在镇上买房子了。哪来的钱呢？小姨有点黯然，说她的代课老师工作被辞，这一次是彻底被辞，教育局的文件已经下来，遵照执行的。按文件规定，一年可以补偿三千块，小姨在林河中学代了十六年课，可以拿到近五万块的补偿金。同时，他们家河埂边那一片土地被电缆厂老总买下，要投资建厂房，于是房子拆迁，又可以得到一笔钱。给大表弟留下一笔钱读大学，花了八万块买了一套没有房产证的商品房，六月拿钥匙。我妈听了，替小姨高兴，以至简直要嫉妒，说我们这里拆了多少年都没拆掉，小姨倒好，提前住新房子了！爸倒是没有太兴奋，慢慢呷一口茶，说："老房子卖了有点可惜，那里环境多好，树、草、花、水，还有那么敞亮的院子与阳光，住到鸽子笼里就不自在了。"小姨沉吟道："是呵，我也有这感觉！本来，准备孩子都走了之后回家教书的，现在，回家没事干了……""笑话！住新房子还住出忧伤来了！你们这些人啊，就是闲得没事找烦恼！"我妈忽然很生气，很强悍地打断了小姨和爸爸的谈话。爸爸也很生气："你以为每个人都像你，就想做城里人，就想住楼房！""不想的人都是神经病！"我妈再次反驳。小姨忙站起来，给我妈倒水端点心，说："别说了别说了，姐说得对！"

高考结束，无处可去，日日在家里楼上楼下地枯坐，或者听妈妈和小姨聊天。又是梅雨季节，空气湿重缠人。院子里爸爸的并蒂花端庄开在花盆里，像一幅古画，酱红色的陶钵，绿叶红花，并列的两朵，依然像从前，相互映衬又相互疏离。风过风息之间，淡淡的花香若远若近，蚕丝一般将周遭的空间缠绕。妈妈躺在竹椅上，小姨在择菜。妈妈说："那橘红色的花好艳——我喜欢艳丽的色彩，最好浓得像吵架。那一年，我穿橘红的A字裙，上面是白色的确良褂子，系得腰不粗不细，头发也是用橘红的手帕松松扎起来，去婷婷爸单位看他，惹得他的学生轰然跑出来伸着脖子看，他爸也说好看。"妈妈说时一脸自豪。小姨依然低头择菜，淡淡说："年轻总是好的。"妈妈没作声，头贴到椅背上闭了眼，大约是有点失落吧，说年轻，说明已不年轻。小姨将一绺韭菜举到脸边嗅，说："我以前做姑娘时，有一阵早上被自己的体香熏醒！"妈妈转过头奇怪地看小姨，小姨似乎没在意，继续说："是真的，呵，我以前身上真的好香，没人的时候，我常常喜欢拎起衣领低头闻一闻。还有啊，我那时候，不管什么花开，只要是香的花，就喜欢摘下来偷偷塞进抹胸里，金银花，栀子花……我喜欢我的身体香香的。毕业拍照，同学挤几排，他们说我身上奇怪地香。"小姨说得满脸开了红花，她的开心里也掺满得意。我妈闭着眼继续躺着，说："现在不香了吧？女人结了婚，身子就散不出来体香啦！"小姨狡黠一笑说："以前我也这样以为，结婚后好像不香了，后来，他爸出门后，我一个人睡，早上晚上穿衣脱衣时还闻到香味，有时淡有时浓，原来结婚后不是没有，而是被男人身上的气味掩盖冲散……"小姨依然开心地说，像个怀春少女一样羞涩和喜悦。我妈似乎不耐烦，高声道："别是香皂香吧，还真的香一辈子啊！"小姨呵呵笑着，起身去洗菜。我忍不住低下头来掀开衣领闻闻自己，做女人也有这般美好的时候，体香幽幽，自我陶醉。

抬眼的刹那，看见妈妈蜷在竹椅上，细长的胳膊从袖子里垂下来，垂到竹椅下，上面的汗毛比从前更密更长。妈妈瘦了，依然宽的骨架，生硬地撑着暗黄单薄的身体，像夏天柳树枝上的蝉蜕。想起某日在《读者》上读过的一首诗，说每个女人都是一朵花转世。我相信小姨是一朵花，是袅袅飘散着香气的茉莉，在小庭小院里，不招眼，一生一世，直至把所有迷途的蜜蜂招返。但妈妈应该不是，她急得很，没耐心只做一朵花。她是花朵的转世再转世，她是蝴蝶，像花朵一样好看，但是，可以飞，可以上下穿越，从乡村到城市。但是现在，这蝴蝶折了翅，斑斓的鳞粉掉落，直至，露出苍灰色的空空翅架。

六月中旬，妈妈到医院复查过一次，医生皱眉说恢复得不是很好。于是又拎回来一大包药，本来答应小姨，复查之后就让她去北京小姨夫那里，现在只能变卦。

七月出梅。老习惯，妈妈总会在大晴天把衣橱里所有的衣物搬到二楼晒台上暴晒，从小看到大，我依然喜欢看妈妈晒霉。那时，在妈妈的花裙子旁边，常能惊奇地看到我自己小时候穿的花衣服，拎起来在身上比画，觉得像魔术一般不可思议。那时候，空气里漫溢着衣服上残留的洗衣粉的香、梅雨季节里衣服沾上的潮霉气，还有衣服久居木橱染上的木头香。混合后的空气芳香而暧昧，到黄昏，一捧衣物抱怀里，埋下脸去，只有干爽和太阳的香味了。我喜欢这个过程，破茧成蝶一般。今年晒霉，跑上跑下的是小姨，还有我，妈妈坐在晒台边捏着衣叉指点江山：这件放上面，这件放阴凉的地方吹风，这件厚了要平摊开……其实她说的时候小姨已经那么做了，小姨也是当家会过日子的女人，甚至比妈还会打理日子。

中午吃过饭后又爬上来，翻翻，妈妈用衣叉挑起一件浅灰色羊毛线衫来，那是哥的。妈妈拿到手上拍拍，说："这件羊毛衫啊，是仪伟当年刚上高中时我给他织的，一针一线戳，半个月不到我就戳完，哎呀，现在他嫌旧就不肯穿了，你瞧瞧，还多新！"妈递给小姨看，指着上面织出来的暗花，似乎想炫耀自己的手巧。我心里想，前两年拿出来给大小表弟穿倒是可以的，只是妈妈没拿，也不知道是忘记还是舍不得。

小姨接过线衫翻翻说："这么好的羊毛，可惜了，要不现在拆了，给姐夫织条毛裤吧，姐夫去年冬天就说腿冷。"妈妈说："你记性还真是好，还记得他腿冷！哎呀，我现在坐长了身体就难受，不知道还能不能织得了，好，拆吧。"于是两个人坐下来，一个在那头拆，一个在这头绕。第二天早上，小姨就将羊毛线洗了晾在院子里，羊毛线不能暴晒。没过几天，客厅沙发边的小团篮里，竟看见两三寸长的毛裤半成品了。妈妈拿出来看，说："不声不响竟织了这一大截了！还真快！"然后举起来端详，说："不行，这个腰身肯定大了，到底不是自己男人，怎么可能把握好尺寸大小，拆了拆了。"说着，妈妈自己快速拆出一堆弯弯曲曲的灰色毛线。小姨端盘子进来，看见妈妈拆，脸色涨红，没作声，继续往客厅角落去，打开冰箱，放进盘子。回头路过妈妈腿边，翻翻毛线，说："那你织吧！"半个月左右吧，妈织得已经分裆了，递给小姨看，小姨接过来，两手伸进去绷一绷，复又拉一拉，说："你这恐怕更不行，太小太紧。姐夫五十多了，人老了穿衣服讲究舒服自在，你这还不把他捆死！"妈妈接过来看，也绷绷拉拉，泄气地往沙发上一扔，仰面靠下沙发，不作声。小姨笑笑。妈妈长叹一声，忽然说："你说婷婷爸当初要是没和我结婚，他会娶了谁呢？今天这衣服又是谁在给他织呢？"

十二

　　但是小姨在我家只住到八月底就要走。那时，院墙根下的蛐蛐有一声没一声地已经开始叫起来，夏天就要结束，爽凉的秋天就要来临。病人怕冷，小姨提前给妈妈的床换上秋天的薄垫絮，叫我帮忙，结果几下搬动，在妈妈的海绵垫子底下捡出一包东西来。打开看，碎布一团，扔进垃圾桶。床铺好后，小姨忽然好奇，又从垃圾桶里捡出来，一辨认，尽是小姨丢失的内衣，已经被剪碎如豆腐渣。当时小姨就怔住了，我赶紧找借口开溜。我以为，小姨一定会跟我妈大吵的，但是没有，一天过去，两天过去，波澜不惊。我想，她可能看在我妈还是病人的份上，选择沉默。她一贯沉默。但是，第三天晚饭后，小姨说她要走，回去。很坚定的态度。爸爸没有作声，转出去了。妈妈很意外，还想强留，小姨提来垃圾桶，搁在妈脚边，妈低头一看，脸色涨红，仿佛皮球充足了气，几乎要啪地爆裂。无话可说。她们俩都觉得无话可说。我妈也真是，怎么不早早扔掉呢！估计她也是忘记了。自从病后，她就记性差，一直差，没好过。

　　小姨走了。爸爸没送，他一个人待在自己的一楼房间里，除了家务，他很少露面。妈妈气色反倒好些，搬下一楼，开始和爸爸一起做事情。

　　元旦，小姨家搬新房子，我去了，帮小姨收拾东西。墙上挂的，橱里藏的，一件一件，放进包里。小姨拿起一件说一件，仿佛岁月不曾流逝，都存在一堆物什里了。柜子最深处，小姨掏出一个大大的牛皮纸信封来，很旧，边沿碎得起了毛边，小姨捧在手里没放包里，像是有心事。"快点啦，还磨蹭什么呀！"小姨夫在门外催。我问："什么呢，小姨？""都是旧东西，是我读书时候的东西。"小姨低声说。"我看看。"我说，我很好奇。打开，有作文本，是小姨的，翻开，里面一篇篇文章后面是红笔写的评语，颇为赞赏的话，倒像爸爸的字迹。还有几张照片，都是黑白的，泛黄如烟熏。"林河中学88届毕业生集体合影"，一张合影照，头像模糊，看不清，仿佛一畦畦萝卜陷在烂泥里，拔不出来。问小姨哪个是她，小姨指指，羞涩笑笑。再抽，一朵干花从信封里飘落下来，干得枯黄。好奇问小姨，答说是蔷薇。我忽然觉得小姨是一个浑身藏着谜的人。

春节在家，翻爸爸的书橱找书看，却从一本雪莱诗选里掉下一张照片来，捡起来一看：林河中学88届毕业生集体合影。这张合影在小姨家里也见过。我忽然想起，爸爸做过老师。是的，慢慢数，第二排左边第七个，那是爸爸。后面怯怯立着的，正是小姨。爸爸教过小姨。是的，小姨是爸爸的学生。

我总疑心，爸爸和小姨之间，从前就有过故事的，像一方黑白照片的底片，隐隐约约。目光穿过杂乱的老房子，穿过喧嚣的市声，穿过那些拥挤潮湿的岁月，我仿佛看见清清小河边，芦苇婆娑，蔷薇花开。我总疑心，那个给小姨送书的人就是爸爸，他们站在洪水冲断的河堤决口两边，说话，后来，爸爸借着辅导的名义常来外婆家，于是跟妈妈也混熟了。我总疑心，有过那么一次，在那个槐树花飘香的五月，照合影照后，人群散去，爸爸从板凳上起身，头一侧，闻到了小姨脖颈处散发出来的少女的体香。他像只蜜蜂：真香啊！他心里叹。我忍不住又接着往下想，小姨为什么没有嫁给爸爸呢？是小姨那时候尚小，还要读高中，爸爸喜欢着喜欢着，渐渐觉得小姨是远方的人，于是折过身来娶了妈妈，他以为，娶了妈妈，这辈子总有许多机会靠近小姨？或者是另外的一种原因：爸爸喜欢小姨，常来外婆家，和妈妈混熟后，世故的妈妈自己抢了先，逢迎着，终于嫁给了爸爸？还是，小姨那时小，未解风情，等爸爸和妈妈结婚后，她才惊悟爸爸喜欢她，而她也是深深喜欢着爸爸，只是已经迟了……她的爱情便在内心里慢慢耗成一朵干花。

不知道为什么，这些揣测和推想在我的心里搁置久了，就像是真的了——

真的，在妈妈的婚姻背后，还有另一个版本的爱情故事隐秘存在过，像气味一样看不见摸不着，但无处不在。

十三

春天，陶罐的钵子里两大株红茶花，开得泼泼洒洒，像小和尚担水，重得走不稳步子，一路水花溅落。夹竹桃在院子门外，寂寞得还没有开花的消息。春雨已经扯起来，江北的日子开始由冬天的干冷再次转为暧昧的潮湿。妈妈已经住院，宫颈癌复发。我没有再回学校，朝夕陪伴，医生说，复发说明已经很危险，治好的希望已经不大。

新建的环城公路上绿化很好，夏日的黄昏，我偶尔挽妈妈在这里散步，绿化带里的夹竹桃已经开了。可是，湿热的梅雨季节还没过完，妈妈去世了。

国庆节后，城南终于拆迁了，我们搬进新房子里，父女相对，落落寡欢。新房子好倒好，就是楼与楼间距不大，阳光不是很足，开发商搞鬼了。从前院子里的花树也多半送人，因为新房子在六层，养也不方便，只留了一盆并蒂花。闲暇时爸爸不大出门，日日伴坐花边，就快成了一只黑陶的花盆。在这个南方拥挤的高楼里，阳光在下午三点以后已经照不进窗子，黄昏，爸爸坐在背光的阳台边，旁边是并蒂花。一盆并蒂花，橘红的花朵已经凋谢，光光的秆也萎下腰身，在背光的幽暗里弯成墨色的剪影。

往事都会成为剪影。

晒萝卜干的初冬季节已经来临，偶尔路过一些老巷子，看见人家门前的水泥地面上摊着白花花一片，萝卜干的气味像古老的咒语在风里飘散。再次想起妈妈，手术后在家养病的妈妈，拿着剪刀在冬天的二楼晒台上，咔嚓，咔嚓，洗衣粉的残香里缭绕着萝卜干的咸辣气味……那时，妈妈已经老了。她自觉已经做不到像从前，像一只凶猛的老鹰去抓草丛里奔跑的兔子。于是她选择小姨：在幽冷深邃的洞穴里钩上一块美味，诱使野兽夜夜归来，从此驯良。

杨叔的菜园

一

安寡妇去世之后，她的二婚小丈夫杨叔的去向，成了我们江心洲人的一块心病。

他似乎应该立马卷铺盖溜掉，灰溜溜溜掉，回头继续做他飘飘荡荡的单身汉。但是，杨叔到点还不走，伴同着两个继儿和一个继女，充满悬念地待在江心洲。

二

　　乡村的晨晓时节，空气里荡漾着清凉的露水气息。沙路上，木槿篱笆边，总能看见早起的杨叔，就像在茂密的蒿草上，总能看见露水。继女小雪在木槿篱笆边晾晒衣服，她似乎比先前瘦了些，裤子下面的屁股轮廓没有先前那么圆。倒是木槿枝叶茂盛如绿墙，上面的花朵开到枝顶上，空气里有了秋天浅浅的味道。

　　秋天，在沙地上摘棉花，一摘一整个下午。午饭后就出发，家家都拎了开水瓶带了杯子，放在地头边。小雪家也不例外。杨叔摘棉花不及小雪快，老远看去，两个人的半截身影浮在青碧的棉枝之上，像两片秋天的浮萍，有时漂得远，有时漂得近。

　　在小雪家的地南边是邻居莫婶婶家的地，地界都栽有木槿，算是地界标记。"快看快看，两个人不见了！"莫婶婶一惊一乍地喊莫叔叔看。莫叔叔起身望了望，说道："人家在喝水歇凉，你一下午就不喝水？"莫婶婶回道："喝什么水！有人说曾亲眼见过小雪站在地沟里提裤子！"莫叔叔回道："你们女人眼睛就这么尖？我就没看到过。"说着，莫叔叔也朝小雪家的棉花地扫了几眼，果然浮萍沉落了。

　　其实，不只莫婶婶，方圆半里的地上，摘棉花的人都喜欢把目光往小雪的地里扫，他们能说出昨天小雪和杨叔的影子在棉花枝顶上沉落过几次，前天又沉落过几次，今天白天到晚上又沉落了几次。不可能每次都是喝水歇凉，在喝水歇凉中间，总有一次是脱裤子提裤子。他们能模糊算出两个人一个月脱裤子的频率。在江心洲人的眼里，杨叔这个贼，再怎么装，也似乎是彻底暴露，无处遁形。

秋后栽油菜，给油菜浇水，杨叔到江边挑水，遇到一起挑水的男人，有时嘻嘻哈哈招呼两声，有时会坐下来抽根烟聊两句。有人说："老杨，一个人拉扯三个孩子苦吧，我们都以为你会走的，没想到你没走，真不容易啊，三个又不是……"杨叔吐出烟，起了身，挑起水桶，撂下半句话："回去也是一个人……三个孩子也可怜，丢不下。"待杨叔走远，江边提水的男人对着杨叔的背影嘟囔道："正大光明的话谁都会说啊——白出汗的事情谁做，还不是图有一个大姑娘可以摸摸。"

江心洲人晚上走路，路过小雪家，会老远放轻步子。他们想听听，那模糊的三间屋子有没有传出床板的吱呀声。莫婶婶每次去江边洗衣服，回来路过小雪家，步子总会悠然放慢，眼睛朝小雪晾晒的衣服看。小雪的内衣，每次看见她都要目测一下有没有换大一号的。就是庄稼，被浇灌过的，总会长得粗壮些，何况女人。如果看见小雪，她会盯着小雪的腰身看，那腰有没有变粗变懒。"她的肚子迟早会鼓起来的！"她以一个过来人的身份坚信。那时候，她将会和江心洲的许多善良女人一起深深地叹气："丫头，你傻啊！"

也许是冬天到了，衣服穿得多起来，遮住了小雪的肚子。到春天，穿春装，小雪的皮肤似乎更白些，腰身似乎是粗了一点，但没有继续粗下去。有人说，去年冬天，曾经有好几天没看见小雪出来，可能是躲在家里做小月子。杨叔这个贼！江心洲人背地里骂他恨他。有才上中学的小姑娘，懵懵懂懂地听大人们或明或暗地议论，也怕起杨叔来，上学放学遇见杨叔，远远地隐在树荫后面瞅他，以为他会睡掉江心洲上的每一个姑娘。

三

想当年，安寡妇招了杨叔这条光棍，比她小十一岁，这事成为我们江心洲上的爆炸新闻。洲上人捧碗串门时说，扛锄头下地时也说，大家以各种休息和劳动的姿势奔走相告。

安寡妇一眼大一眼小，丑就不说了，还老，年已五十多岁；老也不提，还穷，三间破屋比村口的牛屋还要差。在当时，提起杨叔，大约没有不替他委屈的。可是外人也弄不明白杨叔为什么就肯，白出力不讨好的事。难道是他一个人住了几十年，孤独怕了，不想孤独了，所以愿意屈就？

杨叔顶着外人的百般疑问进了安寡妇的门，没有任何仪式。三间破烂的房子，迎接一个黑瘦得发皱的男人，像流水经过，蚌壳在软泥里张开，静静含下一粒沙砾，然后闭合。

开始，江心洲人觉得杨叔和安寡妇的夜晚和他们是不一样的，因为他们没有女大男小差了十几岁。时间不知不觉随江水远去，渐渐地，江心洲人就忘记了不一样，觉得所有人的夜晚都是一样的，脱衣服，撒尿，做爱，睡觉。短暂的骚动之后，江心洲复归宁静。

安寡妇的两个儿子——芒种和小暑，在镇中学读书。他们带回来一个消息：镇上要开扫盲班，家里有不识字的人，特别是女孩子，要到学校上夜校。

安寡妇不想送小雪上夜校，就咕哝道："上什么夜校，听说小江那边的大堤上，晚上尽出长头发的二流子，姑娘家的晚上瞎跑……"小暑打断道："那我们就接送姐姐吧！"安寡妇一撇嘴，高声骂道："死不掉的东西，你大约巴望着遇上二流子，好跟他们学坏！"小暑不敢说话了，小雪也不作声。

"我来接送吧！你们都歇着。"杨叔说，姐弟三个有些意外。安寡妇没好气地说道："那学费呢！"芒种赶紧接道："老师说了，就收一点书本钱，学费不要的，上课就在我们白天上课的教室里。"

小雪也很想上学识字。她有一个姑妈，就因为识字，又生得明净，所以嫁到了街上。但小雪因为父亲去世早，只读了一年级就被安寡妇扯回家帮着干活带弟弟，为此小雪的姑妈和安寡妇闹了别扭，姑嫂俩多年不大走动。

小雪上学时天色还稍亮，没要杨叔送，但回来时天黑得像锅底，只有远处近处的江水裸着灰白色的身子。杨叔跟小雪一道走，有点不自在。有时候杨叔在前面，走走不放心，装作给香烟打火，侧身在路边停下，让小雪走在前面。江风呼呼地在耳畔吹着，低沉的水声中回荡着轮船呜呜的汽笛声，江边的柳树林里偶尔传出几声苍凉凄厉的鸟叫，冬夜可怖。见小雪走得远了，杨叔又赶紧跟上。

安寡妇佝偻着腰，每次给他们开门，总要边咳嗽边不咸不淡地在门后责备几句。然后吱呀一声门轴响，一阵冷风兽似的野蛮闯进来，安寡妇夹紧棉袄赶紧上了床，杨叔转身关上门。留下一天清冷的星子悬在苍穹深处窥视人间，明的，暗的，一对又一对，像安寡妇一大一小的眼睛。

四

春天来到江心洲。江水日日看涨，江面也被一日日拉平扯宽。江边的芦场，妇女和老人多起来，他们在挖笋子。笋是芦荻的笋，可用春韭清炒，也可用咸肉小焖，味美无穷。小雪午饭后也提了两个大篮子到江边去，阳光又白又厚，仿佛有可食的香气。

"别跑那么快呀！回来，穿上胶鞋去！"

杨叔叫住了小雪，他大约担心江滩上潮湿，小雪挖笋忘记了脚下的水洼。靴子是过年新买的，也是杨叔农闲时给人做工，结了工钱后回来给买的，芒种和小暑也有，是两套军黄的中山装，两双白球鞋。小雪一般不舍得穿靴子，尤其是下地干活时更不舍得，但此刻杨叔的语气那样坚定，小雪只好转身回屋。

此时安寡妇在屋外补衣服，到处都是太阳光，晃得眼睛疼，只好用力眯缝着眼睛看，斜背着太阳。杨叔正在门前插编木槿篱笆。在我们江心洲，几乎户户门前都围了一圈的木槿篱笆，篱笆里面一般是菜园地。木槿篱笆齐整不齐整，便可瞧出一家的日子过得是否庄重严实。

杨叔看看插好的木槿篱笆，才觉得累了，起身进屋倒水喝，出来端着茶杯沿着新编的木槿篱笆走了一趟，手指拉了拉，很牢固，心里觉得妥帖，于是捧着杯子晃出了村。

村外的江滩，开阔平坦如新铺的婚床，沙土松软，风日里皆有喜气。

挖笋的人都弯腰在潮润的江滩上，杨叔寻着小雪穿的石榴红的小袄，想看看小雪的收获，结果找半天没见到小红袄。原来小雪热得脱了红袄，只穿了蓝色的线衫在挖。杨叔继续溜达，芦苇桩子里高一脚低一脚的，迎面撞见两寸见方的雪白的皮肤裸在将晚的风日里。是哪个年轻的女人？因为挖笋将上身的毛线衣耸上了一大截，露出小半截后腰来，杨叔的眼睛仿佛被蜜蜂蜇了，热热地刺疼了一下。眨了几下眼睛，再看去，竟是小雪，杨叔赶紧收了步子想退。

小雪抬头往篮子里放笋时，眼睛的余光瞟到有人来，才想起来赶紧往下拉了拉后背上的衣衫。见是杨叔，闪过一丝羞涩，很快定下来。杨叔说："怕笋重了，我来帮你提回家。"小雪笑起来："这点笋怕什么，我力气大着呢！"说着，一手提起满篮的笋，掂了掂，证明给杨叔瞧。

杨叔也笑了，双手捧着茶杯在胸前。"那我回去了，你自己小心着走路，别让苇桩子戳了。"正转身，忽然想起来什么，又停下，将手中的杯子晃几晃，道："可喝水？可渴？"

小雪复又抬头，抿了一下嘴唇，才想起来确实口渴了。本来不好意思接，见杯子这样近在眼前，就接了。杨叔复又伸过手去，一手托杯底，一手旋开盖子。见小雪喝干杯子，杨叔笑着露出两颗瓷亮的门牙，青色的胡茬丛丛簇簇，仿佛是芦笋出土。小雪喝过，大呼一口气，将杯子晃晃递还给杨叔，说："晒了一下午，太渴了！"

杨叔捏着一只空空的水杯往回走，心上莫名地空茫失落，一个人找了处高高的沙坡坐下来。远处江滩上有说笑声传过来，杨叔知道是他们收工开始回家了，于是赶紧揉了下眼睛，他意识到今天自己有点不对劲，据说春天到了人容易生怪病，这么多年他身体都好得很，难道现在成了一棵香樟，一到春天就落叶子？春天是荒凉的。

挖笋的队伍长长的，迤逦地走向沙坡路回村，渡口的渡船也刚靠岸，下来了一群放学的学生和在造纸厂上班的小伙子。两队人流交会，有中学生帮妈妈提笋子的，有小伙子找挖笋的姑娘没话找话搭讪的。杨叔怕人们看到自己，就起身往沙坡路旁边的木槿丛里隐，他知道自己娶了老寡妇在旁人眼里是笑柄，所以他每天努力将脸上的表情侍弄得坦坦荡荡、一本正经。那么多人路过木槿丛，没人注意到杨叔。

"小雪，晚上在小横埂边放电影，知道不知道啊？去看哈！"

是一个小伙子的声音。杨叔透过木槿缝隙看过去，是在造纸厂上临时班的二毛。芒种帮小雪提了一篮笋，二毛此刻正傍在小雪身边。

晚饭有点迟，杨叔瞟了一下小雪的表情，小雪似乎不急着出门看电影。

五

吃晚饭时，芒种说："老师催了，新学期的夜校也上课了，问安小雪怎么还不去。"安寡妇说上不了几天江潮就要涨起来，晚上叫开渡船的人特地为她一人开船是说不过去的，因此早绝了小雪上夜校的念头。小雪一人吸着稀饭，一晚不作声，委屈的一张小白脸蔫垂到脖子底下。

小雪的夜校在自己家，老师是杨叔和芒种小暑，这是杨叔宣布的。杨叔教小雪识字写字，他们和芒种小暑在灯下说着说着就朗声笑起来，可是等到安寡妇端来针线篮坐在旁边时，他们又不说了。尤其杨叔，似乎很喜欢小雪，站在小雪身后纠正错误时，俯下半个身子握着小雪的笔写，小雪的半片肩膀都卷进他的怀里了。他好像是一只青色大蚌张开蚌壳，将一朵浪花饱饱地含进去，然后再张开，再含。

有时候隔墙听到他们说笑，安寡妇便呵斥一声："还不快写，电不值钱啊！"她巴望着他们的那摊子早早散了，洗洗睡觉是正经。她觉得自己被排除在那个认字写字的摊子外面，尤其被排除在杨叔小雪之外，这让她隐隐不快。杨叔没作声，脸上的肌肉僵了一下，手插口袋进了房间，床上一躺，孤零零直挺挺。

小满时节，江心洲上家家忙，油菜小麦要抢收，麦捆子堆在地头来不及打，又要赶着栽棉花，苗床的棉花苗挤得就要胀死。

中午，安寡妇提前挑了担麦捆子回家，她要回去做饭。杨叔和小雪继续在地里栽，这个时候的人，又累又饿，几乎瘫软成剥了壳的软体动物。小雪坐在地头歇息，杨叔弯腰用绳子系了两个麦担子，左右提提，将轻的那一担放前面，指指，示意小雪挑，自己在后面挑了重的。

小雪走在前面，杨叔在后面，提醒小雪将扁担放斜点，这样肩膀不至于压得太疼，但小雪还是渐渐落了后。杨叔回头瞧了几眼，就不顾小雪，一个人飞似的往前奔。小雪咬牙跟着，肚子已经瘪了，只有两个乳房在胸前晃，依然那么饱，小雪累得以为两个乳房也成了两小担粮食坠得她双脚沉沉。终于到了一处槐树荫下，小雪赶紧卸下担子喘气，人坐在扁担上，能感到乳沟之间大河奔流，腻得难受，想要拿毛巾擦一把，左右看看有没有人，却看见杨叔老远空手奔来了。小雪见杨叔来了，收了毛巾复又搭在脖子上，蹲身挑起担子。杨叔老远摆手，叫她别挑。原来杨叔已将那一担麦捆送回了家，现在来迎小雪。

回到家，饭已经好了。杨叔洗了一把脸，将汗衫卷了小半截贴在腰上就吃饭。小雪也洗了一把脸，可是看看自己，衣服汗湿了贴在身上，令她身上山山水水的轮廓无处隐藏。小雪于是打水关了门，在房间里洗澡换衣。芒种小暑中午在学校吃饭，堂屋里只有安寡妇和杨叔在吃饭，没什么话，那房里淋淋漓漓的水声就格外响，像是全落进了面前的菜盘子里。安寡妇握着碗，边吃边骂起来："丑货，你是身子生了痒疮还是洞里生了蛆，大白天正吃饭，你洗什么澡！"臊得小雪更是在房间里磨蹭，不想出来。小雪出来吃饭的时候，他们已经吃过午睡去了，小雪边吃边落泪，菜就更咸了。

晚上江边柳树林那里放露天电影，二毛下班时在渡船上碰见小暑，贿赂小暑带信给小雪，上次放电影等了小雪一晚上都没等到。这一回，小雪晚上早早洗了澡，偷偷去看电影，出了门没走几步远就遇到了二毛。二毛脸短脖子长，迎面走来，像一只大公鹅，哦哦呀——哦哦呀——用变声胜利完成的嗓子坏笑着说："哦呀，你再不出来，我就到你家喊你了！"小雪小声道："你敢！你就不怕被我妈骂！"二毛说："你妈那张嘴毒过河豚子，就是因为怕被骂，我才在这里等到现在。"

对二毛，小雪其实也说不上有几分喜欢，二毛也就小学毕业，身子骨细得像丝条藤蔓，老是没有方向地爬，立不成一棵树的样子。可是她愿意出来见二毛，并一起去看电影，她心里隐约想给自己找条路，离开这个家的路。怕二毛瞧不起自己，小雪说："我现在识了许多字了，还能读书了。"二毛故作紧张，问道："怎么学的？""除了上夜校，在家里还跟大弟小弟学。"小雪不无得意地答。二毛赶忙讨小雪欢心："我们厂办公室里有书，里面还有大明星的照片，我明天带给你看。"

说着，已经到了影幕下，人影绰绰，闹嚷嚷的。两个人找位子，好的位子早插满了腿，只好在外围到处转。安寡妇晚上从来都煮特别稀的稀饭，此刻小雪想小便，附近都没有茅房，只能往树林深处去，就没打招呼悄悄地去了。二毛看电影入了神，转身不见小雪就踮着脚到处找。小雪回来不见二毛，没作声，继续看电影。

"安小雪请注意！安小雪请注意！请马上到放映机边来，有人找你。"

忽然喇叭响起了放映员的声音，而且又叫了自己的名字，让小雪又惊又羞。人群一阵哄笑，虽然有人不知道安小雪是谁，但大家都能猜出一定是小伙子在找大姑娘。小雪就往放映机边挤，但哪里挤得动，放映机边蚂蚁似的趴满了脑袋。正在进退两难中，喇叭里又响起放映员的声音："安小雪小姐，请马上到放映机边来，有人找你！安小雪小姐……"小雪羞上又添了急，只好继续挤，人群略有松动，大约有人猜出正往放映机边挤的这个姑娘就是喇叭里喊的安小雪。小雪挤到了放映机边，看到了二毛的脸在灯光中奇怪得像山峰一样陡峭崎岖，忍不住骂一句："二毛你要死啊！"放映机边又是一阵哄笑。

第二天傍晚，二毛送画报来给小雪，刚一出现，就撞见了安寡妇，想掉头鼠窜已不得，只好迎面挨了安寡妇的一顿痛骂。安寡妇早上到江边洗衣服，已经有杂七杂八的嘴巴跟她说起昨晚电影场的事，回来要忙着干活憋了一天没骂，这时抢过小雪手里的电影画报，追着二毛，骂到了二毛家。二毛妈笑起来，故意掩了一下薄嘴皮的嘴巴："哟，弄得好像是我们家想娶你女儿似的，放心吧，安婶子，我儿子秃了屁股也不娶你们安家的姑娘……"安寡妇气得直挺挺地大踏步奔回家，手里的画报都忘了扔，回家看见小雪，劈面骂道："骚货，你就这么急，不跟二流子跑你就发胀是不是？"小雪被骂得往房间里躲。

杨叔背着帆布工具包刚收工回家，一个人默不作声，端把椅子坐到了木槿篱笆边，闷闷抽烟。这之后，二毛没来找小雪了，连那本画报也不取回，冬天被安寡妇剪了鞋样。小雪也不好主动去找；并自此明白，她和二毛，是永远不可能的了。她探出一根触角，试图循着一截光来逃离自己的家庭，没想到这么快，触角被雪亮地剪掉。

夏潮退后，江边的一处湾塘里存下了没来得及游走的江鱼，杨叔带了网去捕，小雪也跟了去。网牵下去之后，两个人坐在岸边等鱼上网，没话找话。"你喜欢那个二毛吗？"杨叔问。小雪摇摇头道："说不清楚，不管喜欢不喜欢，反正是好不成了，摊上我这个妈……"叹了一声气，小雪将掉出来的一绺刘海往耳后掖了掖，道："杨叔年轻时可喜欢过人？你年轻时一定不丑，现在也好，不丑。"杨叔也长叹了一口气，抹了一圈脸上的汗，低声道："谁没有年轻过啊！起来吧，鱼上网了。"

杨叔往水里连掷了几块大石头制造动静，水花泛起，银色的鱼尾在水面忽沉忽现。收了网，鱼儿出水，扭动着身子在网上依然挣扎，杨叔哈哈笑着提了上岸。杨叔从网上摘鱼下来，一条一条往小雪怀中抱的桶子里扔。有的没扔进桶，鱼在地上蹦着不断翻身，小雪呵呵笑着去抓。

"哎哟——"小雪捂着胸口。杨叔赶紧问怎么了。"鱼！鱼……"小雪伸手在胸前掏，没掏着，忙又站起来，地上叭的一声掉下一条鱼来。原来杨叔只顾低头干活，将鱼扔进了小雪的衣服里。小雪低头闻着自己身上的味道，皱着鼻子，表情复杂。杨叔扭过脸去忍不住笑。小雪也红着脸笑了，说："又不能生吃，不然我就这样吃了。"杨叔走了神，摘鱼的动作慢起来，他想起自己年轻时曾经在长街上那个女人的房间里偷情，他跟那女人说："你就是长江里的一条鱼，我真想生吃了你。"

安寡妇看弄了半桶子的鱼，想着留到第二天去卖的话，这么热的天是留不住的。中午吃鱼晚上还吃鱼，还是多。安寡妇难得大方一回，分了一些亲自送给西边的邻居莫婶婶。虽然邻里关系一直像条旧裤子，补丁上加补丁，疙疙瘩瘩的，但现在安寡妇很想把那补丁上的针线走得亲密些。到底是性格直的人，没熬住，晚上就跟莫婶婶说了事。莫婶婶的大女儿在广州卖东西，安寡妇想叫莫婶婶写封信给她女儿，什么时候也把他们家小雪带到广州去。

六

冬天的江心洲，放眼远望，柳林萧疏，沙滩苍茫。雪在林子里扑簌着飘，三片五片三片，一层比一层静寂。渡口那边断断续续有人上岸，大包小包地拎着，出外打工的妹子，跑江浙承包小工程的包工头和手艺人，沐着满身的寒气回到这个卧在江心的岛上。

杨叔吃过午饭回到床上躺着，也没睡，一个人靠在床头抽烟，间或有雪压树枝断裂的声音在窗外响着。每到过年前的这段时光，他心里总是无端忧伤，这么多年，像旧病复发，一到过年他就有一种深切的被人抛弃的凄凉。满世界拥挤，只有他是萧疏的，就像江边的柳林。从前，或者说年轻时，那个女人还会偷偷摸摸地给他置衣置鞋袜，现在他是有老婆有家的人了，他知道她不会再给他置了。即便他再去长街找她，想跟她说说话，单独地，看她依然净白的脸，农历十二三的月亮一样的脸，她也迟疑了，不肯单独去。他翻了个身，闭了闭眼睛，决定不想，将那个女人往心底深处埋了埋，就像雪一层一层埋掉野地和衰草。

小雪在另一个房间里织毛衣，是小暑的，用芒种的旧毛衣拆后的线。烘脚的火钵子里间或有一阵阵烟冒出来，呛眼睛，她在揉。雪光照进屋子，格外亮，映得她的脸生出一种融融的瓷白，清亮，明净。芒种和小暑出门，不知道是猫到了哪一家去看电视剧。安寡妇这几日净泡在莫婶婶家，无非攀近，拉拢莫婶婶的大女儿，只是人家对安寡妇的诸番打听答一句漏一句的，弄得安寡妇的脸跟着热一阵凉一阵。这日下午，莫婶婶家里来了个中年女人，和安寡妇一样说话不着边际的，坐了半下午也不走。安寡妇猜想大约是给莫婶婶的大女儿说亲，只好知趣离开。

果真是说媒，二毛家托媒来的。准确地说，是二毛妈很热心地托了媒。故意的，有挑衅的意思在里面，安寡妇咀嚼一番那意思后，缩着脖子对着灶膛里的火骂人，骂小雪，也骂二毛。她总觉得他们家是吃了亏的，好比一朵花开在庭前，被人驻足摩挲了一下，然后采花人采了临近的另一朵。小雪倒没有多大委屈，只是平白又挨了妈妈一顿骂，骂得自己不干不净的，好像她真损失了似的。小雪猜测二毛的事成不了，女孩是见过世面的人，应该不会委身在小小的江心洲，跟大公鹅一样的二毛过日子。

小雪去广州的事情一时也没定下来，莫婶婶的大女儿态度模糊得很。没想到，过年之后，小雪没走，倒是杨叔走掉了。村里的包工头招人，招木工和瓦工，凑成一支建筑队开到江苏去。杨叔和村子里一帮半老半小的男人，挑着被子和衣服包裹，沿着沙路走。村子里的女人跟在后面一路送行，原本戚戚有离情，后来看见安寡妇也加入送行的队伍中，离情别绪一下被诧异掩盖掉。遥遥看着杨叔的影子在人群里忽隐忽现，忍不住要替杨叔委屈。别人出门，为养儿子为娶媳妇，他算是为了谁。江水还没涨上来，男人们的队伍在小江那边矮下去，上了渡船，过江，然后又一粒粒地升上来，上了小江对岸的无为大堤。杨叔也不是十分愿意出远门，她是被安寡妇硬塞给包工头的。

隔壁莫婶婶家的爆竹响起来，着实是把安寡妇吓了一跳。莫婶婶的大女儿竟然要出嫁了，而且嫁的就是二毛。二毛穿着笔挺的西服，头发弄得油光发亮的，来迎亲，现在正站在莫婶婶的场地上散发喜烟。小雪待在屋子里，没过去瞧热闹。安寡妇耐不住，跨过木槿篱笆，来到了莫婶婶家门口。"这一嫁过去，怕是不出去了吧，还怎么替你莫大婶子挣钱哟！婶子这回得要好好哭哭！"安寡妇说玩笑话，其实是试探。莫婶婶说："都是人家的人了，我就做不得主了，不过我们姑娘说嫁过去后要孝敬公婆，不出去了……"安寡妇心里凉了一大截，悻悻坐了一会儿，揣了一个糖包回去了。路过二毛身边，狠狠盯了一眼，二毛倒是一副很是理直气壮的样子。

八月里来秋风凉，莫婶婶在窗前赶着做小衣裳，她的外孙子出世了。是早产。早产就早产吧，到底是添丁添口的喜事。在医院住了一个星期，莫婶婶忙着送衣裳、鸡蛋、老母鸡，回来逢人便夸说是个粗粗的男孩子，就是皮肤黑了点。人家得了喜糖，笑盈盈地说，是带把的小子，黑不怕，再说百日后还能转白呢。

未等孩子满月，莫婶婶家已经炸开了锅。二毛的妈妈站

在莫婶婶家的木槿篱笆前嚷嚷，安寡妇贴在这边的木槿篱笆
下听来由，这一听，又吓得不轻：生的孩子经过医生鉴定，
是黑人。二毛的妈站在篱笆前一巴掌一巴掌地拍，骂莫婶婶
不该把一个已经被黑人下了种的破货嫁给他们家。莫婶婶低
头在屋里黑漆漆地坐着，被骂得不敢出来。二毛的脖子似乎
更细了，腻烦地在他母亲身后抽烟，一只手扯他母亲的衣襟，
想让她闭了嘴回家去。二毛的妈骂了半天，见无人还口，气
焰渐渐低下去，由二毛牵着离去。安寡妇回家跟小雪说，二
毛是报应。莫婶婶大女儿的事在一帮妇女们的同情与好奇的
热切关注下，很快收了场：离婚。孩子满月还差几天，莫婶
婶便接回了女儿和黑人外孙。满月之后，女儿抱着那个黑孩
子去广州，找黑孩子的父亲。安寡妇看着莫婶婶的大女儿离
去，再也不敢提小雪也跟着去广州的事情。广州太可怕了，
安寡妇心里想。从此一心一意留小雪在身边干活。

　　还好，还有杨叔在外面挣钱，安寡妇的失落感渐渐蒸发，
唯独希望杨叔能够一年又一年地挣下去。地里的农活，全靠她
和小雪了。秋收忙过，安寡妇便病倒了，好像林子里被虫蛀空
的柳树，戛然一折，直让人发愣。雪还未下，她已经声音浑浊
地咳嗽起来。小雪骑自行车载安寡妇去集镇的中药房里拎回几
十包中药，回来早早晚晚地熬，熬得一村子都是中药的苦味在
飘散。

七

第一场雪铺下来之后，江心洲又老了一岁，困思懵懂，在茫茫的雪气里打着瞌睡。邻居们之间偶有串门，传播着谁谁谁在外面安了巢，谁谁谁领了个外地女人回来，谁谁谁这一年赚了多少钱。这些传说在乡村营养丰富的空气里流传，不断被添加传播者的想象，于是苗壮生长，渐渐花团锦簇。江心洲又骚动起来，好奇、艳羡、嫉妒、不屑、诅咒、巴结……人心起伏，清浊不定。

小雪侍候安寡妇，做饭洗衣，准备过年的吃食。安寡妇阴阴阳阳的，好三天，衰三天。母女二人听邻居们的议论，不约而同地想起杨叔。杨叔在安寡妇一家人的盼望中，顶着纷纷扬扬的雪子，回家来，人缩了一小圈，像一条咸鱼被拎出去吹风晒太阳，收了水后又被拎进来。出门的那一担包袱边，又添了两个包裹。杨叔打开包裹，抖出一件酱油色羽绒服，给安寡妇、芒种和小暑各一件漂亮的羊毛衫，小雪一条漂亮的围巾，白色底子上面绣了几枝红梅。还有一个牛皮纸的盒子，打开来，是一台半旧的黑白电视，不大。孩子们高兴坏了，安寡妇心底掠过一丝不快，她想，要是孩子的亲爹，大约是不会这样乱花钱的，他会为孩子们的将来一分一分地攒着，不花。

乡村的冬夜总有些破败的意味，好像要把落魄的旧日子彻彻底底地过完，才有资格迎接新的一年。雪在屋子外面一层一层地落，猪圈里的黑猪半夜冷得嗥叫。安寡妇的咳嗽声一阵一阵，其间夹杂着老木床吱吱呀呀的声音，轰——一堆雪从枝顶上倒下来，树断了，雪碎了。

安寡妇歪歪倒倒地过了个平安年，只是卧床的日子多。年后，建筑队又碗盆叮当地开往江苏，落下了杨叔。因为安寡妇身体不好，地里的活小雪一人干不了，所以包工头来找杨叔时，杨叔就哑巴了几下嘴巴，决定不去。不去的决定告诉安寡妇时，安寡妇挣扎着要下床说自己能干活，结果倒呛了几口冷风，又招来一顿撕心裂肺的咳嗽。

人病火气大，安寡妇躺在床上不忘记骂："小雪你个懒尸，都一下午了也没听见你喂食给鸡吃，太阳都已经滚下墙头了还不煮晚饭，你是不是两条大腿叉在大路上都没人要就迷糊了脑子！"杨叔听了眉头皱起来，道："你就歇歇吧，骂人也要力气的！"安寡妇撕开嗓子道："老东西，你听不惯老娘骂人你就滚回你家的猪窝去，别在我这里蹭你的猪毛。"小雪已经起了身，响亮地踏步进屋子，舀出半瓢玉米来，站在门口唤鸡来吃。安寡妇终于歇了嘴。杨叔已经去了木槿篱笆那边挖土，给木槿篱笆脚边添土加固。这之后，小雪不再轻易在门外说笑。

万物复苏，野草开始生长，油菜田要锄了。杨叔和小雪一道下地锄草，一道回家。江心洲上的男男女女远远看着菜地里的两个人影，个个心里都像是怀了秘密。那对父女就是他们心里的秘密，自己猜，外人也猜，不得结果，秘密一日日肿胀于胸。

江水已经涨上来，淹掉了江心洲和无为大堤间的小横埂，出门要坐船了。早晨过渡到集镇上去买化肥薄膜什么的，要准备棉花苗的播种，农活眼看着忙起来。在渡船上，几个女人见缝插针地说起杨叔："整天一道来一道去的，安寡妇倒在床上哪里看得到！"收票的女人早就听说有个姓杨的男的被一个老女人招回家，现在知道几个女的在说他，就插进嘴巴来。她说："我猜这个杨叔是带着阴谋诡计来的，不然，谁愿意娶一个大了二十岁的女人！"有人纠正道："没有二十岁，是十一岁，不过十一岁也不少，从前我一直同情他，现在才知道他的歹心，死了老的就霸占小的。那小的也骚，不知道贴得有多紧……"说着说着，船就靠了岸，人群叽叽喳喳顷刻四散。临下船，几个女人菩萨似的对着江水祷告道："希望安寡妇再多活几年，把个女儿嫁出去就好了，唉，安寡妇也可怜，一个人拉扯孩子这么多年，不想最后招了个贼。"

　　安寡妇是在一天的下午去世的，雨后的暑天，天气格外闷热，短命的蝉依然蹲在树顶上，锯着酷热的空气。三个孩子穿戴孝服，趴在棺材边号啕，还不太熟地练给来吊唁的人下跪行礼。远近邻居迟迟早早地走来，看着狭小的堂屋中间躺着的安寡妇，由不得不掉泪。杨叔在里外忙碌，安排人事。众人看着杨叔，多少有些感激的意思。小雪的姑妈也回娘家了，话不多，很是默契地配合着杨叔料理丧事。

八

如今，安寡妇已经去世一年多，可是杨叔好像还没有要走的意思，江心洲上善良的百姓决定轰人。

江边洗衣的村妇们，先是怂恿莫婶婶出面，因为她就住在隔壁。莫婶婶早有此心，碍于自己的女儿出的那事，不好意思出来干涉人家是非。现在受了众人委托，开始筹划起来。

深秋的黄昏，小雪在门口收棉花，是棉花尾子了，皱巴巴的，成色不好。杨叔从地里挑一担棉花秆回来，人不说话，这一两年来，他基本都是这样，不大肯说话。以前干活还唱个小曲什么的，现在闷着头干，下巴因为很少见笑更尖长了，像一把上锈的铁犁。杨叔卸下担子，抽出捆棉花秆的绳子，理理系在扁担上，就扛着又出了门。天黑之前，他还能赶一趟。小雪依旧趴在芦荻编的席子上收棉花，一边翻，一边用手搓。

莫婶婶从菜园里出来，将一篮子菜提到小雪家的场地上择。"小雪啊，按说，你这么大的姑娘也该找婆家了……"小雪笑起来："我还不大吧，不急，不急，等两个弟弟都结婚成家了我再嫁，我妈走得早，我得帮我弟弟累几年。"莫婶婶叹道："丫头啊，女人都是花，都有季节的，你瞧这秋后的棉花，可就比不得前些时候的了！姑娘找婆家，哪里能拖到那个时候，那个时候就没价了！哎——你和我女儿都是命苦的人！"说到后来，莫婶婶的语气里有些凄惨的味道，她女儿后来在外面找了个人嫁了，不知根不知底的，莫婶婶终究有些不放心，但也无法，她知道知根知底的人会挑剔他们女儿。小雪的棉花收完了，莫婶婶望着小雪认真道："花到了该开的时候就得开，姑娘到了该嫁的年纪就嫁，不然，人家是要背后说闲话的……"小雪脸上的表情一紧，愣了一下。莫婶婶看看天色，望望大路边杨叔担捆棉花秆就要来到木槿篱笆边，便弯腰提了篮子往西边去了。临去时，像个母亲一样地跟小雪嘀咕："以后有合适的，婶婶给你介绍，就怕我们小雪太挑。"小雪轻轻笑笑，就往屋子里去。

杨叔的一担棉花秆哐的一声落在场地上，太累了，扁担几乎是从他的肩膀上弹下去的，他弯不下腰来了。屋子里的灯亮了，小雪在忙着炒菜，芒种在读高中，平时晚上不回家，小暑读初三，学业繁重。杨叔端把椅子在门外坐着，等晚饭，夜色里偶尔有人路过小雪家，杨叔也不和他们招呼，就当是看不清。

有人说，人一做了贼，就是不一样，心里发虚，也就不大敢和外人说话。杨叔就是。秋天的早晨，露水瀼瀼，江边的石阶一级级下去，女人们走在上面分外小心，她们边走边问莫婶婶小雪的态度。莫婶婶道："她说要等弟弟们成家后再嫁，我劝了，这姑娘……"有人在水边窃笑起来："莫不是铁定了心要跟个老头子？"也有人打断："都没看到的事，别说得像真的一样，若有好心，就给小雪说个人家……"

媒还是莫婶婶做比较好，介绍了一个男的，当然不是江心洲上的，见面在莫婶婶家。是冬天，雪还没下，天气阴晦着，杨叔在屋西边砌墙，他歇不住。莫婶婶简单跟杨叔招呼了一声，便拉着小雪去她家坐坐，一路低头窃窃说着小话。男的是个瓦工，也在江苏做活，但人生得单薄，好像没穿棉袄一样，让人看了无端觉得冷。老实，话不多，是那种能踏实过日子的人，可是有两颗大龅牙，使得面相看上去有点凶。小雪看了人，说了几句话，心里有些凉凉的，有些不悦但藏在心里了。"没有妈妈，跟你一样，嫁过去不受婆婆气。"莫婶婶补充道。小雪第二天就回掉了，无非是些托词，托词里漏了些人太单薄的意思。莫婶婶倒很勤快，一个月后又领来了一个，倒不单薄了，脸肥，眼小，肉鼻子。那两只眼睛实在太小了，起初小雪以为对方是含着笑意所以眯了些，后来说了半天话还是那样眯着，皮肤又粗，一张脸简直是黑漆漆的墙壁上只开了两扇极小的牛屋窗，终年阴暗。挑肥拣瘦，大约就是这样吧，这个也没成。

这两桩媒，莫婶婶都绕过了继父杨叔，只是没头没脑地跟小雪说。

冬天的晚上，即使没有雪，杨叔也喜欢喝点酒。这个晚上，他脸色涨红，一个人背着手在屋西的半截墙边晃。见了莫婶婶也不说话，莫婶婶便也不吱声，心里猜着给小雪做媒也许惹怒了杨叔。"哪有喝了口人参汤就霸着碗不放的！"莫婶婶自言自语。

杨叔到了晚上，敲开了莫婶婶家的门，说话不绕弯子。

"我来江心洲也有好几年了，是什么人，婶子也该知道的，婶子给我们小雪找婆家是好事情，我高兴，高兴……"杨叔说到"高兴"两个字时，不断用力地点头。莫婶婶不知道他到底想说什么，就哦哦地附和。杨叔点过头后，重新抬起枣红的脸，望着莫婶婶说："好歹我也是个父亲，找婆家这样大的事也该和我说说，找个不长脑袋的，她死鬼妈妈也要骂我的……"莫婶婶不自在起来，忙端板凳给杨叔坐。杨叔不坐，转身就走了，丢下一缕酒气在屋子里飘，杨叔不阴不阳不软不硬的话也留在那酒气里，扩散满屋。莫叔叔就怪起莫婶婶多事来，莫婶婶低声道："我能跟他讲吗？跟他讲事情还能成吗？他是个端上碗就不想放的继父……"

莫婶婶受了气，第二天午饭后串门就跟人说起来杨叔的那一番酒话。众人心里不平，纷纷要替小雪做媒，发誓要从虎嘴里拽出羊羔来。

九

在冬雪覆盖之前，需要给地里的油菜追肥，杨叔担了肥料去地里，老远看见地头的池塘边聚集着一些村民，笑声一轰一轰的，见杨叔来了，人群开始松散。杨叔心里猜测一定又是嚼他，心里已有了几分火气。

到了池塘边，要给肥料兑水稀释，杨叔将担子卸下了。有人路过杨叔身边，不阴不阳笑道："杨叔，还没走啊？这是舍不得我们江心洲还是舍不得……"

"走你个妈的!"杨叔忽然开口骂起来,"一帮臭娘儿们整天咕哝咕哝,老子待在江心洲碍你什么事了!"

"我们是臭娘儿们,你是什么东西!寡妇死了你还死赖着不走,谁知道你安的什么心肠!"

"我安了什么心肠?啊!安了什么心肠?你个丑婆娘给老子说清楚!不说清楚老子今天砍死你!"杨叔气红了眼,说着便上去拿扁担砍人,被众人拉着上前不得。

"你安了什么心肠,你心里清楚,全江心洲人心里都清楚!别自己眼睛一蒙就以为别人也是瞎子!"

"啊——"杨叔大叫一声,用力一甩众人,一头撞上去……一时人心惶惶起来,唯恐出人命,于是一拨人押着杨叔去村部,将他交村干部发落,另一拨人抬着那个受伤的"善良正直"的村民往小诊所里奔。

在村部办公室,一脸酱紫的杨叔坐在那里,木雕一般。村干部批评过杨叔以后,委婉地说道:"人嘴堵不住的,只要身正就不怕影子歪。当然了,这三个孩子的母亲已经不在了,我们当然希望你能担起来,但是也不能勉强你,你可以有你的选择。另外,以后再发生这样的事情,我们就很难处理了,毕竟你先动的手……"

杨叔还是一言不发。他不想说话,他知道不论是在池塘边,还是在村部,他都是孤家寡人,没有人会站出来帮他说话。

天色渐黑，村部里围观的村民相继回家，杨叔也被村干部慈悲放归。

杨叔一个人，低着头，漫无目的，竟就走到了长江边。扑通一声，杨叔双膝忽然跪进了枯草丛里。

"老天啊——"

空旷的江边，荒芜的草丛里，杨叔仰面号啕起来，但这嘶哑的号啕声即刻就被江面传来的轮船"嘟嘟"声掩盖。连同杨叔黑色的影子，也渐渐淹没在暮色草丛里。杨叔哭过，在草丛里躺了一会儿，睁着眼躺着，江风猎猎在耳畔，吹得枯草们一截一截折下腰身来。

第二天早晨，杨叔离开了。离开了小雪家，离开了江心洲。

他手里拎着一个蛇皮袋，那里面是几件衣服。"我走了！"杨叔哑着嗓子对屋子里的三个孩子说，"回家！回圩上去！"说到后面，有些哽咽的味道。芒种和小暑已经听闻了打架的事情，现又见杨叔要走，一脸哀怜与无助，不知道是该挽留还是该送行。倒是小雪，故作淡然："放心吧，我们可以的！"

那个受伤的村民，睡了一夜，心里依旧不平，早上来到小雪家门前，气势汹汹准备找杨叔算账，迎面撞见杨叔铁似的一张冷硬的脸，又见他手里拎着衣服包裹，一时情怯，不由得闪到一边来给杨叔让道。原本围观助阵的村民们，看见杨叔的架势，已经猜出了八九分。他们看着杨叔离开，没有一个人上前挽留。杨叔黑瘦的影子慢慢从树荫里淡下去，直到不可见，像一杯残茶喝到了黄昏时，茶叶沉落于杯底，然后啪的一声，倒掉。甚至没人愿意假惺惺地客气招呼一下。大约他们都觉得杨叔是应该走的，早就应该。江心洲的沙土里包不住一粒尖锐沉重的石子，或者它被打磨成卵石，或者它被沙土吐出来，吐在地表，被脚踢走。

杨叔走后，小雪一家沉默在绿树环抱的浓荫里，好像腐烂的树根边生出的一丛菌菇，又完整又脆弱。流言结痂脱落，新的日子是带着血丝的肉红，谁都愿意绕过不再去触碰。江心洲的夜晚在淅沥的雨里不分雌雄地生长，没有暧昧，没有谣言，没有秘密，没有……像童话已经到了结尾。男人干活，女人也干活。草木生长，江水生长，孩子生长，皱纹生长。

春雨连绵下得惆怅，沙坡路上的旧年枯叶的腐烂气息混杂在蒿草生长的清气里，空气潮湿清凉。雨天里，人们除了摸点小骨牌，便是举把大黄伞出来溜达，沙路过雨潮凉洁净，简直像用秋天的月光抹出来的。他们路过小雪家的东面，有时会想起杨叔，想起杨叔离开了江心洲，心头生出一种庄严洁净之感。这庄严的守护，有他们每个人一份。没有杨叔的那三间屋子，在雨里静默，没有笑声，没有破绽，没有悬念，让人放心。

十

这一年，芒种已经辍学回家，离高中毕业还差半年，但他决定不念了，回家和姐姐一起种地干活。只有小暑，还在读书。

夏潮涨起来，上学放学都要坐渡船。一回，小暑在渡口边遇见杨叔，杨叔也看见了小暑，几步跨过去，将一只捆了脚的野鸭拎给小暑。"江边芦场里罩来的，回去加个餐，长长个头！"杨叔嬉笑着说，小暑也笑了，接过，想问问杨叔近况，又怕姐姐回去怪他。

偶尔，他们姐弟三个在一起吃饭干活时，会想起杨叔，会聊起杨叔。小暑曾经提议端午去看看他，被姐姐拦下。小雪说："以后少来往吧，跑多了他会以为我们是想拉他回来，就不要拖累人家了吧！"

野鸭被小暑拎回家，炖汤，一家人吃掉。同时，小暑还揣了杨叔给的钱回家，他不敢花，也不敢跟姐姐说，还给杨叔杨叔就生气，这让他很为难。

杨叔也通过小暑断断续续打听过几次家里的情况，小暑就说，芒种不读书了，也没事干，想要出去打工又不放心姐姐，姐姐还没对象，做媒的来过好几趟，姐姐连和人家见面都不肯。还有，芒种在家里养了十几只兔子，天天要喂青菜，据说兔毛可以卖钱……杨叔听了，且忧且喜。

乡村的腊月，除了吃喝玩乐，还有一件事情也多在这时开展起来，那便是做媒。年关渐近，邻居亲戚们看着跟二毛一样大的男孩子都升级做爸爸了，一晃，二毛竟然拖了好几年，于是众人格外着急起来。其实，也不是没介绍过姑娘，有的听说二毛已婚一次就不干，有的勉强同意后，谈到婚嫁的时候，二毛妈想省钱，用上次结婚的家具和婚房来迎娶新的媳妇，这就谈不拢了，人是旧的，东西也是旧的，把人家姑娘当拾破烂的了。二毛对他妈也一肚子意见。

造纸厂早已公转私，由乡镇企业变成了私营企业，二毛跑出来了，将造纸厂的纸赊了一仓库出来，卖给了造爆竹的，没领到钱，倒是装了一车子爆竹回来。江心洲人都替二毛着急，趁着过年，各家送，三十晚上收账。嘻嘻哈哈的，也不知道二毛是赚了还是赔了。

有热心肠的人来小雪家做媒，要将小雪说给二毛。大家觉得安寡妇已经不在了，这事可以试试，而且小雪配二毛，八成新的旧货配疑似旧货，磅秤上称秤，谁都不好意思说吃亏。这一回，绕过莫婶婶。

小雪有些犹豫，想想之前介绍的几个，一个不如一个；又想想二毛，那一场婚姻的打击让他缩起了大公鹅的脖子，人倒显得踏实沉稳多了，于是点头应允，但是前提至少要再过三年，她才会出嫁。

大年三十上午，村部的广播室里，有人借着广播向全江心洲喊话，一下子搅乱了江心洲上的空气。

"我是杨叔，是一个继父，我又回来了，我不是胡汉三，但我又回来了。我为我去年冬天打架骂人的事情向大家赔礼，向被我打的婶子赔礼！我马上去她家里当面赔礼。我杨叔是个粗人，性子直，平时有得罪大家的地方，还望大家看在孩子们的份上，多多谅解我……"

杨叔的大喇叭一喊，全村愕然，过后恍然：这个杨叔，走了一年的杨叔，是又回来了！

杨叔是被小暑拉来一起过年的。小暑跟哥哥姐姐说："他关心我们，帮助我们，他还没有新家，我觉得他和我们还是一家人，一家人就要在一起过年嘛！"

小雪还想阻拦，小暑哭着说："你们不让他来我家，我就自己和他过年去。反正，他孤单，我也孤单，刚好可以凑凑。"

芒种说："那你就去喊他来吧，就说是我们一家请他的，一起过年！"

小暑请来了杨叔，没想到杨叔先去了村部的广播室里赔礼，然后才回了小雪家。"了了旧账，好过新年！以后我们一家，这一家，好好过。"

杨叔的再次到来，让江心洲人又不安起来，但想到小雪和二毛已经接上头，心里稍稍放心一些。

十一

这回亲事跟杨叔说，大家都急切地想看到杨叔的态度，好像众人手里都捏了扁担，看这只披着羊皮的狼还怎么嗥叫。也许是杨叔恐惧了，没敢嗥叫。他倒是轻松地答应，让人去问小雪的态度。有人说他是躲在豆子里的一条肥而白的虫子，众人剥豆，他把身子往里缩了缩，这次没拖得出来。

老姑娘的亲事，操作起来像母鸡怀着鸡蛋急找窝下，慎重又慌乱。订婚买了两样金首饰，在商场里的一溜珠宝首饰柜台边转，媒人帮着净挑重量轻的。端午一过，二毛妈就托媒人来传话，要把小雪接回家，圆房完事。杨叔捧着饭碗，坐在木槿篱笆边，冷笑道："哪有做事情这样轻巧的！八月十五还没到，鸭子还没送过一只，就想接！"媒人碰了一鼻子灰，继续传话过去，男方又带话过来了，说是鸭子可以在彩礼里一并补上。杨叔听了，又笑起来。

　　二毛的妈亲自出了面，气势汹汹来到小雪家："你个杨叔，女儿不是你生的，你倒比亲爹还亲，这么不舍得嫁出去，一会儿说没鸭子'压'这桩亲事，我说补鸭子，你又说不是在八月节里不成，你存心的是不是？"杨叔气得站了起来，砸掉了手里的酒杯子，拽起二毛妈就往外拖："你以后别来我家了！"邻居过来拉，扶着二毛妈往沙坡路上走。人群里有人小声嘀咕："哪有那么轻易松口的狼，当初答应得爽利，我就知道这后面，他会一道坎一道坎地设，直到人家啃不下来他就一口吞下去。"有人凝重地点头。媒人用责怪的语气跟杨叔说："女儿大了总要嫁的，留是留不住的……"杨叔也坐了下来，重重吐了口粗气，大声说："礼节上的事情就要一步一步都不能少，我们姑娘养到二十多岁，嫁要规规矩矩大大方方地嫁出去……你是做过正经喜事的人，你见过有几家这样草草地娶媳妇的？"媒人向杨叔挤了挤眼睛，示意他后面的话要小声些。杨叔于是撇过脸去，不再说话。媒人笑笑，软下声道：

"再商量吧，都是亲戚了。"

二毛妈回去后，一路跌跌撞撞地骂，发狠说不要这个媳妇了。二毛回来后，听他妈一说，就骑了车子出门去。二毛这半年来忙得要命，弄了那么多爆竹堆在家里，虽然过年人情人面地散掉一部分，但剩下的更多，造纸厂老板又追着他的屁股要钱，急坏了他，日子过得水深火热的。二毛骑车来到小雪家，一头银亮的汗珠像是披覆鱼鳞矫健出了水。给杨叔带来一箱子啤酒，搬下放在桌子上，然后跟小雪赔笑脸。小雪爱理不理的。于是，二毛再次折下腰身，替他妈给杨叔道歉，许诺一定风风光光地娶小雪。下午，二毛还没走，跟杨叔聊天。小雪也在家里，洗洗扫扫，将一些春末穿的单衣收收拣拣打包往大衣橱里塞。小雪是个勤快且话少的人，就像一树木槿花，从夏天开到秋天，不歇不停，朵朵美丽而宁静。二毛嘴里陪杨叔说着话，眼睛却不时地跟着小雪的影子跑，他有一个决定在心里埋了好些日子，一直想跟小雪说。

近黄昏，太阳光钝了，小雪扛锄头下地，二毛便把杨叔的锄头也扛了去，跟小雪一道。杨叔会意一笑，便提了把柴刀去砍屋子前后的蒿草灌木，再过一段时间，梅雨下下来，前后左右的路就会被这些蒿草灌木埋掉。"小雪，想不想发财？"二毛望着小雪恳切地问。小雪白了二毛一眼，拿手中的锄头敲了一下二毛的锄头，高声道："发财，谁不想？你发财了吗？"二毛激动起来："小雪，我就快要发财了，只要你愿意帮我，我会马上发财，是马上，你知道吗，小雪！"小雪笑起来："我自己都穷疯了，还怎么帮你？"二毛转身，右手轻轻拍了下小雪的肩膀，然后故意放慢了语速，说："小雪，有你就好办了，我想在街上租个铺子，办个证，咱们专卖烟花爆竹，你呢，守着铺子，我呢，开着车子往周边乡镇的各个商店里送，咱送货上门，我已经算过，利润可大了，到时候，咱们也在新街上买套房子。"说完，二毛无限期待地看着小雪。小雪很是心动，尤其听说在街上买房子，将来像姑妈一样都是受人尊重的街上人，心里就觉得春风荡漾。

二毛的晚饭在小雪家吃的，知道小雪心动后，二毛趁热打铁，将事情又跟杨叔说了一遍，恳求杨叔将小雪放了，让他带出去。杨叔喝了杯啤酒，用手掌擦去沾在胡茬上的啤酒沫，意味深长地说："二毛，你好样的，当初我同意你，就是看中你这家伙有股子闯劲，敢干，比我好。"二毛有些激动，赶紧起身给杨叔又开了瓶啤酒。杨叔接着说："将小雪带出去做生意可以，你要是敢将我们小雪不明不白地糊弄回家了事，哼，杨叔可就不好说话了。回去告诉你妈，人家姑娘该有的，我们小雪一桩都少不了，我们就要这个体面，就要这个亮堂！"二毛点头不迭。吃过晚饭，二毛回家，拉着小雪送他。月亮瘦弯弯笑眯眯的，出来好早，已行到了中天，静静泊在那里，像是在等人。未到二毛家，二毛又将小雪往回送，晚风悠悠的，里面飘散着槐树柳树的叶清气，还有栀子花的香。夜晚似未出嫁的女儿一般清美，二毛临别亲了小雪一口，留下一腮的酒气。

小雪帮二毛做生意之后，地里的事便落在了杨叔一人肩上。杨叔摘棉花慢，地里棉花常常开得像林冲遇到的那场大雪。方圆半里的摘棉花的人，老远看着杨叔的人头像颗鱼浮子在棉花地上移，移而不沉，没有大鱼。大鱼走了，钓鱼人也该要收收鱼竿了，摘棉花的乡邻们这样想。大约小雪一嫁，杨叔就真的要走了，那时候，晚上也是他一个人了，无可留恋。

杨叔给小雪挑了两口袋上好棉花，弹成四床雪白松软的好棉絮。想想，把一个黄花闺女睡了这么多年，临放手，隆重大方些也是应该的，所以众乡邻看着晒在木槿篱边的四床新棉絮，也没有特别感动。

到了过年，又是给亲戚家带礼品，杨叔又亲点了一些礼品，每家另带一吊五花肉，要一斤半还是二斤，亲家两个又声音大声音小地计较了一番。

农历四月天，沙坡路两边的槐花盛开，下了一夜雨，早上起来，走在沙坡路上，走在那些落下来的槐花花瓣上，觉得人间不是人间，是天上，是海上，是仙子们住的地方。生活在幽暗褶皱之间，难得有这样静美的时刻。小雪出嫁，不巧选上了这个下雨的日子。

头几天，杨叔已经央求长寿有福儿孙满堂的一位村里老人来家里给小雪缝被子。被面是好缎子的，一条大红，一条湖绿，一条粉紫，一条玫红。老人展开，啧啧称好，眼睛都被缎子被面映得分外明亮有神。"是谁买的这被面，这么好，现在的姑娘真有福气，我们从前哪有这些！"老人感叹说。杨叔笑了，也用手在被面上摩挲着，说："是我上街买的，怕选不好，在店里看着人家挑，看了半天我才敢挑——我也觉得好看。"
染了洋红的花生、圆圆的红枣盛在盘子里，缝好被子后，杨叔
央求老人将花生和枣子逐个往被子和枕头里塞，老人笑呵呵地
说："这个要塞，没想到你倒准备得这样妥当。"

　　出嫁那天，小雨沙沙地下，鞭炮在庭前一轮一轮地催，
嫁妆已经被染了洋红的绳子和扁担挑起来，众人踏上落满槐花
的沙路。小雪一身红装，烫了头发，脸儿红红的，新嫁的姑娘
脚不能沾了娘家的泥，那泥都是财气，不能把娘家的财气带
走，于是安排小雪由她远房忠厚寡言的大舅父背着出了门，直
到沙坡路才放下。杨叔低声跟接亲的媒人证人嘀咕："下小雨，
不大，就不打伞了啊！"在我们江心洲，"伞"谐音"散"，是
不可以在婚嫁场合出现的，杨叔怕人忘掉，所以谆谆教导。被
教导的人凝重点头，转身就撇嘴一笑，笑杨叔迂，如今不兴那
些旧的了。

　　小雪走了，一屋子准备了大半年的嫁妆，也走了，屋子
里空荡荡的像被洗劫了一番。门前，鞭炮的碎屑杂乱堆积一
地，是雨天，也无法扫去，只能由着雨水继续将之膨胀，红水
蔓延。杨叔坐在门口，望着湿漉漉的槐树和槐花发呆，没有人
陪着说话，来帮忙的姑妈也早已默然回家。

　　雨天的夜晚来得早，夜晚的江心洲在雨声里也早早安静
下来。这个江心洲上暗自流传的故事，在村民那里终于收梢：
小雪嫁了。小雪嫁了，杨叔大概是要走了。走了好，就像一场
惆怅的黄梅雨下过，随水冲走的已经冲走，不能冲走的也已经

腐烂成为泥土，一切干净。明日开门，迎接太阳，杨叔不曾来过江心洲。他们在雨声里这样想着，然后安然睡去。

十二

雨水暂时收住，太阳热烘烘地回来。江边辽阔的沙地，也是热烘烘的，油菜黄了，麦子也黄了。

杨叔的影子照常出现在油菜地里。人们再看见，总觉得突兀，像一截刺卡在沙地上，也卡在江心洲人的心里。拔它不去，留下，又是那么不合情理。"杨叔，割菜呢！"有人路过地头边，响亮地招呼。杨叔慢慢直起腰，卷起草帽的一边帽檐，在脸边扇，笑呵呵应人家："割菜哦，你们家的菜比我的好。""不好，不好，都一样。"说话的人想等杨叔说割完油菜就离开江心洲，没等到。他大约是要等收完小麦才走吧。麦子收了，门前杏树上的杏子也吃干净了，新磨的面粉都做了一回面疙瘩吃过了，杨叔还卡在江心洲，他果真是刺。

江水平阔，小雪站在渡船上，回江心洲，手里提着包包裹裹。渡船上的人都认识小雪，小雪客气地和他们招呼。江心洲还是老样子，平整的沙路，槐荫连桑荫，一座座蝉蜕一样的房子卧在树荫里，只是比从前寂静，门前门后偶尔会探出充满好奇的人脑袋。有人在树荫后面现出身影来，跟小雪打招呼："小雪回娘家啦，几个月啦这肚子！""这肚子好看，头胎一定是小子，保准是我说得准啊小雪！"女人们杂七杂八地说，小雪羞涩地笑，走走停停。女人们拿目光跟着送上一截，小雪的孕相的确不丑，紧实实的，像毛豆荚长得有八九成饱。只是，豆荚里的豆子，是青皮豆，还是黄皮豆，女人们的心又给悬晃了一下，于是凑成一群蜂箱边的蜜蜂，嘤嘤嗡嗡起来。"到底有没有睡过？""那还用问！""怎么这么多年没见露相？""像她妈，开怀迟。""也许年纪大的，播的都是风车尾子吹出来的种，落地都不生的。""亏你想得出！"哈哈哈哈，呵呵呵呵，一群女人在笑声里散去。

杨叔没有走。收了小麦后，便是护理棉花苗，施肥，打杈，摘棉花。等棉花摘完后，又要种油菜、点小麦。庄稼一茬一茬，诚心实意留住他。江心洲的人，也不再急着他哪天走了，就像黄昏必然会到来，杨叔最后必然会在他们的目光或遗忘里离开。自从怀孕的小雪回江心洲看望杨叔，杨叔又成了江心洲人闲聊时必然不会漏掉的一个人物，杨叔还不能走，就像戏还没有收场，演员还不能卸下行头。也许小雪的孩子长得会像杨叔。那怎么办？人们心惊胆战。

小雪挺着一枚七成饱的毛豆荚，穿过浓荫交盖的沙路，往渡口去。身后沙路弯弯，弯成一个又一个大大的问号。

在我们江心洲，小孩子出生，倍受疼爱的往往会向有过小孩子的人家讨来不用的旧衣旧鞋，给自家孩子穿，是谓"穿百家衣"，这孩子便会茁壮生长。不知道杨叔从哪里讨来这些半新不旧的宝贝，此刻正洗了在晒，他轻轻地拧，歪着头看水一滴一滴下来，安静认真的样子。有邻居路过木槿篱笆，伸手拨开一片木槿枝，大声嚷道："杨叔啊，要做外公了吧，记得要散喜糖的啊，呵呵呵呵——"杨叔转过脸一笑，连连点头。木槿篱笆又幕布般合起来。

农历二月，雨水里花开，桃花、杏花开得糊了，江心洲美得像做梦。杨叔挑了一大担东西去二毛家，小雪的月子在江心洲的二毛家里坐，家里方便，二毛妈也方便照顾。杨叔的担子，一头是捆了腿脚的老母鸡，足有十好几只，一头是小孩子的衣服鞋袜和抱被，底下是鸡蛋。衣服和被子上都放了松柏枝，清香袅袅。小暑在后面举着鞭炮，鞭炮长长绕了一大截在竹竿上，牵肠挂肚一般。路上遇见人，小暑举着有些不好意思，现在少有人还那样绕鞭炮张扬了。树荫里探出一颗颗女人和小孩子的脑袋，远远看见两个人来，便伸长脖子打招呼："贺喜贺喜呀，回头要散喜糖给我吃啦。"

小雪的月子在婆家疙疙瘩瘩地坐完，按照江心洲的规矩，娘家是要接女儿和外孙回来再住上一个月的。大清早，杨叔去接小雪，被二毛妈拦下了。二毛妈说得似乎也在理，小雪妈不在，杨叔到底是个男人，怎么能照顾好小雪和外孙呢。杨叔有些生气，脸色涨红，高声道："满了月，怎么能让我外孙不回外公家、让外公亲亲呢！我在家里把外孙的摇床都准备好了，难道就这么空着！那我不回去！"二毛妈还要再犟下去，二毛便出来劝了他妈，说："那就少住几天吧，住几天后，小雪带孩子去店里，有芒种在店里帮忙，小雪不会太忙的。"芒种没正事干，便径直去了二毛那里打下手。杨叔听了二毛的话，脸上浮出一片感激，不再作声。二毛妈叽叽咕咕不情愿，末了还是去收拾东西，捧出一大叠尿布和小孩子的换洗衣服来。杨叔赶紧接过来，脸上浮现郑重又欢喜的神情。

沙坡路上，杨叔抱着外孙，姿势笨拙，却像个骄傲的大公鸡，一路喔喔喔地跟外孙说莫名其妙的话。二毛小雪在后面笑，不时有人从门口迎来，笑嘻嘻来探看孩子的模样。"像不像？"过后断断续续地有人问。

杨叔大约是铁定心要在江心洲做外公，不走了。到江边洗衣服的时候，女人们说起来，兴味索然。

第三年中秋前后，杨叔消失在江心洲。

槐荫桑荫下捧碗聊天，人们在交流着各自听来的关于杨叔的去向。有人说，在去省城的大巴车上看到过杨叔，杨叔是被他女婿打了，铺盖都来不及卷，跑了。有人说，杨叔要到台湾去了，到台湾去继承遗产，到时候要娶个正宗台湾女人做老婆……有人说，杨叔没走，最近住在镇上的宾馆里。

杨叔中途潜返过几次江心洲，匆匆的，然后和他女婿一道，嗒嗒嗒地坐着三轮车又离去。

集镇那边沿江一带搞大开发，招商引资，办企业，修公路，建楼盘，盖商铺。江心洲上几支外出江苏和上海的建筑队也一拨一拨地回来，在长江边安营扎寨。二毛把烟花店铺全托给芒种打理，自己拉了几个朋友，要合伙成立建筑公司。

杨叔没去成台湾，回来了，江心洲人当着杨叔的面骂他傻。杨叔就傻笑一番。杨叔的叔叔年轻时去了台湾，在那里娶妻生子。人老思故园，近八十岁的老人家，由儿子搀扶着回了趟故乡，赶上政府正在招商引资，叔叔的儿子，杨叔的堂弟便忙着考察，把叔叔交给了杨叔。杨叔这些日子一直在陪着叔叔去访亲朋故旧，多数已经不在；去芜湖寻找当年读书的学校，也早已经物是人非，弄得老人家泪水潸潸。叔叔一直想去杨叔的家看看，杨叔自知家宅寒薄，受不得看，就骗说江心洲的房子已经卖掉，买了镇上的房子，末了牵着老人家去一片工地，装腔作势地指给老人看。老人临走，丢了一笔钱给杨叔和他弟弟，就因为这笔钱，兄弟俩打了一架。他弟弟说杨叔是无后的人，所以叔叔的钱杨叔应该没份。杨叔气歪了脖子，干了一架，拿回来属于自己的那一半。

拿回来的那一半，没揣回江心洲，也没存进银行，丢了，丢给二毛开发房地产，条件是房子造好后，给他两套好房子。杨叔精着呢，懂投资！

十三

每年夏天，江水滔滔，啃蛋糕似的，总要将江心洲啃走一块又一块。江心洲越变越小，也越来越荒芜。许多人都走了，搬到了对面的移民建筑区，连老人都走了一半，去给儿女照看孩子做家务。从前平整洁净的沙坡路，现在几乎被路两侧的蒿草灌木封掉，其间衰草落叶厚厚覆盖。一切都在向前，向前，只有江心洲在后退，像一只手，拼命捞向地底深处、时间深处。外人来到江心洲，常常错以为回到蛮荒的古代。

杨叔依旧在守着他的三间小屋，守着木槿围成的菜园。抬头，沙路上的电线杆上挂着的大喇叭锈迹斑驳，不再在早晨和黄昏按时播送天气预报。江心洲回到无声时代。木槿篱笆里，西红柿结得茂密，长长的丝瓜藤蔓在竹架子上攀爬覆盖如绿色古堡，黄色的花朵在枝顶上登高远望……杨叔经常大清早就提了筐子来菜园采收。"又要往女儿家送去了？"有人站在篱外，明知故问道。"哎——还有芒种和小暑家呢。"杨叔头也不抬地应着。

"两套房子都分给芒种和小暑了，自己就不留了？"人家再问。"是呢。我要房子没用，就住这里，种点菜给他们吃，好得很。"杨叔喜滋滋地从古堡里探着半截湿漉漉的身子回答。"你是菩萨转世来的呢……"人家边说边走远了。"什么……"杨叔从古堡里再次探出脑袋，已不见了人影。

屋后的路没什么人走，荒草灌木长得盖住了窗子，杨叔就提了柴刀在那里砍，然后翻土，整成菜畦。四周依旧插编木槿。春天，油菜花还未开，杨叔将门前的木槿篱笆细细修剪，然后将剪下来的枝条插在门后。夏天，外人路过，看门前门后的木槿篱笆一派青碧，上面花开如灯会："呀，好端庄的一户人家！"

杨叔坚持留在江心洲，去插他的木槿篱笆。在隔江的长街上，有一个他想念一辈子的女人，那女人也老了，曾经年轻时长得分外像小雪，她是小雪的姑妈，也是杨叔入赘到江心洲的媒人。